我希望中国的读者能跟着本书一游柏拉图笔下2500年前的美丽城邦！

　　祝您旅途愉快！

塞德罗斯·耶奥卡凯罗斯

希腊驻华大使

柏/拉/图/人/文/奇/幻/故/事/系/列

我是柏拉图
I AM PLATO
之美丽城邦

亚历山德拉·芒格斯 著

汪晓英 高全军 译

语文出版社
·北京·

图书在版编目（CIP）数据

我是柏拉图之美丽城邦/（英）亚历山德拉著；汪晓英，
高全军译. —北京：语文出版社，2011
ISBN 978-7-80241-332-0

Ⅰ.①我… Ⅱ.①亚… ②汪… ③高… Ⅲ.①儿童
故事—作品集—英国—现代 Ⅳ.①I561.85

中国版本图书馆 CIP 数据核字（2011）第 115824 号

WO SHI BOLATU ZHI MEILI CHENGBANG

我 是 柏 拉 图 之 美 丽 城 邦

亚历山德拉·芒格斯　著

汪晓英　高全军　译

*

语 文 出 版 社 出 版

100010　北京朝阳门南小街 51 号
E-mail：ywp@ywcbs.com

新华书店经销　北京市兆成印刷有限责任公司印刷
*

787 毫米×1092 毫米　异 16 开本　14.5 印张
2011 年 7 月第 1 版　　2011 年 7 月第 1 次印刷
定价：25.00 元

目录

下　部

第一章

教室里的小偷

我是柏拉图，今年十二岁，住在公元前400多年的雅典。眼下只剩一年我就要毕业，要为自己今后的生活打算了。当然，如果你知道今后要做什么，毕业并没有什么让人踌躇不决的。比如我有几个同学，已经准备好去当学徒，因为他们想学习做商人，还有几个要去学习演讲，以后从政。这两样职业都不赖。可是我不太清楚自己到底想干什么，这该怎么办？

家里最近给我请了新的家庭教师。今天下午我就要跟他上课。新老师又会是什么样的人？要是我不喜欢他呢？

可是，我得送他一件礼物，这是规矩。下午的课开始之前，我刚来得及出去买礼物，然后再赶回来。出去走走挺不错的，今天不大会被逮着。老师们好像都比平常温和，可能是因为明天要过节了，也可能是晒着太阳很舒服吧。他们大多坐在外边的长凳上，讨论着雅典的时事。

我没碰见我的朋友们，大概他们在体育馆，或者在雅典城的某处闲逛。唯一忙着的，是一群在玩字母游戏的小孩。时间一久，我都不记得怎么玩了。只见老师在蜡板上写下漂亮的字母：

μαρφυθρπτψεγαροπλξ

小孩们扎着栗色、金色或橄榄色的头发，争先恐后地举手，喊出他们拼的词。一个叫道："γαρ!"别的接着喊"πτερυξ""γυφ"。

不管他们说什么，我们的文法老师都为他们鼓掌。穿着细带凉鞋的我从他们旁边走过，不禁微笑，感到自己非常独立，真的长大了。

学校的白墙上有两行大字："卓越男子学院——热爱美丽，憎恶丑陋"，我看了一眼，赶紧回身带上低矮的木栅栏门，奔向集市。

出去走一走真不错。我平常挺爱上学的，昨天晚上，睡得很晚，一直写作文。作文老师留的作业是写一位自己崇拜的历史人物。我写了《毕达哥拉斯的生平：与河流对话的数学家》。

可是还有很多不如意的事情。在学校我们的功课只有音乐和背诗，可我还想学别的东西，那些东西也很重要、有趣，我还想参与雅典的生活！

两岁上我就没有了父亲，妈妈最近带着家奴去照看姐姐和新出生的两个小侄儿。也许是因为战争的关系，我的两个哥哥离开家，参加了伯罗奔尼撒的骑兵。这样，家里只有我和女佣伊诺。自我记事起，雅典和斯巴达之间一直在打仗，不时有传令官吹起青铜喇叭到广场上发布消息。不过我觉得这只是一个故事，一个发生在遥远国度的故事。一到家我就把这些都忘掉。现在不一样了，生活突然变得真实起来：空气，街道，一切的一切都突然进入我的世界，这些事件里有我，我不断感受到，认识到周围的一切。

想着想着，我就到了广场上，这里总是很热闹。人们上这儿来办各式各样的事情，买东西倒在其次。这会儿有些人在这儿谈论战争。刚从公共浴室出来一伙男人，洗得干干净净，涂了橄榄油，打着招呼："嗨，伙计，打哪儿来？好久没见了！""家里怎么样？""你在水里加没加杏仁油？他们新添的。""我可用不起那么昂贵的东西。早些年，我还用得起，那时三天才洗一回澡。"

但愿我能多听会儿，可是要快点把礼物买下。送葡萄干？金的，浅棕的，红的和深紫的，产自希腊各个不同的地方。不，不太好……画了画的香油瓶呢？我穿过几个正在讲价的摊位，听见一位说："行行好吧，正在打仗，我哪儿买得起？"

在另一处卖彩线的地方,一个男人迟疑地说:"我跟你说过了,我真不知道我老婆想要什么样的……她吩咐我时说得很仔细。"买文具?膻气的山羊酸奶?形状各异的陶瓶?

实在没看见太合适的礼品,我越想越不知道买什么。我一点也不清楚新来的老师是什么样的人,我真希望他不要太难相处。我摸着系在腰里的皮钱袋,它已经变热了。"一……二……五个铜币……"

我打定主意买一包腓尼基椰枣(它比希腊的水果更有意思,甜得像稠稠的蜂蜜,还会把牙粘得牢牢的,很好玩。)

买好东西,我这才觉得踏实一些,强忍着没去吃那些枣,一路跑回学校。

操场上已经没人了,我迅速把买的东西塞进分类架。在走廊上就听得见吵嚷声,男学生们窜来窜去用长凳跳鞍马。藤编的书筐挂在房梁上,荡来荡去,恐怕一碰就会掉下来。

标枪靠着一面墙,另一边放的是七弦琴。墙上也挂着各种荷马史诗中的图画。教室里闹哄哄的,几个人在比谁的鞋大,谁的鞋小,有些人在赶没写完的作业。"管他呢,反正是最后一节了。"一切都乱糟糟的。特拉斯马库斯正在跟人争辩。

两个管理员来教室挂新的记分板,看见这么乱想管一管,但是谁也不理他们。记分板上是我们整年的学习成绩,一般都放在老师那儿,不只是学科成绩,还有品行、服务、体育各个方面的成绩。到了期末,我们就会领到毕业证,上边写着百分制的平均分数。最高得分的学生,会赢得桂冠。

我的好朋友西蒙尼特斯正独自坐在那儿,念念叨叨,低着乱蓬蓬的头在蜡板上刻字:"那孩子刚一伸手,就被一只爪子抓住了……树上住着魔鬼,一下子就抓走了他。魔鬼一口把他吞下去,满意地说:嗯,真好吃呵……"

他又在编故事了。最新的一个故事是长甜食的树。可惜树上住着个妖怪。编故事让西蒙尼特斯惹出不少麻烦,学校上课和下课的时候,或者去走亲戚,他总会不停地写——他说他长大以后就当编故事的。要是有谁跟他说,没有人一辈子只写故事,他一概不理会。西蒙尼特斯写故事时,不愿意被中途打断，所以我去找另外两个好友，双胞胎兄弟格劳孔和阿德曼图。

格劳孔说："柏拉图！我们刚刚弄到一整筐小扁豆。"

阿德曼图解释说："有个老太太说，她有很多小扁豆，一个人吃不完，前线的士兵正需要，她想给他们送去。"

"扁豆呢？"

"当然在体育馆，我们遥遥领先，准能赢！"

自两岁起，我和他们就是朋友。我经常去他们家玩。他们家并不十分富裕，他的父亲现在选进了五百议员（每年雅典会有一次选举，重新任命五百议员。），他非常想把自己的孩子培养成有教养的公民。"希望你们长大能做一些了不起的事情，既能帮助家里又让我感到骄傲！"他总是这样说。

可是格劳孔特别淘气，这样一来，就被扣了不少分数。阿德曼图比他安静、用功。尽管他们俩都是黑卷发、黑眼睛，都瘦瘦的，可是阿德曼图看起来比较沉静。不过这只是表面，阿德曼图总是对奇怪的事着迷，这样一来，也惹出不少麻烦。他喜欢去那些不该去的地方，像斯巴达军队待的地方，乞丐或是占卜者聚集的地方，他喜欢抓乌龟、甲虫和知了——凡是他觉得有趣的东西，他都要拿到他的屋里仔细琢磨。

她妈妈叫道："唉哟哟，你又上哪儿啦？会招上病的！看看你房里都有什么吧，难道你不知道，我小的时候闹瘟疫，雅典死了一半的人？神呵，为什么你让我有这么不听话的儿子！为什么我命中要操心两个淘气鬼？"

他们兄弟俩好像会赢得拥军大赛的冠军，这会给他们的成绩单上加不少分数。他们为了这个比赛到处征集物品，这点使他们的父母稍觉安慰。

我说："我的新老师今晚就到，想去我那看看吗？"

"新老师，你要跟他学什么？"

"还不知道。还没见过。你们会来吗？"

"对不起，明天过节，我们得去堂兄家吃饭。"

"你问问西蒙尼特斯？"

我刚想问，这时文法老师走进了教室，大家都赶紧回到自己的座位上。

"学生们好！"他说。

"老师好！"我们回答。

从一上学，我们就这样互相问候。文法老师有栗色短胡须，凉鞋有点破旧。他微笑着坐下，温和的表情是那种献身于事业的人才有的。通常他会教给我们几句话，比如"热爱美丽，痛恨丑陋，意思是指品德比外表更重要。""凡事中庸！""热爱服务于你的城邦！"可是今天，他急着要听我们念作文，他说在期末考试之前，还有很多东西要学。

赛伐勒斯第一个被叫到，他写的是吕底亚的大富豪国王："……并且，他有六个客厅，每个颜色都不一样。他的奴隶来自二十多个国家，他还有十四条大船……"

他唠唠叨叨地念着，肤色粉红，肥胖的赛伐勒斯是学生中家里最有钱的，而且总爱显摆。他总要提起毕业以后要开始学着他爹当地主。他念完了，文法老师评论说，与其说这是他的作文，不如说他写的更像份财产清单。老师这么说，反让赛伐勒斯觉得很满意，他回到座位上。

隔了几个人，就该是林德罗斯了。他每门功课都很好，算术、舞蹈、诗歌。除此之外，他还十分英俊，听人说，他出身于一个古老的世家，我不知道要是像林德罗斯那样会怎么样——可能会一点烦恼也没有吧。我奇怪为什么他没有一点令人讨厌的地方。他对谁都很好，非常谦虚，总有兴趣听别人说话。

实际上，他写的传记却没有多少人在听。他没有写男人，而是写了一个女人，这真是很独特。之前他写的作文，不管是关于最初的国王还是雅典的现在，似乎都让文法老师有些厌烦，这时他却鼓起掌来，在成绩单上给他加了二十分。

然后，又是千篇一律的朗读。我看着窗外，一边等着轮到我。我对自己写的东西非常满意。实际上，这时候没有几个人在认真听。特拉斯马库斯正在把他的老鹰别针传来传去，那准是他爹给的。因为他有赛伐勒斯做朋友，他爹又刚刚选上将军（十位将军管辖着五百人的议会），他觉得自己是天底下最了不起的人。

西蒙尼特斯也没有在好好听别人念作文，我希望他别挨老师整。因为我知道他的传记是自己瞎编的，又会招来麻烦。问题是，他一点也不在乎，反倒总是让朋友替他担心。

从窗户这儿望着闪亮的校园，我看不见日晷，只是觉出快要下课了。我还轮得上吗?

波利马克斯回到座位上,文法老师说:"好啦,下一个……特拉斯马库斯!"

好吧,别担心,我想,等到假期过了我再念吧。我接着想下午的事,继续望着窗外发呆,无意间听见特拉斯马库斯念道:

"毕达哥拉斯生于萨莫岛,但是他在埃及住了很久,他在那儿跟麦琪学了很多东西,麦琪是埃及的神职人员,类似于祭司和魔术师以及哲学家……"

我翻出我的蜡板,他说的都在上面!特拉斯马库斯什么时候看见的呢?怎么让他抄走了?我去广场的时候还把它带在身上,回到教室跟格劳孔和西蒙尼特斯聊天的时候,才把它拿出来。他要是过来看,我肯定知道。但是,他一定是抄了我的作文!他讲的麦琪跟我昨天写的一模一样!

"毕达哥拉斯发明了很多几何定理,因此非常出名,但是没有什么人知道他的其他方面。"念到这儿,特拉斯马库斯看了我一眼,他的黑眼睛显出嘲笑的眼神。没有人注意到他这一瞥,我却肯定了,他故意抄袭了我的作文!我无奈地环顾左右,大部分人都不在听,西蒙尼特斯还在写着什么,甚至双胞胎兄弟明知道我写了毕达哥拉斯,也竟然没有觉出来。

特拉斯马库斯接着念道:"毕达哥拉斯也是个哲学家,人们甚至说他有超常的能力,比如,可以跟周围的动物对话。据说内萨斯河曾经对他说:'主啊!'"

我甚至能背出每句话:

"毕达哥拉斯发明了用数字记乐谱的方法,他还有一些特殊的癖好,比如,他只穿白色的衣服,而且,他不让他的学生吃豆子,因为豆子容易胀气,使他们放屁。"

直念到幽默的结尾!文法老师大笑起来,特拉斯马库斯露出满意的笑容。"很好,特拉斯马库斯!非常新颖!什么也比不上一个轻松的结尾,让我们在一天就要结束的时候,乐上一乐。给你加四十分!好啦,钟声还没有响,还剩下点时间,再来一个吧,柏拉图?"

"嗯?"

"柏拉图?"

我站起来，说不出话："我……我……"我能说什么呢？可这听起来像是我没有完成作业。"我……我对不起，老师，"我说道，"我不清楚这是怎么一回事，可是我的跟特拉斯马库斯很像，其实基本上一模一样。"

文法老师显得很不高兴，他说："我希望你们中没有人抄袭。""没有，老师！"特拉斯马库斯立刻说。"没有，老师！"我也跟着说。

老师从讲台上走下来，看我的蜡板，我觉得很不自在。

看了半天，他才说："好吧，听着柏拉图，这回我放过你，因为总的来说，你是个好学生，但是我不必告诉你学校对抄袭是什么态度。抄袭是最糟糕的行为，好吧，我不想继续谈这件令人不快的事情，你们俩私下解决吧，保证以后不再犯。你已经长大懂事了，对不对？"

"是，老师！"特拉斯马库斯说。"是，老师！"我也跟着说。他又嘲讽地看了我一眼。

我愣在那儿，想说点什么。大家已经开始收拾书包，特拉斯马库斯大摇大摆地回到座位上。可是我还没想起来什么，下课的钟声就响了，老师抱着一摞字板，跟大家说："同学们，再见！"他等着回应，可惜响应声却很微弱，有一半的学生已经出了门口。

格劳孔问："有什么不对劲儿，柏拉图？"我们四个人在人群里走下台阶，我小声给他们讲了特拉斯马库斯的事。

"你说他作弊？我一点也不觉得意外！狡猾的贼鸥！他什么都干得出来。可是，你别担心，就是几分呗，我的分数比你低多了，这么一想你就好过了！"

我们在信箱前停下，把东西取出来。

"西蒙尼特斯，你为什么高兴得直哼小曲？"阿德曼图问。西蒙尼特斯一边唱一边往书包里装东西，掉在地上好几样。"没大事，只是今天晚上我们要去看戏。"

格劳孔说："上剧院有什么可高兴的，我妈要是想让我挨罚，就带我那儿去。"

西蒙尼特斯的绿眼睛露出笑意："因为你太笨，不懂得喜欢！我认为剧场是最了不起的发明。传说、史诗——"

阿德曼图说："还有诗歌、蜡板、雕塑——在你眼里，剧场里的一切都最了不起！"

要想让西蒙尼特斯急很容易，他变得越来越不好意思，说："得了，我才不在乎呢，我就是不在乎。我想怎么说就怎么说，对不对？我喜欢剧场里的戏装、布景，每场都变，好像一切都变了。反正我不知道我为什么要跟你们解释，我得回家去了。"

他急急忙忙跑掉了，书包里掉出一块蜡板。双胞胎兄弟也匆匆离去，我叹了口气，从存物格里取出集市上买的东西。

可是又出了一件怪事，里边有一个写着字的陶片，这是我平生第一次从存物格里收到信件。周围乱哄哄的人声渐渐远去，学生们大多回家了。我读着手中的陶片：

可爱的孩子，你好，我知道了发生的事情，你可能有点奇怪，但是不要担心，你很快就会明白。期望见到你。

你的新教师：苏格拉底

这事真怪，陶片一定是在上课时放进去的。可是格子上并没有标着我的名字。会不会是搁错了？要是我两边的波利马克斯和帕拉米德斯也都同时找了新教师呢？如果他们下午也遇上了同样的事？不会那么巧吧？

我把它和椰枣、蜡板统统塞进书包，回家去了。

第二章
牧羊人与戒指

　　像大多数学生一样，我家也离学校很近。院子四周是低矮的白围墙，红瓦的屋顶，屋前是园子，种着银色树干的橄榄树。厨房的门口放着三个很大的双耳大陶瓶，里面盛着橄榄油。我喜欢他们，经常揭起盖子去闻，伊诺对此十分懊恼，因为总有小黑苍蝇和蚊子会飞进去产卵，被粘在上面。从厨房穿过是中庭，那里通常很热。屋后还有个园子，草地中间有片芹菜地，丽达的窝就在这儿。石头垒的蓄水池里的水从没有满过，我们还得拿着陶瓶去艾瑞丹诺斯河打水，这活挺累，所以有时我们用邻居家的奴仆干这个。

　　"柏拉图，你好像有心事！"隔壁的卡里克丽亚夫人从阳台上跟我打招呼，这位老太太快九十岁了，脾气不怎么好。

　　还有几个别的邻居，也冲我喊："嗨，柏拉图！"这时天色还早，可是有不少邻居家已经在剥豆角、和面，准备晚饭了。人们在前院做这些事，这样可以跟左右的邻居们说点闲话。"喂，好呵，你明天要是想用酒坛子，我们家有的是，来拿吧。""喂，柏拉图！帮我问问伊诺，还有没有蓝毛线，我想要一尺……"

　　我匆匆跟他们打了招呼，进了自家的门，屋子里很荫凉，飘着饭香，伊诺正在捏面圈，准备放进炉子里烤，她棕色的头发挽起来了。她身后放着几只油灯，晚上回房时，我们要带上。晒干的天竺葵杆的灯芯整齐地摆在另一边。丽达正在弄乱它们。

　　"快点，她在吃灯芯！"我叫道。伊诺听见惊叫起来。伊诺比我大不了几岁，我总爱捉弄她。

　　从还是小女孩的时候，她就在我家当女佣。最近她订了婚，对方正在伯罗奔尼撒当兵，过不了几年她就会结婚离开我们。她最欢喜的事就是收到未婚夫寄来陶片信。有时我悄悄观察她，琢磨她是否算得上漂亮。

　　"别闹了，柏拉图，"她亲切地说，"给你的小表妹买礼物了吗？"

　　"还没有，下次吧。"我有点恼，怎么就忘了呢！

　　"给我带丁香了吗？"我把丁香扔到桌子上，问她老师来了没有。

　　她睁大眼睛，咕哝道："怪吓人的！"

　　"吓人？"

　　"嗯，你可别跟他一样……"

　　"我也是这么想的。我今天受够了……"我把学校里的事，一样一样都讲了出来，直到我看见她抿着嘴笑，我才觉出她在逗我。

　　"别瞎闹了，他在哪儿？"我说。

　　"他在花园里，在教学生。"

　　"哪的学生？"

　　伊诺耸耸肩，一边把小圆饼烤上，一边说："我也不清楚，不过我让他睡在你隔壁，离我远点。"

　　我开始想马上到花园里去，可是又一想，改变了主意。

　　伊诺换了口气，说道："无论如何，柏拉图……"她请我帮忙，"我想写未婚夫写封信，请帮助我拼几个字。有些字我不认识，咱们吃完晚饭就开始？"

　　"你爱上他了？"我问道，想趁机多套出一点消息。

　　她心事重重地看了看炉子里的饼，叹息道："唉，要是你恋爱上了呵……"

"爱上了又怎么了？"

她红着脸说："别瞎问了。"

我匆匆上楼，想知道新老师是个什么样的人。

他的房门开着，我肯定那个陶片是他写的。可是，我向里面张望，并没有发现任何线索。他的房间普普通通的，里边基本上没有什么东西，除非这也可以算做奇怪。门上挂着两件破旧的袍子，简直就像乞丐身上的那种，桌子上有张空白的蜡板，还有几本书。

从窗口望去，我看见花园里有四个人，两个像是学生，另两个站着谈话，其中的一个必定是苏格拉底了，他矮小结实，白胡子，大大的蓝眼睛，脚上不穿鞋，身上的袍子跟他房里那两件一样破。

我看见两位学生都很英俊，年纪在二十上下，橄榄色的肤色，头发很短。他们正在专心地听另两个人谈话，一边听，一边点头，样子好像很入迷。到底他们在说什么？我这里听不真，只偶尔听到"正义"之类的词，好像很高深。你要是想学习当众演讲，就会上这样的课。我也要学这个吗？但愿不要！

那两个学生像是在告辞，我赶紧又下楼，穿过院子来到花园，去见苏格拉底。我对他说："老师好！"除此之外，我再也想不起另外的话，只把刚买的椰枣交给他。

"你准是柏拉图了。幸会！这是给我的吗？谢谢，这可是好吃的东西呵！"

离近看，我觉他一点也不像老师。我们坐下，他显得很随和、幽默。

"今天上学累吗，能不能这就开始？你看，也许我该告诉你一件事，我特别爱学习，学起来从来也不觉得累，我会一直学到半夜甚至清晨。"他这时也许看出我有点不自在，就笑着说："但是别担心，也许我们先学一点，给我讲讲你自己吧。"

我说，这是最后一学期，我还不知道明年会去做什么，我还给他讲了格劳孔、阿德曼图和西蒙尼特斯。然后我就不知道说什么好了，于是开始问他的事。

他说："呃，我是个哲学家，你知道什么是哲学吗？"

实际上我确实知道。因为我刚好写了毕达哥拉斯的文章，他既是哲学家也是数学家。我说："作为哲学家，毕达哥拉斯有点怪，人们说他会跟河水说话。"

我以为苏格拉底不会把我的话当回事，可是他似乎很感兴趣。他赞叹着："乖乖！你的研究多有意思！没错，哲学家有时行为古怪，嗯，我希望我不会让你失望，要是你也希望我行为古怪。你看，我自己的哲学比毕达哥拉斯还差很远，老实说吧，我学得越多，就觉得自己什么也不知道。所以我就觉得最好还是谈话。"

"只是谈话？我们就做这个？"

他说："没错，正是这样。也许我现在就开始问你，好吗？"

我犹豫了一阵，这可是我被问的第一个哲学问题。这会不会像我听说的那样难？

"如果有个戒指，它能使你隐形，柏拉图，你想要它吗？"

我想要吗？就是这个问题？我想了一会儿，兴奋起来。想想吧，隐形戒指能帮你做的事情！偷偷溜到卡里克丽亚家，溜进老师的办公室，突然我想起了特拉斯马库斯，心中一惊！莫非特拉斯马库斯就有这样的戒指？那个陶片说的就是这件事？

"老师，你怎么知道？"我冲口而出，"特拉斯马库斯怎么会有？是你给我写的陶片？"

苏格拉底微笑起来："我们的课跟你在学校里学的不一样，我们只是对话，不必去背荷马之类。而科目也不一样，要按照你的兴趣和喜好来定。可是，我们还是要一个一个地回答，不能一下就跑到另外十几个问题上去。告诉我，你想不想要隐形戒指？"

"豆子熟了！"伊诺那边吆喝起来。

苏格拉底说："咱们一边吃饭一边谈吧。我们的课有这样一个好处，就是可以在任何时候和地点上课，在花园里或者在饭桌上……实际上，我想我们的话题很适合一边吃美味的煮豆一边谈。"

说到这儿，我们就来到桌前。伊诺摆上了鹰嘴豆、大麦面包、洋葱、橄榄、干果和满满一篮面包。伊诺有点疑惑地看着苏格拉底，不知道他在说什么。

酒汩汩地流进杯子，宣告着一天的结束。门敞开着，落日把天空染得通红。我们继续谈话。

我说："嗯，我肯定不想用它做坏事，"我们开始热烈地讨论可以用戒指做什么。伊诺一边煮葡萄叶为明天做准备，一边也加入了谈话。

她总对学校的事情感兴趣。尽管因为她是女孩不能上学，她也想办法学习了读书写字。她总说，不让女人上学是多么荒唐，像卡里克丽亚这样保守的人会因此而批评她。

谈话间，天完全黑了，我放学之后的倦意也一扫而空。

我把一块面包蘸进汤里，说道："苏格拉底老师，我不明白，你为什么说你为特拉斯马库斯感到难过？你要是见过他，你绝不为他难过。你这样说只是因为你不太认识他。"

他望着我说："唉，柏拉图，照我说，事情还没弄清楚，但是我肯定不会去碰这只戒指。那会带来巨大的不幸，所以不管是谁碰上它，我都会为他难过的。"他的神情非常严肃。

我得承认，真相确实还没有查明，不过，特拉斯马库斯一点也没有倒霉。苏格拉底似乎看懂了我的心思，开始给我讲这只戒指的由来。

"什么由来？"

苏格拉底说："它第一次被古阿斯发现的时候，在吕底亚。"

"可我不知道古阿斯是谁。"

"真的吗，柏拉图？你怎么连这个也不知道？我就知道！"伊诺插嘴说，觉出比我懂得多，显出几分得意。

苏格拉底正在帮着伊诺把盘子放进水池，听到这儿叫道："太好了！"我看他干这些有点吃惊，因为这种事男人或者教师都不会去做。记得我的表哥有个老师，总是把奴隶呼来唤去，跟苏格拉底可不一样。

"那就给我们讲讲吧！"

她热情地说："我去把琴取来，好好地讲个故事，咱们去院子里讲？柏拉图，我唱的时候，你能用七弦琴给我伴奏吗？"

我知道伊诺最爱讲故事了，没有琴也行，我小时候，她总弹着琴给我们讲故事，只有西蒙尼特斯喜欢这样听故事。我们大了，不用再听她弹琴讲故事，这使她有些失落，只盼有一天有了自己的孩子，再对他们讲故事。我真喜欢这样的谈话课，不想回房间取琴，把它变得跟学校的说唱课一模一样。

伊诺回到厨房拿来她的书，读了起来："很久以前在吕底亚，住着一个贫穷却很幸福的牧羊人，可是有一天他受到了邪恶的诱惑。他在长满青草的小山上放羊，发现了一个盒子，那个盒子是别人的。然而他还是打开了盒子，发现里面有一枚戒指，这戒指能让人隐身。古阿斯戴上了这只戒指，他戴着它进了皇宫，用它害死了国王，然后又假装安慰悲伤的王后，使她爱上他并嫁给了他，就这样，"伊诺坐在我们中间，顿了顿："吕底亚的穷牧羊人就这样当上了国王。"

伊诺对自己讲的故事感到很骄傲，但是我却感到一丝惆怅。如果古阿斯不可相信，特拉斯马库斯就更不能让人放心，会做出更坏的事情，可这时，苏格拉底说了句奇怪的话。

他说："这故事真逗，伊诺，你讲完了吗？"

她说："完了，怎么？"她指着最后一行，有些不解。

苏格拉底拿起书说："正像所有这类故事，最重要最有趣的部分作者没有讲出来。"听了这话我不但不明白，反觉得更加困惑。

"有趣的部分是什么？"伊诺问道。

"嗯，古阿斯拿了戒指会不会后悔？他高兴吗？我们要是也碰见了这个戒指，会不会戴上？就只是试戴一下行不行？"

现在，伊诺的声音变得不确定，因为她觉得这些问题不好回答。她说："我觉得作者没漏什么东西，苏格拉底，因为这个故事是给孩子而不是你这样的人听的。"

我有点生她的气。我和她总爱逗教师、家长和自以为是的人……可是这回我跟她想的不一样，幸亏苏格拉底没有慌乱。

他说："也许是这样吧，可是你也得承认还有很多方面需要重新想想，明天咱们再聊好吗？"他站起身，问伊诺："不过，伊诺，你的书借我看看行吗？"

她说："没问题。肯定不需要别的了吗？再来点面包和酒？"她的语气里带着调皮。

他平静地说："不了，谢谢你的好意。"随即向窗外望去，说道："我喜欢简单的生活。"

伊诺接着啰唆："就随你吧，你可以借柏拉图他哥哥的凉鞋，就借吧。他们正在外头打仗，不会在意的。"

我觉得她现在有点过分了，可是苏格拉底仍旧没有生气。

"不，谢谢你，好心的女人，我看没必要穿鞋，我用不着。我只是想多跟您谈谈，看您的方便了。我很想知道您对各样事情的看法。"

伊诺接着胡说："没问题，你随时都可以向我请教。"

她向我使了个眼色，苏格拉底这时上楼去，一手拿着伊诺的书，一手举着油灯，他的光脚踩在木楼梯上，弄出的响声让他左顾右盼。

第三章

可怕的木偶师

　　那边苏格拉底赤脚走上通向狭小卧室的楼梯，这边木偶师正凝视着窗外浓重的夜色。这是个石头作坊，远离人群聚居的平原。窗外晃动着黑色的树影，树叶被精灵揉搓着，沙沙作响。真好呵，一天又结束了，又到了休息的时候。

　　他把木偶的绳索放在木桌上，长而灵活的手指有些疲劳，一整天他都在牵动木偶。白天总是在工作中过去，夜晚总是意外降临。他站起身，感到有些冷。

　　天气变凉了，炉中闪着一点蓝色的火光。这间大屋很容易变冷，他把搭在椅背上的毛毯披在身上，举起蜡烛，欣赏起他的木偶来。

　　呵，他有上万只木偶，全是精致的木雕，一排一排待在那儿，等着他来牵动。这些可爱的、聪明的小东西都上了漆，做得十分精致。

　　他最爱看它们投在墙上的影子，没有人说他的作品不够好。没有人！每个人都被他蒙骗了，他们总是盯着它看，感到十分惊奇。

　　这些让他心中喜悦，睡意袭来，他爬上石阶，瘦小驼背的身子围在毯子里。

石壁潮湿得能滴水，听得到屋子尽头困在笼子里的精灵的尖叫，石级通向一个洞口，透出绿光，进去一个大厅，五个穿着黑衣的随从举着火把来迎接他。

"木偶师大人，这里很冷！"

"木偶师大人，这毯子不够厚！"

当然他们这么想！这些笨蛋、傻瓜，居然看不住那件贵重的东西！一想到这儿，他就怒不可遏，那帮人正在把大门闩上，给它上锁。他吩咐："关紧点，小心，你们这群笨蛋，要是再失窃，我可就不客气了。"

"是，大人。"

"你们去找过没有？"

"都找遍了，抓住了窃贼我们决不轻饶！"

木偶师不禁露出一丝满意的微笑。

一个仆人走过来殷勤地问道："大人，晚餐在餐厅预备好了，我们陪您去吧？"

他厉声说"我还不饿！"之后，四下里张望，想看看有什么地方不对劲。高高的房顶，挂着红色窗帘的窗户，储存东西用的黑色柜子……"我明天再去吃。"

"是，木偶师大人！"

"您是否还要去宫殿？"

"是的，你这傻瓜，我巴不得现在就去睡觉，可是卫兵不可靠，叫我又能怎样？"

卫兵一齐鞠躬，两个人引着木偶师走下黑暗的走道，一个说："我们会弥补自己的过失，我们已经想出了一个计划。"

他尖声说："理当如此！"

这条通道的两边没有灯，放出来的精灵在黑暗中吐着毒液，跳出来吓唬经过的人。木偶师却啧啧称赞道："唉，我的美人儿，多可爱，多甜蜜！"

他来到一个黑色石砌的露台，底下院子里的积雪有几尺深。他巡视着藏宝库，经过一间间密室，一个一个站岗的卫兵和幽灵。忽然，他大声说："好了！"他们走出来，外边，呼啸的北风淹没了树林的嘈杂。"带路，返回。想一想这样的地方还会失窃，真不知道你们有多笨。快走！我干了一天活，不想呆在冷风里！"

他用一头燃着火苗的拐杖去捅边上的仆人。

"哎哟！"

"什么?!"

"哎哟……我意思是说，对不起，主人……"

"那就好。"烫着了仆人让木偶师心里舒服些，一行人悄无声响地走了回去。

这间屋里挂着红色帐幔，有更多的木偶，仆人们帮他宽衣解带，之后离去。他爬上床，盖好，吹熄蜡烛。事情还不算太坏，还没人能对付他，不少人试过，但是没有一个得逞。他也许可以忘掉那件讨厌的事情，再也不去想。

是的，他咕哝着，他要好好睡一觉，他需要休息一下，他就这样安然睡去，不带一丝烦恼，直到早上的冷气和令人愉快的光亮把他唤醒。

天亮了，到处都是蝉鸣，邻家的公鸡在叫，丽达也跃跃欲试，她用翅膀拍打着我的门，想进来。我在床上又懒了一阵，听着种种声响。耀眼的光线从百叶窗的缝隙透进来。这是真的吗，苏格拉底真是我的老师？他人怎么样？对了，一定要将特拉斯马库斯的把戏告诉朋友！

像有魔法似的，日光照在身上，我就这么享受着，用不着急急忙忙赶着去上学。这时，伊诺跑进来。

她高兴地嚷着："柏拉图，柏拉图！嘘，丽达！赶快起床！"

她调皮地把石槽里的水撩在我脸上，又去把窗户打开。

"苏格拉底想让你跟他去神庙祭祀。他说要快些，因为下午他还要教学生。早点的面包和酒在这里。"

她走后，我马上起来，在水盆里洗脸，穿上短袍和凉鞋，很快收拾好。节日真好，好像一整天都空着，在等我由着自己的心意去任意填写。一个月大概总有两三个节日，大多数是祭拜阿波罗神①和缪斯女神②的，每逢这种节

①阿波罗神：古希腊神话中最著名的神之一，掌握光明、青春等，常被称为"太阳神"。
②缪斯女神：古希腊神话中掌管艺术和科学的女神，她的坐骑是飞马。

日，学校就会放假。

然后，我去找苏格拉底，他早就起来了，正在花园里散步。他说他喜欢利用黎明的时间安静地读一点书，而往后的一整天，他都要想哲学的事情。

"今天是节日，让我们去神庙吧，咱们可以一边观察周围的人，一边继续昨天的谈话。"

我说已经收拾好了，匆匆走进厨房掰一块面包，拿起伊诺留在那儿的装橄榄油的瓶子。她先要做家务，过后也去祭神。其实她相当兴奋，因为她既是女人也是奴隶（尽管我们并不把她当成奴隶看待），只有在这种日子里，她才可以出门，去河里打水、洗衣服，去神庙祭祀。一想到这个，我就替她难过。

在外边，耀眼的太阳照着白色大理石的神庙，大街上一片节日的气氛。有些雅典人戴着花冠或桂冠，唱着圣歌，家家门户大开，邻居间互相道贺，空气里飘着好闻的味道，节日的宴席正在准备之中。

在集市尽头的神庙，有一队市民正在祭献十二主神①。我们想要走得远一点，就抬着油瓶走到卫城，拾级而上。我们的两侧是干枯的一丛一丛的百里香，一个挨一个的小神龛的洞穴和祭坛。

我对他说："给我讲一讲戒指的事吧！"

他的蓝眼睛盯着我，说："可是，柏拉图，我已经告诉过你，我不想教给你什么，却想通过谈话，跟你学习。"

"那不是太自私了吗？"

他笑起来："天狗保佑，的确如此！你也许会这么想，可是，迁就我一回吧。"

我们停下来，歇口气，然后接着往上走。

我问："另外，你真的不愿意穿鞋吗？这台阶可是很脏，人人都踩过，还有人吐口水。"

---

①十二主神：古希腊神话中传说崇拜的十二位主要神祇，他们以宙斯为中心，居住在奥林匹斯山上，分别坐在各自的黄金椅上。

我们脚下的死苍蝇和被香火熏黑的地方，在阳光下暴露无遗。

他望着他肮脏的脚趾，笑着回答说："哦，我是觉得鞋没有什么用。我用不着穿它。如果你不需要某样东西，为什么还要用它呢？"

"当然了！"

他说："好吧，柏拉图，回到我的问题上来，看看，我们下边是不是集市？"

我们往山下望，穿着五颜六色衣服的一群人正在做祭祀，在阳光照耀下，大理石和青铜的雕像发出明亮耀眼的光泽，艾瑞丹诺斯河闪闪发光。

"我想问，你觉得雅典怎么样？"

"就关于雅典？"

"正是，它是不是你理想中的城市？"

"我理想的城市？"

市民、占卜的人、预言家、祭司——各式各样的人都挤在上山的路上，或往前走，或停下来，指点评论一番。

"正是，你美好的理想！我只喜欢这样的吵闹和口水。夏天里的蜜蜂和蚊子我也一样喜欢。对了，别站在路中央，没看见吗？人们都要去卫城。"

好吧，尽管这样想不太好，我还是觉得苏格拉底是自讨没趣，到处瞎走，睁大眼睛，问人家奇怪的问题。不过，我还是随便敷衍他一下，因为想要接着打听那个戒指怎么样了。

我开始有点喜欢这样上课了，回答道："我理想中的城市要好玩。"我走到一个小祭坛旁边，它供奉着林仙，我接着说："那里必须要有沙滩，这才好玩。"

他问："沙滩？你想把它放在什么地方？"

我指着上方："就在那儿，不要帕特侬①这种东西。"

他笑着说："真聪明！沙滩是什么样的呢？"

"金色的，上边还要有珊瑚！"

----

①帕特侬：智慧和胜利女神雅典娜的别称，这里指帕特侬神庙，是雅典卫城主体建筑，也是世界著名建筑杰作。

"太精彩了，我真是长见识！还有别的吗？"

我说："我觉得石子路不太好，要是用沙土来铺路呢？"

他应道："沙路！还有吗，孩子，都告诉我！"

"也许我应当再加点好玩的事情，比如喷泉流出的是蜂蜜，就从这个神坛中央流出？"

苏格拉底附和道："那太好吃了！"这时一个预言家从这里经过，他的面孔晒得黑黑的，眼睛绿绿的，朝着下山的方向走，一边走，一边叫："新故事，新故事，东方英雄的故事！想听故事的，跟我来！"

苏格拉底说："孩子，最最香甜的喷泉！"他一边赞赏地望着预言家，一边问我："还有吗？"

我耸耸肩说："没什么了。"我有点不耐烦了，想着戒指的事，看不出这跟戒指有什么关系。我说：**"我想叫它做卡里波里，也就是美丽城邦。我觉得雅典不如它那样完美。"**

他瞪大眼睛，惊奇地问："我的天，真的吗？你要在那儿设什么样的政府呢？"

我耸耸肩，说："随便什么老式的！"我头一次遇见这么随便的老师，他从不要求你有什么固定的答案。

"你是当真？"他追问道。

"当真。"

"好吧，要是这样，我很高兴，你告诉了我理想的城邦应当是什么样的。"

他没再说别的事情，我们走上大理石阶，走进神庙，把油倒进祭坛。戴着花冠、穿着白袍的祭司在给我们涂上圣油，然后，我们就下山回家。

我请他再说一点戒指的事情，可是他却告诉我，必须要再等一阵。我们就只好谈些日常的事情。回家的路上，我一直在问他。

"老师，您结婚了没有？"

"当然了，我娶了一位了不起的女人，她叫赞西佩，不在这里。"

"在哪儿？"

"我现在还不能告诉你，孩子。不过，总有一天你会知道。"

"你总是这样给人家上课吗？"

"哪样?"

"嗯，就是这样到处走呵，问问题，而不是像模像样的……"

"哦，我已经告诉过你，我更多是在学，不是在教。如果你非要把它当做教，好吧，我就是这样教的。"

"你一般在什么地方教人呢?"

"各处，就像这样，在雅典的大街和花园里，跟人聊天。不过，我也在一种叫做学院的地方教哲学。"

"那是什么地方?"

"是个很特别的地方，你以后会知道得更清楚。"

"老师有多少岁?"

"六十五岁。"

"你有什么爱好吗?"

"我有时去体育场，可是我最爱跟遇到的普通人学习。"

街上没什么人，大多数人都在广场一带做祭祀，路边一个卖酸奶的把我们当做唯一的买主，向我们叫卖："新鲜的酸奶，自家的山羊奶!"

我有点饿，想买，可是苏格拉底却让他走开。他对我说："对不起，我没有钱，我上课从来不收钱。"

我小声嘀咕："没人会给……"

我们到了家，伊诺已经把厨房收拾好，他说："对了，我得先去一下学院。我们一会儿再接着谈。我想先确定一下，你认为的理想城邦的确是那样的吗? 你要是真这么想，我就把它记在我的蜡板上。我觉得太有意思了。我可不可以把题目写成：柏拉图的理想城邦?"

我笑着说："当然可以，我就是这么想的!"

不知道为什么，我突然感到一丝悔意。可是因为怕丢面子，我不但没有改口，反而补上一句："我觉得理想城邦就是这样!"

第四章

怪异的木柜

节日的后半天没什么意思，外面的天气很热。我在院子里蹓了半天，又回到屋里，打开放在角落里的油瓶、粮食罐和酒罐，闻了一遍，闲得发慌。

我没有好好回答苏格拉底，心里很内疚。我总是这样，把玩笑开得太大。现在我开始担心，苏格拉底原本想告诉我一些事，但因为我胡说八道而改变了主意，他现在不会把戒指的事都告诉我。

屋子里静悄悄的，阳光投在水池、红陶器和花盆上。伊诺会去神庙一整天，苏格拉底也去了他的学院。明天要考《荷马》的背诵，我想温习一会儿，可就是集中不起来精神。于是我放下书，去找西蒙尼特斯。可是他不在家，他们全家都不在，一定是去了城外的剧场。那里离城很远，他们大概要在西蒙尼特斯的叔叔家过夜。

什么都不如洗澡能打发时间。幸好我还有一个铜币，可以去公共浴室，用这个铜币雇个奴隶给我用温水冲洗，让他在我身上涂橄榄油。我很少去公共浴室洗澡，一般都是在自己屋里的水槽里擦洗，所以我想去浴室尝试一下。

我从浴室回来时，已经是下午，阳光不那么强了，我的心情也好多了。

可是，我发现出了件怪事。院子里丽达的窝不见了，代之以一个大木柜，又老
又破，一扇门敞开着，另一扇关着，用一条生锈的链子锁着。我走近时，闻见
一股刺鼻的臭味。

这种味很难形容，雅典城中人们丢弃的剩饭菜的垃圾堆在阳光下暴晒，
再混上牲口的粪便，差不多就应该是这种味。因为我刚刚从浴室出来，头发还
没干，所以觉得更糟。

当然，苏格拉底不可能从学院赶回，放上柜子再赶回去，因为那儿离得
很远。但这是谁干的呢，人们都在过节，除了他还会有谁？我回来时，丽达正
在井台上睡觉，见到我就走过来，我小声对她说："你觉得会是谁呢？柜子里
到底有什么？是什么东西这么难闻？"

"柏拉图！"是伊诺的声音，"柏拉图，你在家吗？给我念封信好不
好？"

我没吱声。

"柏拉图？"

我不想让伊诺发现我在家，她正往花园走来，没时间多想了，我跳进了
柜子，丽达也跟在后面。

"柏拉图！"她还在叫。

第五章

掉进美丽城邦

　　虽然在战时的雅典随便提"好运"这样的词语有些不妥，可是新当选的大将军、特拉斯马库斯的父亲——卡西多纳确实交上了他平生的好运。

　　一想起那天早上的奇遇，他就喜上心头。当时他被吵嚷的声音惊醒，听见女人的尖叫："有贼！抓贼！"还有奴隶们跑来跑去的脚步声。这些都让他恼火，他躺了一会儿才起床，洗漱罢，在脸盆旁边戴上一件一件首饰——他看见了这只戒指！

　　起初他觉得它有点旧，两条镀金的蛇盘成一圈，他埋怨奴隶太懒，没有把它擦亮，一边把它戴上——奥林匹亚真神！他的胳膊正在一点一点隐去不见了。他吓坏了，然后就明白过来，这是能够隐形的戒指，想到它能带来的种种方便，他高兴得心跳加快！

　　从那时起一切都大变了。只是在用它时要小心谨慎！正是这样，他要告诫儿子，一定要多加小心。

　　天色变暗，他走到门廊上，看着奴隶们给各个房间点上灯，准备晚饭。经过儿子的房间，他停下看了看，他们在这里存放金器和银器，他在银杯里照见自己的影子：有点发福了，前额出现了几根白发，这些却符合大将军的身份！

只要小心行事，雅典——这地方到处是神庙、橄榄树，这儿的人也净是蠢货，喜欢整天谈论历史和道德（他从来没加入过这种无聊的谈话）。著名的雅典早晚会被他征服。他对着银杯喃喃自语："小心，我儿特拉斯马库斯，只要我们小心，不过分用它，雅典早晚会是我们的！"

他们最近常添新奴隶，儿子的成绩也越来越好，这让他的胖女人忧心忡忡。她担心他们是不是干了越轨的事，妇人之见！就让她自己去循规蹈矩好了。

幸亏他的儿子特拉斯马库斯聪明喜人，听他的话。是的，他们家好运当头！

"丽达？丽达？"我小声呼唤着，她柔软的羽毛蹭到我的小腿，我开始放下心来。我正站在一片金色的沙滩上，有点像广场，不过它紧挨着大海，我站在一个流着蜂蜜的喷泉旁边，上面嗡嗡飞着一群又黄又黑的蜜蜂，我本能地跳开了。

这时我才发现沙滩不是一块一块的挨着，之间竟然是深不见底的裂缝。丽达一下就掉进去了，我惊叫起来，却无能为力，眼看着她掉进深处，徒劳地拍着翅膀。

我忽然惊慌起来，被一种孤独感压倒，大海上是无边无际的蓝天，这地方似乎没有人。远处有个跟雅典议会差不多的白色建筑，不过里边大概没有人。苏格拉底做了什么?我虽然没有好好回答他的问题，他也不能这样罚我，把我弄到我随口设想的陌生地方来；他肯定不想这样。我想一回到家就向他道歉，请他告诉我他原想讲给我的事情，跟他说，我从今往后一定要做事认真。可惜，一切都太晚了，我现在困在这儿，四下里空无一人。

在广场的后面，是一片浓密的树林，似乎非常深，望不到边。我望了一阵，林子边好像有个人影，提着个大箱子。那人影一闪，就不见了。

"先生！先生！"我边嚷边跑过去。

没人搭腔。

我一边喊："先生！"一边一跳一跳地奔过去，怕掉进裂缝。

来到树林边，我看到在一片空地上大概有十来个人，我一下子高兴起来。这些人正从各自的箱子里往外掏东西。那些东西五花八门：有衣服、被单、葫芦、药瓶。他们把这些东西递给旁边的人，虽然他们样子奇怪，包着奇怪的头巾，穿着五颜六色的斗篷，但是他们的话我却能听懂，是希腊语，带着外国口音。他们好像在埋怨什么。

"唉，总算到了……"

"事先不知道这地方竟会是这样……"

"无论如何，早到就好！在大沟那儿一耽搁，我当我们会是最后。"

"好吧，不用担心，估计一两周就能弄好。"

"我不清楚这些。"说这话的是一个白头发的老头儿。他正从箱子里取出一根长棍。"谁也说不准会遇上什么。一次比一次困难，你们还没看出来吗？恶人的能量已经蔓延开了。"

"听说苏格拉底……"

"苏格拉底，我觉得现在苏格拉底也应付不了！"他说。

"他的计划太神秘了！"

另一位说："不只是神秘，我们得用这个来抵挡恶灵，这林子里到处都是！"他一边帮朋友往外掏棍子，一边接着说："只是我不相信凭苏格拉底就能打败恶人。"

他的朋友怀疑起来："什么，你不会加入阴谋者吧？"

这位有点生气，说："当然不会，你怎么能这么说？毕竟，我同意过来，住在这儿，你没看见吗？我同意参加这次行动！"

另一个人嘀咕着："若是苏格拉底的计划成功……"一边从箱子里往外拿棍子。

"哎，对不起！"我嚷道，觉得可以趁机加入谈话。"抱歉打扰一下，可是你们好像在谈一个叫苏格拉底的人？"

"正是，怎么？你是……？"他们怀疑起来，举起手里的木棍，"你不是阴谋者吧？"

我连忙摇头："不、不！我是他的学生，我叫柏拉图。"

"柏拉图?"他们重复着,互相望着,问我:"你从哪儿来?"

"从雅典。"

我的回答似乎让他们放下心来。他们同情地摇头叹息:"雅典, 雅典……我们听说你的城邦情况不好。"

"真的?"

"当然,那儿不是一直在打仗吗?"

"雅典城是否已被魔戒征服?"

白头发的老头说:"也许这孩子年纪太轻,不知道这些事情。"

我急忙说:"不,我才不小呢,苏格拉底已经告诉了我一些戒指的事,我知道谁在用那只戒指,我认识那个人。"

"真的?"

他们都吓了一跳。

"不,不,不,不!"

"太可怕了!"

"那东西是属于恶人的!"

"也许他离这儿还远!"

一个人冲地上啐了一口。我看见一群披着斗篷的人都围过来听我们谈话。

"实际上,苏格拉底还给我讲过现在这个地方!"

"他说过?"

"嗯,有意思,苏格拉底计划这个城市好几年了。"

"有这么久吗?"

"当然。他没跟你说过吗?"

"呃,还没提到过……你知道,我刚当上他的学生。其实是从昨天才开始的——实际上,实际上这个问题可能有点傻,你们能告诉我苏格拉底到底是什么样的人吗?"

"什么人?"

"你不知道?"

"嘻,苏格拉底是哲学家。"

"正因为他是有史以来最伟大的哲学家,他想制订一个计划,彻底打败恶人。"

我说:"我明白了,那你们呢,你们也是哲学家吗?"

让我这么一问,他们似乎很不高兴,甚至有两三个人生气地说,不是哲学家并不是他们的错,不是人人都能当上哲学家的。不过多亏我问,他们也都是上过学院的。

我不想惹他们生气,赶快改变了话题,回到戒指上来。我说:"这个问题可能又是个傻问题,戒指跟这个城市有什么关系吗?"

"戒指跟这里有什么关系?"

"唉,孩子,毕竟你的老师苏格拉底比我们更清楚。"

"我们能说的也许只是——"

"小心!——"

他们一下都举起了手杖。就像当初那个拿箱子的人说的,三个尖叫的黑色幽灵从树上跳下来,冲向我们这群人。长木棍射出绿宝石的光,可是并没有打退这些幽灵。

"跑,柏拉图,快跑!" 大家向我喊。

"快离开!"

"别待在这儿!"

"它们会越变越多!"

我吓得什么也顾不上想了,撒腿就跑,我跑过树木,听见后边的尖叫声在不断变大。我也不知道朝哪儿跑,只想回到沙滩上,那里安全些。可是我跑得太急,脚下一滑。

我知道自己掉进了裂缝,徒劳地想抓住一块沙土地。太迟了!那个裂缝把我吸了进去,我被吸得牢牢的,飞快地掉下去,掉呵掉,那股风拉扯着我的脸,我的耳朵,生疼,巨大的呼啸声席卷了我,我大叫起来——忽然屁股碰地上,碰得很疼。

我落在木柜中,雅典已是夜晚。我站在花园里直发抖,看了一阵这条街上的人家。多数人家的百叶窗都已经关上了,只有少数几户的门口点着灯,照着门前的雕像和陶罐。苏格拉底的窗口还黑着,他还没有从学院回来。我的心还在猛跳。我悄悄回到自己的床上,躺下,一宿没合眼。

第六章
哲学家国王与王后

格劳孔叫道："怪不得特拉斯马库斯的样子总是那么得意！他做的事我连想都不愿想！"

对我们来说，今天早上没什么不一般，我们班的同学一部分都在院子三三两两地温习诗卷。因为头一节课是由校长上的，我们要背诵荷马，说起来有点让人不安，一进入夏天我们要考整部的《伊利亚特》和《奥德赛》。要知道我们自五岁起就开始学这两部长诗了。

我说："苏格拉底说那个戒指很可怕，那些美丽城邦里的人也这么说。他说谁要是摸了它都会缩得特别小，可特拉斯马库斯好像并没有受到诅咒。"

格劳孔一边逗着一只爬上手的蚂蚁，一边说："我不明白，他做出这样的事怎么像没事人似的。对了！就这样！柏拉图，你听我的，我这就给他一点教训！"

阿德曼图说："你不能用那戒指。"他轻轻咬着他的护身符。这个护身符自他出生起就一直戴在他身上，他总爱一边咬着它一边想事情。(格劳孔因为爱运动，嫌护身符碍事，从来也不戴它。)

阿德曼图说："我要是有它，不会用它做行骗之类的蠢事，我会用它来探险，去陶工的工场或是斯巴达人的营地。"

我说："我想用它偷听，比如将军们说打仗的事。"

我们听见周围人都在念《奥德赛》的一段，这一段我们今天要考。只有西蒙尼特斯一个人从没打开过他手里纸草做的诗卷，对戒指的事，他似乎也不太感兴趣。

我们问他为什么不发言，他叫道："谁在乎呢！我多想也造一座城市，我不相信你真能进到自己编的地方，再给我讲讲，那地方什么样？"

"它不是编出来的，西蒙尼特斯。我只是随便回答了几个问题，无论如何，那儿有人，还有奇怪的幽灵，茂密的树林，怎么说呢？那儿的人说这地方是苏格拉底设计的。放学后到我家来吧，我给你们看。"

格劳孔说道："西蒙尼特斯，你让我不安。你已经会了《奥德赛》，为什么还要来上课？"

我们会一个接一个地被叫起来背诵，马上就要上课了，校长特别严厉。格劳孔和阿德曼图这两个双胞胎兄弟拿出他们的诗卷，那是他们的祖父留下来的，已经变厚，又脏又皱，变了颜色。上边没什么插图，字迹也不很清楚，祖父的字没有几个人看得明白。他们家并不富裕，因此他们的东西都不是新的，都很破旧。

格劳孔抱怨着："一看见这本书，我就讨厌《奥德赛》，我要是有赛伐勒斯那种蓝红插图的书，我一定好好念，一点也不耽误。西蒙尼特斯，你都会了，一会儿我挨着你坐行吗？"

阿德曼图说："得了，格劳孔，别傻了！你为什么不看看今天要背的这段，很有意思，瑟茜女巫把奥德赛的人变成了猪！"

我们只背了一两行，又开始谈起戒指的事。阿德曼图说："我就是不懂，怎么也弄不明白，戒指跟城市有什么关系呢？"

我说："我也不明白呀，我不懂美丽城邦里的人说的那些事，我只知道苏格拉底是个哲学家，城邦是用来打败戒指的一部分。."

阿德曼图说："听起来他是个哲学家，"这时上课的钟声响起来。阿德曼图接着说："我从书上读到过，哲学家净做些稀奇古怪的事情，即使有很多钱也要隐居呵、甚至有些人学动物说话。我猜毕达哥拉斯就是这样，柏拉图！"他想到了我的作文，"真是的，我常觉得我们在学校里学不到什么有意思和有用的东西……柏拉图，你怎么啦？怎么不说话？"

我们随着其他人匆匆走进教室，我说道："没什么，我最近也在想这个，阿德曼图，我想的跟你一样！

尽管每天课很多——背《伊利亚特》、在蜡字板上演算，可是一天过得总是很愉快，不知不觉地就到了下午放学的时候。

美妙的下午，该回家吃饼干了。这时的阳光变成橘黄色，照在雅典的白墙上，颜色像橙汁一样。只见学生们都跑跑跳跳地走上回家的道路，这是一天中令人高兴的时刻，而我们的兴奋无以复加。

我站在学校门口等人的时候，看见特拉斯马库斯将他的书包交给奴隶拿，和赛伐勒斯一起回他的家。

"发什么呆，柏拉图？"格劳孔来了。

"对不起，我迟到了！"西蒙尼特斯着急地说。"我找不到刚写的诗，耽误了大家。不知为什么，它竟然在体育馆里！"

对我们来说，西蒙尼特斯这样一点也不稀奇。大家什么也没说，一起往我家走去。

"借光！借光！"我们吆喝着挤过赶集的人群。

"借光！借光！"

有人说："唉哟哟，现在的孩子真没规矩。我记得当初在马拉松那会儿，他们目不斜视，尊敬长辈。唉，真没办法。"

一到家我们赶紧停下，因为院子里有一大群人。

"我的乖乖，"格劳孔小声念叨着，跑得气喘吁吁："她们是从哪儿来的？"

"嘘！这是我妈妈的绣花朋友。她们经常要聚一聚，一起绣花，我妈妈让伊诺继续维持着，不知道她对我昨天的事生没生气。"

"但是我们要进花园先要经过院子呵。"

"试试走厨房，从窗户进吧。西蒙尼特斯！"我嘘道。他先爬上去，可是手脚不利落，又加上心急，他掉进大锅里，弄出了不小的动静，幸亏那群妇女正聊得高兴，没有察觉到。

"她们在说卡西多纳，"阿德曼图扯着格劳孔的袍子小声说"听！"

"谁？"

"笨蛋，特拉斯马库斯的爹！"

我们缩起肚子藏在厨房门后，门开着，从缝隙中，我看见到那儿有十来个女人，穿着五颜六色的袍子，坐在喷泉周围，她们一边忙着自己手上的刺绣，一边大声地聊着。丽达正从各人的盘子里啄食。

"奇怪不奇怪，神好像特别眷顾你家，埃尔芬？"卡里克利亚夫人哑着嗓子说，似乎有点粗鲁。

她是我的邻居，总是爱抱怨。

"她在跟谁说话？"

"格劳孔，别对着我吹气，你把我弄得好痒！"

"那一定是埃尔芬，"阿德曼图低声回答，"特拉斯马库斯的妈妈。"

"他们长得挺像，都是大眼睛，只是他的脸红红的，而她胖胖的。"

"别说了，我要听她们说什么！"

女人们个个都忙着刺绣，聊天好像加速了她们手指的动作。

一个说："是呵，一下就选上了将军！"

"雅典一共才有十个将军呵。"

"可是有人说，他的作战准备可不怎么样！"

这些话刺痛了埃尔芬，使她坐立不安，她眨着眼睛说："是有点突然……不知道是怎么回事……我自己也很吃惊，我一下子也适应不了这样的变化。"

"添了不少新奴隶，还有你的新披肩！"另一个女人继续说道。

"你家园子里也新栽了不少树！"

"你家拜的是什么神，我们也要供奉，给袍们祭酒、烧香！"

众人都大笑起来。

"我儿子也说，你家公子在学校里也特别出色，让他羡慕死了！"说这话的女人似乎毫无恶意，"他跟我说，'妈，我但愿能像特拉斯马库斯那样!' 我于是就告诉他, 得多多用功!"说罢她吃吃地笑起来。

"哪个家伙这么说?"格劳孔小声问, 一脸鄙夷。

我咬着嘴唇, 忍住笑。

"快别这么说, "埃尔芬扭着身子说, 显得很不自在, "他会把这些话当真, 他已经很不容易管教了, 半大小子真不好管."

"我的手指头都累酸了。"

"我笑也笑累了!"

"可是想想我们的士兵收到这些会多么高兴!"伊诺兴奋地说, "我听说他们挤在冰冷的帐篷里过夜, 在斯巴达的山上跟闷热的雅典可不一样。"

我不知道别的女人说的是什么, 但是我知道伊诺, 她说这些意味着她非常想念她的未婚夫。

"这些糖水桃真是太好吃了, 伊诺, 你自己调的糖汁吗?"

"是我妈妈的, 我家在特尔斐。用这个也能做无花果, 只是柏拉图一吃无花果就拉肚子。"

伊诺怎么什么都说?!

"你一定要把配方告诉我!"

"也要给我!"

丽达在她们的脚旁边, 弄得木杯和盘子一阵响。

"去, 丽达, 去!我告诉过你, 不许从客人盘子里吃东西!"

其实我跟伊诺对丽达宠得要命。

"我听我丈夫说, "另一个尖嗓子的女人说道"好几个月前可能有人操纵选票, 你知道吗, 埃尔皮昂妮?"

"操纵选票? 那怎么得了?"另一个人惊叫。

我回头望了一下, 伙伴们的眼睛都瞪大了。

一个选票像是瓷片, 每年, 议会成员在这上面写下他们认为会威胁雅典安全的人名, 如果一个人名得到了比较多的选票, 这个人就会被驱逐出城邦, 这就保证了危险人物不会当权。

"我听说, "尖声的女人说道, "因为这件事很神秘, 所以说可能是操纵选票的, 说它神秘, "她加重语气说, "因为卡西多纳当选将军的时候, 一

个弓箭手正好被驱逐出去。事情有点怪，因为大家都很喜欢这个人，并且敬重他的品行，你知道，人们都在猜，那么多放逐他的选票到底是谁写的？"

"就像我告诉过你的那样，"卡里克利亚哑着嗓子说，她一有机会就开始抱怨。"好多见不得人的事正在发生，只是我们不知道罢了。我敢说要是老这样下去雅典也长久不了。"

"我不知道，"伊诺不愿意让任何人不愉快，"可怜的埃尔芬听到这些闲话会很难受。我讨厌闲话。"

"就是，就是，把讨厌的政治留给男人们去说吧——"

"这可不是传闲话，我亲爱的小傻瓜，"卡里克利亚争辩道，她倚老卖老，想说什么就说什么，虽然大家都不敢接她的话茬，"发生在幕后的事，我们一点也不知道哇。想想这人现在有多么大的权力。他能知道城邦的机密，他可以随意对军队发号施令，他合格吗？一点也不呵。只是会见风使舵罢了，他和他那个卑鄙的亲信克洛芬。总是笨人当权，可不是吗？"

她拍拍埃尔芬的腿，表示安慰，埃尔芬的姿势很僵硬，我看她很不自在。

"小柏拉图怎么样？"一个女人问，好心地换个话题。"是不是正闹青春期？我儿子就有些淘气，你知道，学校的老师居然也对他们说这个！"她笑了。

"是呵，有些时候他捉摸不定，"伊诺说，"这只是暂时的，就会过去。"

"是呵，是呵，对他们来说，这时候很关键，"另一个女人说，"正是成型的时候，最后一个学年，我们要看紧了，不要让他们走上岔道。"

转换话题对埃尔芬也没起多大作用，她站起身，额上冒出汗珠，红着脸说："谢谢你们了，我想我还是先回家去，特拉斯马库斯一放学，我就得带他去上竖琴课，他好像怎么也学不会那东西，卡西多纳就给他找了课外老师。无论如何，再见了！"

"再见，埃尔芬！"大家一起说。

"快点出去！"格劳孔小声说。"别让她看见。"

可是我们四个人一下子躲到花园里不太容易，我们碰到了一起，我的腿还给划伤了。有人揪住了我的袍子。

埃尔芬又惊又气地站在我们面前。她有张圆圆的粉红的胖脸，戴着镶红宝石的金耳坠，特拉斯马库斯的大眼睛长在这个软心肠的女人脸上，眼角有点耷拉，有点滑稽。

"你就是柏拉图吧？"她说，"我认识你妈妈皮里克托妮，恭喜你姐姐生了小宝宝！"

"谢谢，"我含糊地回答，心想，还不知道给她买什么礼物。

"这三位是……"

"西蒙尼特斯。"

"格劳孔。"

"阿德曼图。"

我们都担心起来，可是她并没有叫来其他女人，那些人正聊得高兴，没有往这边看。她的表情松弛下来，不太在乎我们刚听到的关于她家的事。

"说真的，我想问你们一些事情，我听说过你们，希望你们能帮我一个忙。西蒙尼特斯、阿德曼图……你们跟我儿子特拉斯马库斯一个班，是不是？"

"好的，很高兴遇见我儿子的朋友，他跟我提到过你们，我想，你们是一个班的，对不对？"

我们不自然地点点头，没说话。

"害羞的男孩子多可爱，"她说，"我希望特拉斯马库斯再害羞一点才好。最近我有点担心，特拉斯马库斯的脾气好像完全变了，你们在学校里见没见他有什么不对头？"

我们又没说话，她望着窗外的花园，好像那儿有什么让她受了惊。

"没有……"

"一点也没……"

"他用功吗？"

"当然。"

"挺正常的呵，是不是？"

"完全没问题，"西蒙尼特斯说，眼也不眨一下。"他甚至还去低年级的班上看看有没有小同学想家，他的功课特别棒，所以他还帮助别的同学。"

我看着西蒙尼特斯，一点也不明白他在说什么。

"那就好，"她不安地问："他从来——从来不吗？"

话没说完，她惊叫起来。

"埃尔芬夫人？"

"哦，没什么。我刚往花园看了一下，忽然十分害怕，我觉得看见了一个人，可再一看，除了鹅舍什么也没有。"她迅速恢复了常态。

"唉，听到这些真高兴。好像他突然学好了，甚至那些不太熟的功课他也会了。也许，也许他从此就变好了。这几天我身体不大好，"她微笑着又迈出厨房的门，"我希望看到你母亲回来的时候，一切都好起来。祝福你柏拉图，再见！"

我们进到花园里，阿德曼图嘀咕着："选票，你想得出来吗？居然敢在这么大的事上做假。"

"你说埃尔芬猜得出我们要做什么吗？"西蒙尼特斯问。"从她的表情上我看不出来……"

格劳孔说："我看她没有。因为她实在太烦恼了，可是你说，你为什么编出那一大套来骗她？"

"我也不知道为什么，不知不觉就说成了那样，"西蒙尼特斯认真地说，一边摩挲着他带在身上的字板。

我们又往前院望去，那些女人背向我们，坐在喷泉边上，看不见我们。

那只柜子比我记忆中的还要糟糕，我们站在那儿，闻见死老鼠、呕吐物、臭鱼、烂葱，各种各样恶心的气味，在炎热的下午，这种气味尤其强烈。

阿德曼图说："闻着像是城外的垃圾堆，奇怪……"

突然之间，木柜的柜板消失了，我又觉得自己被一股强力吸走，先是臭味、后是黑暗，再后来是呼啸的强风。我能听见同伙的尖叫。不知道那叫声是因为兴奋还是害怕，反正就这么一直叫着。

我大声喊，却声音发哑，"没事吧？我看不见你们！"

我好像听见了西蒙尼特斯的声音。

"西蒙尼特斯，你没事吧？怎么回事？"

我们掉在林中的地上，西蒙尼特斯嚷道："唉哟！别管我，我跟你说别管我！"他明显是在跟另一个人说。树枝在我们头上摆动。

格劳孔说："到底怎么啦？你在跟谁说话？"

"没有谁，我觉得丢了东西……好像……哦，先别管他。我们这是在哪里？"

"我觉得我们准是掉在树林里了。"

太阳还没落下，把最后一束金光投在树梢上，突然一阵响声越来越大，我们看见重重黑影掠过，看不见到底是什么东西，动物在树间跳来跳去，远远地传来一声尖叫。

"你说你昨天在这儿遇见一伙人，柏拉图？"

"我们肯定是进到深处了，不知道怎么会这样，咱们最好还是出去吧。"

西蒙尼特斯惊魂未定，说："我们用不用还走真空隧道？我改主意了，不如回去等苏格拉底给咱们解释。"

"嘘……我一个人也没看见，西蒙尼特斯，咱们就沿着这条小路走，好像有人说话。"

他抱怨起来："噢,我不相信怎么就听了你的!我的故事刚写了一半,要是完成不了怎么办?你说说,怎么办?"

他停住了,一个巨大的黑影笼罩过来。我们上方一个黑色的飞禽飞过,长得像是披着披风的蜘蛛。它降下来,"嘎"了一声,又飞进了树中。

西蒙尼特斯哀求道:"回去吧,求你了!这真不是个好主意。"

走在前边的阿德曼图制止道:"嘘!我听到了。"

远远地传来有人说话的声音,我们感到庆幸,加快脚步,顺着声音来到一片空地。那里有一个穿着鲜艳斗篷的人,我昨天遇见过。他站在一群人的中央,那群人中有几个骑着马,都穿着褐色发亮的袍子,手执棍杖或是树枝。从远处看,跟树木混在一起,难以分辨。他们的褐色头发也都有点乱。

这群人举着棍子或树枝,围着一棵树,喃喃地对它说着什么。我大吃一惊,这树并不像别的树那样,有银亮的枝干,鲜绿的树叶,它上面有千万个浅绿色小树叶在摇曳,夕阳照耀下,它们好像在一跳一跳的,那上面没有结果实,却结着蜜糕、杏仁饼、枣糕、大个儿的无花果、西瓜,有几样糕饼我甚至叫不上名来——正是西蒙尼特斯说过的点心树!

他们伸出长棍向树上够,可惜够不到。"怎么会,已经遇上麻烦了。昨天苏格拉底保证过的,先是来了幽灵,现在树又变成这样!"

穿着鲜艳披风的白发男子说:"很明显,这些甜食是从哪儿来的?历史上这样的东西都不是好东西,都是那些恶人的征兆。它们就要来了,我能觉出来……"

"来这儿?已经来了吗?"

他说:"那恶人总是行动迅速,不,你的手不要碰到它,用你的棍子!"

我们站在树后,他们正在担心,没有注意到我们。对我来说,这太明显了,不可能是巧合,但是这是怎么弄出来的呢?

"西蒙尼特斯……"我小声说,"你得告诉他们,这都是你编出来的,他们这么担心,明显的,这棵树是根据你的故事弄出来的!"

"可是我没有写过这些呵!"

"噢,看在雅典娜的份上,你当然有,你告诉过我们这棵树的故事,就在今天早上你还说来着,你希望能随心所欲地给你的城邦加上想要的东西。"

"可是我什么也没做呵，"他哭丧着脸忘了不能出声，嚷起来。

阿德曼图受不了他的疏忽，说道："西蒙尼特斯，你怎么回事？为什么不能承认你做错了？"

格劳孔说："嗐，那有什么，我也总是做错事，你已经习惯了。"

西蒙尼特斯反驳道："我真没撒谎，我从没把这棵树写下来过！"

"好吧，你做过什么？"

"我只是瞎画过，今天我在学校弄的，然后——"

"出来！"随着一声大吼，那个白发男子出现在我们面前，其他人也冲了过来，他们逼问道："你们是不是恶人派来的？"

他们举棍要打，可是白发男子一下认出了我："柏拉图，原来是你呵，你大老远又来做什么？别待在林子里，你知道，我只是来找林子里的居民的，他们都在担心这棵树。"

阿德曼图大方地说："别担心，这不是什么恶人，是我朋友西蒙尼特斯的创造。他并没有什么恶意。"

我以为他们会生气，但是他们互相看着，一下释然："原来如此！"

"真想不到！"一个妇女笑着问："真是你弄出来的吗，孩子？我来试试！"她和大部分林中居民散开了，我觉出，他们的希腊语远远不如白发老头儿。

要不是因为害怕，我早应当看得出来，这片空地原来很美。老头对我们说："这下我放心了，你们这么一说，我们就不再担心了，诱人的东西，一般来说都是那恶人的征兆，不管怎么说，你真能想象！"他看着西蒙尼特斯，"善加利用，会有很大的价值。"他的目光越过我们向前凝视，没有解释他为什么这么说。

"但是，我真不明白怎么回事。我只是在算术课上胡写了几行，后来，有人从我的袍子里把字板拿走，我甚至不知道怎么用那个傻里傻气的柜子。"

他转向我们："柜子，你在说柜子？看来苏格拉底真想创造出一个城邦？是的，这样做很明智，我却没想到用这个老办法。当然，这要依具体的计划而定……柜子对你们要加上的东西，非常敏感，所以它有很大的能力，它也是潘格罗斯，当然要这样，它可以读懂任何语言。"

"潘格罗斯是什么意思？"

"潘格罗斯是指能读懂宇宙中的一切语言，我并不是只指希腊或是拉丁语，或是腓尼基语等等。这些还包括画、蚂蚁的心事、云的流动、蚂蚱的低语……苏格拉底有没有做了什么，防止你们进来？稻草人之类的东西？你们知道，那并不十分可靠……"

我忽然明白过来："啊，我知道，是那臭味！柜子发出的臭味一定是苏格拉底弄出来，防止动物进去的！"

老头扬起眉毛啧啧赞叹，两个林中居民也觉得苏格拉底了不起。"他竟然这样做，我忘了他是了不起的哲学家。实际上，我真希望……希望他的计划成功，帮我们打败那只魔戒……"

他抬头仰望西蒙尼特斯的那棵树喃喃地说："是的，孩子，你有了不起的想象力，可是必须要把它用对，我希望早些看到你们几个孩子给我们设计的——"

"先生！"一个林中居民插言道，"我好像又听见恶灵的声音了，这个林子里有不少这样的恶灵，而且还有阴谋者，你还是带着孩子们离开吧！"

"噢，天呵，真是这样！"他边说，边举棍，我们听见叫声越来越响，而且出现了马蹄声。"我真糊涂，不应当让你们待在这儿。你们再也不许进这树林了，这里有熊蜘蛛、马身人头的怪物和其他的野兽。这种树林总是有很多恶灵，哲学家会告诉你们这些事情。"

我们向外走去。可是马蹄声越来越近了，我们刚到林子边，一匹大黑马就冲到了空地上，骑马的人留着长胡须，穿着华贵的墨绿长袍。他勒住马，举起手中的棍子。忽然，又有两个穿灰袍的冲了过来，这两个人一定是在追前面那个穿绿袍的。两个人前后夹击举剑就劈，一下砍断了他的腰带。那人喊道为："恶魔！"，却无路可逃。他的腰带掉在地上，那上面系着只个小盒子，他的敌人把腰带连着上边的东西都抢去了。

林中居民对我们低声喊："快回来！"一个人把我拉进了树丛后，藏了起来。

穿灰袍子的人想跑，却被穿绿袍的拦下，他的木杖发出一道闪亮黄白色光，对手的马被光环围住，嘶鸣起来。

绿袍人叫道："快交出来，魔鬼！把东西还回来！"

两个灰袍人使劲打马，可是马却纹丝不动，一人咬牙切齿地说："武仙，你总不肯罢休！"

"留下东西！把它交出来，魔鬼！"那个穿绿袍的叫武仙的人重复吼道，虽然他在生气，可是神色却很平静。

"武仙，你不比当年了！当今世界由恶人统治，一切都不一样了，这盒子不再是你的了！"另一个灰袍人叫道，一边拼命想冲出黄色的光环。他拼命踢他的马，用马刺刺它，马疼得嘶叫起来。

武仙虽然平静，但是足以令人畏惧，他举杖又射出一道亮光，这次把马圈得更紧。马儿痛苦地嘶叫、挣扎，几乎把两个灰袍人甩出去。我不禁想，那盒子里会是什么东西，这两个灰袍人怎么没有一样能发光的木杖。终于那两个人服输了，说："这回趁了你的意，可是我们还会来跟你算账的！"他们不情愿地把小盒子扔过去。黄光消失了，两个灰袍人跑进了树林也不见了。

武仙跳下马，把小盒子再系回腰间。林中居民领我们出来，他们三个向这位武仙鞠躬，只到武仙允许他们起来，看到这些我很惊讶。

那白发老人说："我王万福，多年不见，一向可好？"

武仙说："希利亚斯，我的奴仆，亲爱的林中居民们，见到你们我真高兴。我不得不说我的旅途充满了艰险。"他的目光显出沧桑之感。跟他的袍子一样，他的眼珠也是宝石绿色的。他的皮肤满是皱纹，就像用久了的皮囊，他的面容慈祥温和。

希利亚斯兴奋地问："我的王，我想问件事情。那盒子是真的吗？"

"恐怕我也不知道，等到比较安全的时候，我要仔细看一看。可是你看见了，我刚被一大群这样的东西包围住。"

希利亚斯叫道："当真是这样？我早就告诉过他们不要进这树林，我们还没遇上他们。你跟阴谋者交战的时候，我们躲了起来。"

现在似乎安全了一些，人开始越聚越多，穿着各种颜色袍子的人都从树丛里显现出来。

"武仙！我们的王，好久不见了！"

武仙说:"看见大家真高兴,我在外边旅行了多年,我们艰难的时候过去了,终于有了希望,但愿苏格拉底的计划能实现!"

人们上前欢迎他,讲起了自己经历的危险和困苦。

武仙说:"好了,我们要立即行动!还有没有危险?林子里还有没有幽灵?"

一个男子指着前边说:"我王,他们都在那里。一到广场就安全了。我们还发现了一个陌生女人。"

场面有点混乱。穿着五颜六色袍子的人在热烈地交谈,讲述曾经经历的旅途。人们让道,一个头发蓬乱的女人哭着跑过来,说:"我要回家,带我回家!"

我叫道:"伊诺!"向她跑去。这却使她哭得更厉害了:"柏拉图!谢谢女灶神,到底是怎么回事?我找不到你,就进了柜子,我跟你说过,这老师有点奇怪,我恨他!一开始我就觉得不对劲!一个黑幽灵想抓住我!阿德曼图、格劳孔、西蒙尼特斯,你们都在这儿!"

一个男人说:"她说认识苏格拉底,可苏格拉底并没有向我们交待她会来……"

武仙问我:"你认识她?"这是他第一次对我说话,很和气,满面笑容:"你们就是雅典来的孩子,听说了你们好多事,真高兴我们终于见面了。"

这番话又引起人群一阵骚动,有人往地上啐唾沫,说:"他最好还在远处""让那戒指下地狱!""在雅典这么困难的处境下长大可是不易。我觉得驿站城邦很糟糕。"

武仙郑重地说:"我听说了好多关于雅典的事,我知道邪恶正控制着那里。但不要害怕,我们马上就要行动,现在,好了,你们不会再有事,我们跟林中的居民告别,到广场上去吧。"

天已经黑了,听得见林子深处传来几声尖叫或是猫头鹰叫。跟着武仙,森林不再显得漫无边际,五颜六色的人群排成队,跟在马后一路小跑。人们口中念着咒语,手中的木杖闪出橙色的柔和的光。我们很快就来到了海边,人们在这里搭起了临时营房,准备过夜。

更多的人坐着小船和马车到来,胡子雪白的男人和穿着紫袍的贵妇人,随从们替他们拿着行李箱。人们打着招呼。

"德菲娜，你好哇！又见面了！"

"武仙，我当您还没到呢！"

"仙王，亲爱的德菲娜！"另一位刚到岸边，叫着。

"但愿你旅途顺利！"

我告诉阿德曼图，指着那人说："他就是苏格拉底！"我的老师正在忙着帮人拿箱子，他总是这么精力充沛，像几天前一样平静，仍然穿着那件普普通通的袍子。

"呵，我看你们是安全到达了。很高兴见到大家，抱歉惹出一点小麻烦，柏拉图，不幸的是，我们到现在只来得及学一点点哲学。可是，先让我给你们解释一下我的计划吧，很久以来，我和几个好朋友都在一起计划如何才能战胜那只魔戒。"

我们向四周望去，那些人现在已经把东西从车上和船上搬下来，人们都站在广场上。我刚想问，这些人是怎么认识的？这时西蒙尼特斯叫起来：

"快看海边的那个人！！"

"怎么？"

"海边!？她怎么了？"

一位穿紫披风的妇人站在海边，她对着远处的地平线举起手杖，然后转向人群，喊道："人都到齐了吗？"

一听说人都到齐了，她的手杖就射出一道白光，海水开始起浪，海浪变成黑色，猛烈地拍打着岸边，天上的乌云开始翻滚。

下雨了，伊诺嚷道："她准是疯了！这女人在干什么？我恨大海，我怕！"

另一位白发银须的男子搂着伊诺的肩膀，说："不要惊慌。这是今晚必要的保护。"

他的面孔看起来比其他人更慈祥，更迷人。我发现他竟然用了眼线膏，就像我曾经见到伊诺常用的那种。

大雨倾盆而下，我们跑进临时的住处，仆人们把马也牵进来，人们七手八脚把箱子也拿进来，市民们跟着武仙，武仙说他要给每个人弄出卧室，而且让他们先洗个热水澡，他还说给马准备了马厩。

我们和一些刚到这儿的人跟着苏格拉底，推开议会沉重的木门。里头有股发霉的气味，地板也裂开了。

几个人立即小声念咒语，举起了木杖。人们纷纷说："亲爱的武仙，不要太大的改变，只要能让大家开会就可以了"

很快窗户都被打开，地面也清理了。蜡烛点上了，炉火也烧起来。一扇门打开，通向几个单独的隔间。仆人们开始在屋里穿来穿去，把大箱子运进来。在大厅中央出现了一个大方桌子，上面放着阿法拉斯酒、好几篮子葡萄、热面包和一大锅鸡汤。

当大家都坐下来，只听见一个妇女对她的朋友说："会有一些事情让我们继继续前进的。"我觉得他们看起来都长得很像：梦幻般的蓝色眼睛，天鹅般的颈子，纤细的腰肢，长长的腿和头顶上盘起的白发。

"我叫洁明娜"，一个比里斯特塔还要温柔的声音说道："我是天文学家。"

"我叫德菲娜，数学家，洁明娜的老朋友。"

"你们也许认为我们不需要华美的食物"，一个男人插话说道，"但至少得让它显得好看点"。他穿着件绣花长袍，我从来都没见过这么漂亮的袍子。

随着一阵颤抖，他从人群中走出来，顺便把这些家具、水果和蜡烛重新整理了一下，顿时所有的颜色和形状看起来就像是在为上帝准备献祭。"我叫里拉斯"，他偏着头说道。"我可是一位卓越的美学家，我想把美丽献给我们的理想城邦。你就是柏拉图？"他看着我。

"是的，你怎么……"

"那么这些该是你的雅典朋友了？我听苏格拉底说起你们。呃，柏拉图，你是不是认为你身边的美可以在任何时候被分解？看看这些闪光的绿葡萄，举个例子来说明吧。"

我照做了。里拉斯正准备再深入地谈谈这个，这时扎玛西斯从入口急匆匆地赶回来了，在大家都落座的桌子前坐下。除了那又长又湿的头发，他看起来对眼前的一切十分满意，苏格拉底站起身来，礼貌地举起手中的酒杯，开始介绍每位客人。

"热情欢迎你们各位"，他说道："包括来自雅典的人们和即将成为首批哲学家国王的朋友们！"

"应该是首批哲学家国王和王后。"里斯特塔插话道。

"哦，我为没把话说清楚道歉，"苏格拉底说，"首批哲学家国王和王后。现在，你们开始互相认识了吧？"

我们都看着那些带随从来的五男五女哲学家，他们全都穿着不同颜色的袍子。除了扎玛西斯，里斯特塔，洁明娜，德菲娜和着迷于灵魂的马古斯。那位化了眼妆的男人说自己叫史蒂夫诺斯。"我来自一个非常遥远的城市，"他轻轻地说道。"除了政府、宪法和法律，其他的我什么都不关心。"

"我叫希帕琪亚。这是我的丈夫，卡特斯"，一个大眼睛女人说道。"因为父母让我和一个肥胖的商人订婚，我十六岁就和我的丈夫私奔了。"

"我叫克普斯，"一个面容平静、身材瘦瘦的男人说道。"你们可以叫我苦修士，我只对控制人类激情感兴趣。"

"希帕琪亚，卡特斯，马古斯，克普斯，史蒂夫洛斯，扎玛西斯，里拉斯，洁明娜和德菲娜，"西蒙尼德斯哼唱着人名，就像在吟诵一首诗。

"哦，对不起，我忘了……"

"十个哲学家国王和王后。"

"什么是哲学家国王和王后？"格劳孔问道。

这会儿，苏格拉底显得比之前高兴："哲学家国王和王后！"他大声说："换句话说，就是一个城邦的统治者，只不过他们是充满智慧的哲学家。"

"这意味着什么呢？"

"从传统来说，"苏格拉底说道："哲学家和统治者的角色是各自分开的，这不免让人非常遗憾。哲学家通常是智者，然而竟然跟社会的运行毫无关系。与此同时，那些统治者往往非常愚蠢，却拥有至高无上的权力。这就是为什么我们的理想城邦要让哲学家去统治，并使用最伟大的智慧运转人民的法律和生活。"

"但是我们为什么要去创造一个理想城邦？"

"为什么我们要创造理想城邦？为什么，我认为你们要去和戒指战斗！

只有理想城邦才有力量与戒指战斗！"

"特拉斯马库斯的戒指？"

顿时，我们的声音被一阵喧哗声淹没。

"千真万确，"克普斯插话说道。"古阿斯令人畏惧的戒指。我们这十位哲学家一生都在致力于与邪恶的战斗。最近情况更加困难和黑暗了，但假若能看到那个令人厌恶的东西被摧毁，我们将会十分高兴。"

这句话一下子激起更多的议论声。

"就是我刚才说的……最近情况更加困难和黑暗了。当然，人类中的邪恶势力一直都想企图拥有戒指，但是情况变得越来越糟了。"

"为什么？"

"邪恶势力使用他们的能量千方百计地阻挠哲学家们的工作。我们也不确定为什么……尽管传闻有一个小偷……但是对于那些囚犯来说，事情变得更加糟糕——哦，原谅我！我是不是不应当提到那些囚犯？呃，不管怎么说，事态严峻，我们需要快速行动。"

"什么囚犯？"

"什么小偷？"

"理想城邦将怎样与戒指战斗？"

一堆质疑的声音冒出来。

但是哲学家们不想告诉我们更多。晚餐剩下的时间里，我们就主要是互相认识和交换那些创造理想城邦的方案。

一聊起军队的话题，格劳孔看起来跟里斯特塔有说不完的话。伊诺想知道希帕琪亚和他的哲学家丈夫一起私奔的故事，我则喜欢和史蒂夫诺斯谈论法律。

晚餐快结束了，鸡汤、面包、蜂蜜、橡子甜点和无花果也快被吃完了，我突然想起一个问题，这个问题自从我第一次掉进这个城邦就想提出来了。

"为什么理想城邦不再有时空隧道了？我第一次进来的时候，到处都是呢！"

"呵，这个，我差点忘了，小伙子们，"苏格拉底从桌边站起身来，从他衣服的褶皱处拿出一个珊瑚石。

"你看，这里有一个古代哲学家们制定出的聪明的法律，法律规定只有哲学家才能拥有进入真空隧道。只有他们才能用这种方式在城邦之外旅行。当然还有空洞探测器，但是他们现在还是太稀少了。"

　　我们跟着苏格拉底穿过大厅，我追着问："什么是空洞旅行？空洞探查器又是什么东西？"

　　我们走到壁炉边，他手中漂亮的石头忽然发出光来，变得透明。苏格拉底说："这不是一块普通的石头，它可以找到真空隧道，哲学家有了它就不会迷路。"

　　现在，连哲学家们都开始发出赞叹的声音了。这也许就是我们今晚各自离开时最好的结束语了。我们今晚将带着成千上万个关于理想城邦的想法入睡。

　　"此刻我要和你们再见了，祝你好梦！" 史蒂夫诺斯醉意浓浓地举着酒杯说道。"创造美丽城邦的事迹，我相信，将会在哲学家历史上留下浓重的一笔。"

　　"我都迫不及待了！"里斯特塔满腔热情地喊道。

　　"想想吧，所有奇妙的知识将从这里生长出来，"洁明娜轻轻地说着。

　　"噢！"里拉斯说道："走之前，别忘了带些无花果在路上吃哦！"

第七章

苏格拉底的疑问

　　几周过去了，我习惯了家中这位哲学家。苏格拉底住得也很自在。他喜欢雅典的一切。他总是说："柏拉图，太阳这么好，我们真有福气！"每天他黎明即起，就着一杯水吃块干面包，然后就在书房里或是花园里读书，直读到鱼贩摇着铃走过这条街，天完全亮起来。

　　他整天在雅典漫步，跟人谈话，或者在学院里教授学生。他似乎在任何地方都能进行哲学活动。不管是在神庙还是在广场，或者在花园，或者是在散步的途中，抑或在别人的家中。他也不在乎自己说什么。他觉得任何地方任何话题都很有趣，或者他会提出有趣的问题，使谈话变得有趣。

　　我们在一起时（这个我们现在也包括双胞胎兄弟和西蒙尼特斯），除了商量打败魔戒，我们总是在交谈。我开始习惯了这样的学习，而且觉得它比上学还要好。如果我先到家，我就会一边准备着甜酒和无花果之类的吃食，一边大声说："乖乖，那可是了不起的行为！天呵，荷马写的事情真叫一个怪……"

　　卡里克丽亚会从她的厨房探出头来，说："柏拉图？怎么能说粗话?想逗能？一下子觉得自己了不起了？你在学那个疯老师？"

不光是她，所有的邻居都怀疑苏格拉底，很多人都指手画脚地说："老先生，您今天不打算穿鞋吗？""要是你上课收钱，就穿得起好看点的衣服。"

人们以为苏格拉底并没有哲学家的样子，他所有的衣服就是那两件破旧的袍子，他从来也不穿鞋，吃东西也不讲究，面包、煮豆、一杯水。总之，家里有什么就吃什么。因为战争时期，我们过得很节省。

美丽城邦的哲学家正在打开行囊，准备开始工作。议会大厅里空空荡荡，原先泛潮的墙壁被粉刷一新，磨损的地板也油过了。新开了好多扇大窗户，明亮的阳光照进来，在议会的后面还有一个大大的院子，从那里通向哲学家自己的地方，那是美丽城邦中我们唯一不可进入的地方。听说，那里有无数的通道、楼梯和密室，哲学家们把自己关在里边，专心工作，这里放着他们的书卷、蜡板、星盘和箱子……那些东西我们不许看。

此外，他们建了一个大马厩，在通向广场的大道边上，还建了一个潘格罗斯邮局，我们不知道它有什么用，只知道动物都住在这儿。乌龟、孔雀和几只猫舒舒服服的住在自己的窝里，这儿也有哲学家的邮政系统，唯一能替代它的是信使。当然，他们竭力想保守美丽城邦的秘密，我们不想让信使跑来跑去，引人注意。

哲学家总是很专注地工作，他们围坐在议会圆桌旁，或在他们的院子里写信，做他们所谓的"驿站事务"——读成堆的书卷，他们也会去海边，打听尼斯里亚或他们自己的王国里的消息。

他们在后院那个秘密的地方做研究，那地方很大，是白色的，上边有很多高塔和台阶，好像他们有很多秘密的事，不让我们知道。我最喜欢武仙，爱跟他说话，而且我觉得，他也挺喜欢我。

他们告诉我们，其他美丽城邦的居民很快就到。大约有五千人，这些人都愿意简单、朴素而公正的生活，但他们似乎被戒指的事吓着了。我们原以为哲学家国王会为城邦设立复杂的法律(雅典的所有律法都是由梭伦和克里斯提尼定下的)。可这些哲学家说,如果人是善良的,并不需要太多的法律来限制。他们希望美丽城邦的人都正直善良。

这么一来,建设城邦的任务就落在我们身上。哲学家们只要求城中要有一所学院:"就像所有的城邦那样,在这里培养哲学家。"

这所谓学院的学生,是十八岁以上的男生和女生,他们在这里学习怎么当哲学家。这其中包括很多我们现在还没听说过的学科,比如算术、天文和几何。这个地方是一片花园,离议会和哲学家的基地只隔几条街道,这样哲学家们可以方便地去教授学生。这片花园被橡树环绕,并不大,许多课都是在露天上,只有几个学生。

哲学学生看到我们感到很奇怪,我们在这个年纪就被委以建设城邦的重任,这也让他们有些妒忌。他们问:"你当真有潘格罗斯的柜子吗?""你真的可以用吗?""噢,从没想到哲学家也用它!""能认识苏格拉底真是太幸运了!""大家都说从没过这样的计划,它能打败恶人,这一定会成为最伟大的城邦!"

放学后,不管多晚,上学有多累,阿德曼图、格劳孔、西蒙尼特斯都跟我一起回家,我们一起规划美丽城邦。

我们设计了铺着砖石的街道,低矮简单的房屋,门和百叶窗漆得鲜艳闪亮,那些房子和院子是用黄石砌的,跟雅典的类似。可是院子里种的不光是橄榄树,还有很多美丽城邦居民家乡的植物,他们来自非常遥远的地方。西蒙尼特斯和阿德曼图精心描绘。不久,不光是花园,就连沙滩广场和街道、议会和学院周围都长出了茂密的植物,红绿相间的树叶摇曳婆娑。在炎热的夏天,绿荫之下凉爽怡人。

不久在房舍和树林之间又有了农田,(大家现在都知道,进树林必须要有哲学家陪伴),我们开始想种上希腊的各种庄稼,可是马上就听说了很多别处的作物,一种绿色果肉的水果,很甜的橙红的麦子,做出的面包很松软。在去议会的路上,我们遇见一位来自那里的居民,他赞叹着:"呵,不能没有它!"一边从炉子里取出新烤的面包,请我们品尝。他说:"没有这个我们怎么打得败邪恶的人?"

广场上有了商贩,养了山羊的人开始在这儿卖奶酪,庄稼人也在这儿展示自己的收获。这是个好的开始，希望在滋长，我们开始关心起其他的事情。里拉斯说："我们需要一支军队来保卫这里，当然不能心急，只是最好的城市就应当有能力保卫自己。我们没有这一点就会变得易受攻击，面对的不只是幽灵还有阴谋者，甚至邪恶的人，天呵，但愿不要有这一天。"

格劳孔和阿德曼图设计了带甲胄的军服、海边的军营和训练场。这些地方要离人家稍远一些，格劳孔画完最后一笔，解释道："这样，练兵就不会吵到别人。"

这时大概是七月初，我们在我家的花园里做这些事情，躺在我家的前院，小蚂蚁爬到我们身上，痒痒的。苏格拉底还要过一会儿才会从学院回来，伊诺在贮藏室里把粮食装进筐里，这些粮食是双胞胎为军队征集的。我们唠叨的邻居卡里克丽亚有几次从矮墙上探过头来，猜不出我们正在干什么。"你们怎么这么专心？""这几天你们去神庙拜神了吗？""伊诺怎么这么懒，你得让那丫头扫扫鹅窝，弄得臭烘烘的。要是她不愿意，我可以让我的奴隶过去扫。"

卡里克丽亚一走开，格劳孔就把他画的蓝图给我们看，说："运动场很大，守城的卫兵可以在里边痛快地跑，你们觉得怎么样？西蒙尼特斯！看在宙斯的份上，你还在写那首傻里傻气的沙漠的诗吗？"

西蒙尼特斯抬起头，他一下午都在出神，想编美丽城邦的故事，因为哲学家告诉过他，如果他能写出一个好故事，他们就会帮他做成一本书，给孩子们看，就像《奥菲欧与尤丽迪西》《贾森和金羊毛》之类。

西蒙尼特斯正想得起劲，写字写得脸色发红，不料这时被格劳孔打断，他说："不！不！不！我离写完还差得远呢，这个故事中的男孩发现在艾瑞丹诺斯河底有个王国，想听吗？"

"一天，丹尼斯放学回家，他觉得直接回家然后吃晚饭太没意思，于是决定从广场绕道回去。可是他看到的东西不是奶酪就是酒，要么就是面包和鱼，也没有什么意思。于是他穿过集市来到河边。可是丹尼尔也不愿意一下午都听洗衣妇的闲聊。也许你觉得这件事很傻，可丹尼斯却没有多想。他慢慢地走进河水里……"

西蒙尼特斯全神贯注地读着他写在字板上的故事，我们半心半意地听着，看着墙外的街景。这时有人鼓掌，说："真棒，这故事真奇特，西蒙尼特斯,非常好听！"

原来是苏格拉底回来了，正站在门口，我们不知道他也在听。

"你以为这个故事够当美丽城邦的故事，能做成故事书？"

苏格拉底说："差不多呵，差不多，可能还差一点点，西蒙尼特斯，"最近他总这样说，"我觉得这就像你一天会写出很棒的故事和诗歌，人们非常爱听。可是，也许这一个还没有那么好。"

西蒙尼特斯沮丧起来，苏格拉底要我们去一趟美丽城邦："实际上，有些新工作我想请你们做，也许我们现在就可以谈一谈……"

我这时已经知道，这件事看起来很容易，到后来会变得很复杂，苏格拉底很会问这类问题。

我们到了美丽城邦的广场上，这里已经充满了活力，人们大致已经安顿下来。尽管还有些地方空着等着种上庄稼，开起店铺尽管除了哲学学生还没有别的孩子去学校（他们在家跟着家长学习），这个城邦已经开始有了自己的呼吸。

这边有几个居民正用刚捕来的鱼交换水果和奶酪，而那边沙滩上的两个男子带着孩子们在做一条小木船，还有几个人坐在树荫下的泉水边，闲谈着关于恶人的事。走过一个卖梨的摊子，有几只鸟在唱着，代人吆喝卖东西。旁边有人在用他的光杖抛西瓜表演杂耍。

我们走过欢迎我们的人群，苏格拉底说："人们都安顿下来。可是他们会从事不同的职业。毕竟，我们之所以要在城邦生活，是因为一个人不能干所有的事情。所以，什么人应当做什么事？用什么样的方式决定才合理？"

我问："需要用什么特别的方法来决定吗？"我觉得问得有些傻，因为当然雅典确有一种方法来决定这件事。你出生在好人家就可以不干活，去上学。要么去当商人，要么继承一种职业，比如当鞋匠，医生。要不然，你只好去当奴隶，当然了，女的不可以从事任何有意思的行业。总之，出身最重要。我现在开始觉得这不是一个选择职业的好办法。

晚饭时，我又一次问苏格拉底这个问题："你怎么想呢？你有没有现成的想法？你肯定有。人们都在说，你是个了不起的哲学家！所以，为什么还要

问别人呢?"

"这真是个好问题,柏拉图,实际上,有个故事是关于这件事的,但是我现在不想讲给你,总有一天,你自己会发现这一切的,我保证。"说这话时,他像往常一样微笑着。

我开始接受他这种方式。他对所有的人跟他谈话的人都是这样。在一所神庙外边,他会问路过的雅典人:"人应当怎样对待父母?"他也会站在广场上带棚的通道上,对一个学生说:"你喜欢《伊利亚特》中的谁?"时常有议员和将军就在附近,会很生气地训斥他不要问那些怪问题,破坏了这里的平静。可是,他还是继续探索,给人新意,启发大家去思考。当然如果我不知道这些,我肯定会觉得他是疯子。

第八章

谁都打不开的宝盒

　　特拉斯马库斯成了卓越学校人人谈论的话题。别的学校的学生也知道他。他的各门功课都好得要命。不只是这些，突然人人都喜欢上了他。人人都在打听他的事。他们想知道他住的那所大房子到底是怎么样的，一家三口，他的父母加上他，使唤着二十个奴仆。班里的同学把他团团围住，想知道有个将军父亲究竟是怎么一回事。波利马科斯问："他会把秘密讲给你吗？"另一个问："假如你真的很想让他在雅典为你做一件事，他会吗？"

　　有人说他们家突然发了财，给他请了三个私人老师，帮他复习功课，这样他会在毕业时赢得尽可能多的荣誉。像赛伐勒斯和梅诺克勒斯这样的阔孩子，都学他的样儿。特拉斯马库斯特别招格劳孔烦，即使在吃饭睡觉时，也会有一个奴隶站在旁边，给他背荷马，这样他毫不费力就能把诗背出来。他喃喃自语："赫耳墨斯的翅膀呵，拥有那个戒指真是幸福，如此幸福，我喜欢它！"

　　没有一个教师怀疑过他。因为他一直都很聪明。老头老太太邻居小声地交谈，说："神临到有福人身上""从小看到大"。

特拉斯马库斯陶醉在一片赞誉声中，他会在学校里走来走去，好像自己成了将军，对别的学生和仆人发号施令。我们体育课后洗澡时，他对朋友们说："以后我要从政！天呵，奴才，水太凉了！"他冲着给他冲水的仆人喊起来。

他父亲甚至给他零钱，让他自己买奴隶。我们见他在广场上站在一队人前面，他们是刚从国外运来的奴隶，正在拍卖："十个铜币一个年轻壮汉！""他可以同时举起两个大陶罐！""十五个铜币买一个会教你写字的奴隶！"

特拉斯马库斯对学写字很上心，便买回家两个奴隶，很高兴他能让人听他的话，让他们给他擦字板、换琴弦。

围着他的那些学生，要求他派给他们一些差使。我想起祖母从前总是说好人总是善待奴仆。我记得我站着，她一边给我缝衣服上的破洞，一边说："亲爱的柏拉图，到你长大有了奴隶的时候，我希望你先给他们糖吃，请他们在炉子和灶神旁边坐下，了解他们的身世。"

放学回家的路上，我对阿德曼图说："我觉得我不想要那戒指，至少我不会像特拉斯马库斯那样用它。如果让我要么选美丽城邦，要么选戒指，我肯定更愿意拥有美丽城邦。"

不久又有两个阿波罗节日，这种节日每个月有两次，我们这天下午的课很长，是作文课，文法老师让我们立刻收起字板，说："今天我放过你们，不让你们写作文了。别吵，听见了吗?"学生们安静下来，只听一阵声响远远地从广场那边传来，像是金属盾牌撞击发出的。老师说："孩子们，你们长大了，我们城邦的事件要进入你们的生活。我们已经跟伯罗奔尼撒开战，今天又宣告了一场新的战争，每个市民都应当知道。"

我们大家都非常想去广场，看看究竟是怎么回事，加入那些听到声音从家里或是作坊里跑出来的市民。我注意到特拉斯马库斯好像很兴奋，似乎也显得很得意。离议会越近，我心跳越快。信使正站在高台上发布消息。

我们挤在大人中间，闻见他们身上的香水、香油和汗味，他们的脚踩着地上的枣子。卡西多纳旁边是一个看着很骄傲的方脸男人，阿德曼图小声对我说："那人是克洛普农，也是位将军，那个当然就是特拉斯马库斯的爸爸。我爸说他们脾气都很大，很讨厌。"

这两位的身后是双胞胎的父亲，他正在议会中当议员，跟他一起的都是最普通的议员。他好像又瘦了一些，眉毛拧着，像是在费劲地思索，一边轰着飞来的苍蝇。

我们没太听清楚，信使好像在说军队马上要出海，雅典的三桅舰队要从海上奔赴伯罗奔尼撒。似乎有很多人不支持作战："那是雅典的！""我们会打败！""我们没有那么多钱！""我们不够强大，打不赢这场战争！"可是卡西多纳和克洛普农好像很强硬，支持这次行动。

"苏格拉底！"我一看见，就喊起来。他正站在几个议员旁边，好像已经不需要回学校去了。我们挤到他身边，说我们现在就回家，这样就能在院子里待一会儿，他说："来吧，离开这个发疯的地方。利用这个时间好好谈谈，因为我们一会儿还要去趟美丽城邦。武仙似乎有重要的事情要交代。"

因为前边挤满了人，我们故意绕道走到议会的后边。格劳孔说："有人说我们会打败，老师。"

苏格拉底说："我觉得也是。"

"那么，我们一定会输了？"

"恐怕是这样。"

"那么雅典会被斯巴达统治了？我想不出那会是什么样。"

"会的，不过孩子们，让我们先想想眼前的事情吧。"

我们来到了外边，嘈杂的声音远远地传过来。出了广场的门，我们走上了绿树成荫的街道。到处弥漫着一种紧张的气氛，甚至在门口倒腾陶罐的奴隶和女人也在谈论这件事

"可是，克洛普农和卡西多纳是否在不顾大家的意愿，推进这场战争？"阿德曼图问道。

苏格拉底说："很不幸，正是这样。"

"那他用戒指来操纵选票了？"

"会的。我想他可能已经这样做了。"

"那简直太可怕了。我不知道我们为什么要由着他做坏事。"阿德曼图叫道。

苏格拉底凝神思索着。

"你说过戒指是被诅咒的,因为他从邪恶之人那里来。你说你不希望有他的人遭到不幸。可是卡西多纳和特拉斯马库斯并没有遇到什么不好的事,他们反倒很开心。倒霉的是他们周围的人!"

苏格拉底说:"格劳孔,我明白你很难过,可是恐怕要好好研究了哲学才能理解邪恶之人到底是怎么样的。接触了邪恶之人引起的不幸要经过很久才能看出来。"

"噢,你又要说,等我们进了学院才能学会!"格劳孔着急地说。

"可是我真心希望你能懂得,格劳孔!"

我们到了家,依次在门口的水槽里洗过手,跟伊诺打了招呼,她把葡萄洗净盛在碗里,跟水杯一起放在托盘里,让我们带到花园里去。苏格拉底总是说,我们应当学点什么,为进入学院做些准备。现在我有些急躁,想要知道得更多一点。

"学院里是什么样?"西蒙尼特斯问,他总是喜欢幻想。他比我们任何人都更想知道学院的事情。"希望我能上那儿去!是不是像美丽城邦哲学学生上的那种学校?"

"比那个还要棒!"苏格拉底说。"雅典的学院占好大一片地,有树林有湖泊,图书馆里有很古老的哲学著作。全世界最好的哲学家都在那儿。假如你在那儿学习,做的事情比现在还要有意思。"

阿德曼图说:"但愿爸爸能让我们去。他想让我们当商人的学徒,给家里挣钱。"

苏格拉底说:"就像在你们的卓越学校,在那儿上学不需要学费。学校是驿站城邦的教育部办的。只是入学的条件很高,可是我觉得那些要求你们都能达得到。"

格劳孔把水杯举在前额上,天气的确很热,他说:"噢,我还没有想过,第一次听你这样说。我们要怎样做?"

苏格拉底回答说:"你需要一位哲学家的推荐——我很愿意为你们做这件事,还需要卓越学校的成绩单,平均得在九十五分以上。"

我叫道:"九十五分!我们里边没有一个有那么高的分数。"

这真是令人灰心,即使是分数最高的阿德曼图,也只得了八十六分。班里可能只有林德罗斯一人有这么高的分数(当然特拉斯马库斯除外。)

"分数低一些就不能进吗？想想办法？"西蒙尼特斯着急地说。

"不行，再说我爸也不会让我们去的。"格劳孔说。

我们到了美丽城邦，心事重重的。一个穿着红袍的人把我们领进去，议会里空无一人，穿过院子，他打开一扇金色的门，这道门通向哲学家的基地。我们吃了一惊，这地方以前是不许我们进的。

仆人低声说："这边请。"他举着蜡烛，领我们一行人穿过寂静阴凉的石砌通道，走过一段又一段的石阶，经过一扇扇关着的门。他说："请跟上，不要耽搁。"

我们来不及仔细看四周，穿过了好几条通道，他才在一个非常普通的木门前站住，推开门，里边是一个非常大的房间，里边满是书架，原来这就是图书馆呵！

我们目瞪口呆，走过一排排的书架，每个书架上都放着各种颜色的纸草书，上边还坠着红标签。

在尽里头的大桌子旁边，聚集着美丽城邦的哲学家们。桌子靠窗，对着前面的院子(我转了半天，已经不知道自己在哪儿)。

他们一共九位，坐在高背的椅子上，武仙手持木杖，面对大家。那儿有只精致的金盒子，看上去很古老。我们入席时，听见人们兴奋地低声交谈，"就是它了！""几千年过去了！""简直不敢想！""可是，我们现在高兴还为时过早！"

武仙满面笑容迎接我们说："我亲爱的苏格拉底,你还没告诉他们吧？还没有说出这个好消息？"

"还没有，我们在雅典有很多事。"

武仙看上去比以往更精神。往常他稍许面带倦容，他说："好吧，孩子们，你们在看的，是一只先人传下来的盒子，大概有一万年了。那时的哲学家比现在更有影响力，这盒子里是一颗灵药，它是从一种稀有的石头里提炼的，这种石头现在已不存在。所以，这种药现在的哲学家再也做不出来。幸好，还有一颗留传下来，它会保护我们跟恶人作战——如果我们命运不济，真会遭遇上他。"

"这盒子是今天才找到吗?"

"我花了多年才走到美丽城邦，有好多次遭到邪灵的抢劫和攻击，每一次我都把它夺了回来。当然，因为它的贵重，有很多假冒品，我也担心自己手里的不是真品。可是我到了之后试过，现在可以欣慰地告诉大家，它是真的。"

他举起木杖，大家还没回过神来，木杖已经发出一道电光击中了那盒子，人们惊叫起来。一阵火光，烟呛得我们直咳。

"武仙，你疯了吗!"德菲娜冲过去，打开窗户。

可是，烟散之后，我们看见那个盒子完好无损。武仙赞叹道："它是难以毁坏的，真正有力量的哲学家或是邪恶之人都有的特性。"

阿德曼图问："假如它不可毁坏，有什么好处，我们怎么把里边的药取出来?"

"亲爱的阿德曼图，我们不能用这最后一粒!"一位叫玛娅的女哲学家说。"我们几乎不会遇见邪恶之人，希望他远在天边。至少我们希望如此。不，这里已经很好了，我们要保护好它，确保哲学的兴盛。"

她刚一坐下，武仙就说："玛娅说得对，这已经很难得了，我们要把它保护好，最了不起的特点是它封得严严实实，只有配使用它的哲学家才能打开。"

"怎么才能?"

"它是用一个暗语锁上的。只有说出一个哲学秘密，精巧的金锁才会开启。它是潘格罗斯，听得懂任何语言。这个暗语非常简单，简单到稍逊的哲学家或是邪恶之人的侍从绝对不会猜到，只有将要来到的那位哲学家才能说出。"

第九章
林中人的咒语

　　突然之间我们不想去学院了。我们开始欣赏起哲学来，当初我们不顾一切想去当商人或是地主的那些人，现在看来真是可怕。

　　西蒙尼特斯第二天一清早就宣布，他现在成了一个新人，已经不是昨天的他了。他说："一切重新开始。"这话我们已经听他说了多少遍了。他把乱蓬蓬的头发用发带拢起来，而且破天荒的系好了鞋带。他热情地说："我不再做白日梦，要多向苏格拉底学习，我要学好七弦琴、背诗，甚至学数学！我请林德罗斯帮我学数学，每天早上我练琴，从现在开始。"说着，他就坐在地上开始弹奏。我们其他人也随着他一起练起来，苏格拉底说会帮助他的。

　　我们已经习惯跟他通过谈话来学习，我们还不知道他是否适合当老师。他用同样的方法教我们《伊利亚特》和其他内容。格劳孔特别喜欢这样。我们开始讨论到很晚，谈论阿伽门侬①到底是不是个好国王；我们把苏格拉底与这里的哲学家以及历史上的国王和雅典的将军做比较；我们谈论奥德修斯是否符

---

　　①阿伽门侬：古希腊神话中的迈锡尼王，武艺高强，擅使长矛和标枪，足智多谋。在特洛伊战争中，听信谣言，将高尚明智的英雄帕拉墨得斯错判死刑。

合理想社会。这种方式跟我们学校里的不一样，可是学校的老师一下就发现了我们长进了，我们更爱上学了。

阿德曼图这时决心要打开那盒子。因为这个盒子只能由合格的哲学家打开，所以人们不把他当一回事，反而让他进入基地的图书馆——不过要有仆人带领，而且每次只可以借一卷书。他开始有点灰心，因为书大多数都是用外文写的。可是后来他就十分投入了。他读到了戒指的事，那本书的标题是《尼斯里亚史·古代哲学家》。他叫道："看，这上面记的是过去戴这个戒指的人！"要么说："你们说盒子跟戒指有没有联系？""哇，听说跟古阿斯有些关系。那上面说戒指的魔力只有太阳的秘密才能解除。我想知道那是什么。我问过苏格拉底，可他说他希望我能自己找到，那种东西必须靠自己发现。"

我们都不认为阿德曼图有希望在堆成山的书卷中发现开启小盒的秘诀。他以前并不懂哲学，不过他这种人喜欢破解秘密，而且一旦开了头，就能坚持下去。

我们也在忙别的事。格劳孔和阿德曼热情地征集物品，参加拥军大赛。格劳孔还进入了运动会决赛。考试过后，就是期末运动会。他每周都要练跑步、标枪、跳远、跳高和摔跤。而西蒙尼特斯很高兴被选上在毕业典礼上表演。他要吟诵三篇品达①写的诗。

早上上学时，格劳孔说："我好累！天还没全亮，我已经跑了三圈，一边背完了两百行荷马。"今天早上第一节课是音乐课，要学吹笛子。

"你为什么一直挥胳膊？"我问。

他皱着眉头说："没什么，体育老师说，我的摔跤不如从前，我要更加、优美自如地运用手臂。"

"是吗？可是你一直是最会摔跤的呀！"

"没什么，不用担心！"

阿德曼图翻着他的存物格，叫起来："天呵！有人给我写了陶块！从来没有过的事呵。"这引得别的同学都往这儿看。阿德曼图说："噢，是我姑姑写的，我早该猜到。"

---

①品达：古希腊著名诗人，他的诗作主要是赞美奥林匹亚竞技胜利者的颂歌。

其实陶块是哲学院的学生通过潘格罗斯邮政寄来的。

雅典的男生，你们好！我们非常高兴在新城邦安顿下来。在此邀请你们来参加在下一个满月举行的晚会。哲学家国王或女王，他们不在被邀之列。不要取道柜子，我们会把入场券送至。

问候！

若接受邀请，请立即说出。

我四下张望着，说："我们，呃，很愿意，谢谢你们，"心里纳闷，这话怎么才能传出去。我发誓一定要弄清楚潘格罗斯邮政是怎么工作的。时间到了，我们来到了音乐教室。

我们等了整整五天，这些入场券才送来。我正走在上学的路上，发现脚前有三个石子。我捡起来看见每个都有两种颜色，一边是蓝，一边是黄，蓝的那面写着"进"，黄的那面写着"出"。

到了学校，我在校园里找到他们三个，我问："你们也收到了吗？""我得到五个。"阿德曼图说。"我得到两个。"西蒙尼特斯说。"他们写陶片来，说明我们只需要把'进'的那边沾湿。"

我得出结论："他们只是哲学学生，你不能盼望这些年轻人事事都做好。他们只是给我们几个多余的门票罢了。"

尽管我们决心今天在学校好好上学，可是却高兴得净做错事。我开始担心我们将失去参加晚会的机会。

"阿德曼图，把那东西放下！"历史老师冲着阿德曼图说，他不听正在讲的马拉松战役，却一边啃着护身符，一边读着《古代哲学家》。"给你减十分！"他让后边的杂役把这十分从成绩牌上抹去。"还有你，西蒙尼特斯，又编故事吗？给你减二十分！"

西蒙尼特斯吓了一跳。历史教师走到他跟前，拿起他的字板读起来："很久以前，有一家人。他们不住在房子里，而是住在大篷车里。因为他们喜欢到处旅行……"全班人哄堂大笑，西蒙尼特斯的脸涨得通红。老师一直念下下去，直念到结尾："……虽然国王想把它偷走，但是没能得逞。有人想用金币买下大篷车，但是被这家人拒绝了。这就是爱篷车胜过一切的一家人，故事讲完了。"

历史教师讽刺道："西蒙尼特斯,这也能叫故事吗?"。

"我想让结尾更有意思,"西蒙尼特斯小声嘀咕着。"是哲学家们说应该这样。"

"你说什么?"

"没什么,对不起,我在瞎说。"

老师说:"好了,我对你很不满意,请你出去,现在就去见文法老师。你在上课的时候编故事,这不是第一次了。"

我们穿过院子,去另外一个教室上体育课,格劳孔说:"老师有点过分。希望他们别罚他。听着,咱们今天不要再惹其他麻烦了。什么坏事都可能遇见。我最爱上体育了。"

我们走进更衣室,校工从大陶罐里取出混了黑沙的橄榄油膏,涂在我们身上。我们要练摔跤。涂了油可以防止被抓伤,或者被太阳灼伤皮肤。

体育是格劳孔最喜欢的课。尽管我和阿德曼图也擅长运动(西蒙尼特斯可是特别笨),如果你问格劳孔,他会告诉你世界上没有什么东西能比过体育课。他喜欢体育课的方方面面,从纪律到热身,到收拾器械,再到冲干净身体。他锻炼能让他忘记一切烦恼。有时候,当他赢得比赛或者提高了纪录,他甚至能体会到《伊利亚特》中英雄的感受。老师说他的角斗还不是太好,我知道他有些沮丧。实际上,最近老师不止一次这么对他说。可是他决不放弃,眼下,他脱了衣服,生龙活虎地又投入了锻炼。

体育老师进来了,催着:"快点!"我们跟他出来,他站在沙坑旁边,给我们训话,讲起就要举行的大赛。他的长发编起来,身材魁梧,总穿着红色的短袍。

他说:"伙计们,别磨蹭,我得提醒你们,输赢在体育课上并不重要,风度和纪律才是。体育强调的是精力充沛、公平、合作、健全的心智和身体。我们在卓越学校也总是强调这些,我也是这样看你们在大赛上的表现的。波利马克斯!"他向队列中叫道。

"别没精打采的,你的样子也影响到周围的人。曼诺克罗斯,别说闲话！你们可不是老太婆子。赛瑟斯，我今天要你把劲都使在投铁饼上。赛伐勒斯，你要把全身重量都用在摔跤上。你们要加紧训练，林德罗斯，你看起来有点瘦，得多吃点。格劳孔！"

格劳孔紧张地抬头站直。"戴上牙套！我的选手这样可不行！今天咱们提高技巧。"

格劳孔急忙跑去戴牙套，我们其他人都开始练标枪，然后投铁饼。我们发现，特拉斯马库斯不见了，我们练得满脸通红，开始进更衣室休息。

总的来说，这节课上得挺高兴。老师一点也不在乎我们的吵嚷，我们一看到摔跤就会大叫大嚷。格劳孔是大赛中的摔跤选手，他要跟另一个人摔来摔去，把对手压在身下，比出输赢。突然，我才发现格劳孔还没有回来，已经有人上厕所回来了，我想去看一眼。

格劳孔没有在更衣室里，可是我听见他在贮藏室里，那里存着拥军大赛募捐来的东西。他在嚷："你这个骗子！好大的胆子，我要让你赔！"

我听见特拉斯马库斯笑着说，他什么也没干。"格劳孔，你疯了？我怎么会偷？校工总在这里看守着，夜里这儿也是锁着的。即使你这样的白痴也知道这个。"

我推开门，惊呆了，我一下就明白格劳孔说的是什么了。特拉斯马库斯把他的口袋几乎都偷干净了，格劳孔冲过去："你这个骗子！你会后悔的！我知道你想干什么！"

"格劳孔，住手！停下！"我努力插到中间，想把他们分开。这时老师来了，他好像很生气："格劳孔，住手！你像头野山羊，真令人讨厌。你也不小了，能不能学得文明一点。给你减去二十分。如果再犯，取消你的比赛资格！"

格劳孔一个劲地解释，可是一点用也没有。特拉斯马库斯只是冷笑。格劳孔募集的东西都没有了，体育老师却不信他的话。

我敢肯定，这样一天过去，准会有坏事发生，那些入场券会失效的。西蒙尼特斯下午也没来上学，我晚上到他家去，他和他妈妈都没有在。事情有点奇怪，甚至他的兄弟和姐妹也不知道他们去了哪儿。到了我睡觉的时候，苏格拉底也没有回来，真奇怪。

我半夜听见他回来了，窗外蛐蛐在叫，我等着苏格拉底屋里安静下来，过了一阵，才取出那块石子，把"进入"的一面浸在水池的水里。没有什么特别的，我一点也不觉得意外，准备放弃。可是突然之间，那块石头变出一大团烟雾。

烟雾一下把我围住，充满了房间，我没办法呼吸，害怕起来。我真不该相信哲学学生，他们怎么知道自己在做什么！可是这团大雾把我托起来，升到空中。

这比用柜子要慢得多，感觉也轻飘飘的，过了不一会儿，我就站在美丽城邦的广场上了。整个城邦都熟睡着，夜空上繁星闪烁。房舍的门口亮着灯，月光洒在在街道和树梢上。海浪哗哗地拍打着沙滩。

"你来晚了，柏拉图！"双胞胎兄弟已经到了，四五个哲学学生也来迎接我们。他们都穿着特别鲜艳的袍子。红红绿绿，适合晚会的穿戴。

我问："西蒙尼特斯在哪儿，他没来吗？"

双胞胎兄弟摇了摇头。

我们沿着沙滩走，我嘀咕着："真可惜，他没来。他比我们还想来呢，可怜的家伙。"

"你知道他为什么不能来吗？"

谁也不知道，到了学院的花园门口，我们想回去再找他一次。一个女学生低声说："这边来，别人都到了，咱们走旁门吧。"

十二三个人都到了，坐在一张巨大的毯子上，中间摆着宴席，四周是灯笼。我们一坐下，就有人为我们端上来西瓜、甜瓜、草莓、枣、奶酪和蜂蜜面包。这些都是美丽城邦的美味，还有美味的葡萄酒。花园四周树上开着白花，香气袭人。怡人的情景让在座的一些人想起遥远的家乡。有些人开始弹琴、吹笛。

"我们听说了戒指的事以及苏格拉底的计划，这个计划也许比尼斯里亚人的好。"一个非洲女孩说，"实际上，我五岁时就听父母说起过这件事。"

"这真令人兴奋，我们一听到这计划真的开始了，马上就启程到美丽城邦来。”

“我们跟大家告别，亲友们都有些悲伤。当然了，因为很多人都有些怀疑，他们不太信任这个计划。可是，这计划真的太棒了！”说这话的是玛娅的女儿，似乎比其他在座的更有哲学家风度。正是她教大家做的旅行石子。

“能跟最著名的哲学家一起做大事，真是太棒了。”另一个年轻人说。

我们问起尼斯里亚和他们的家乡，以及他们怎么学会的希腊语。一个男孩子一边吃蜂蜜面包一边说：“你们可能不知道，每个哲学院都有语言老师。”

我们尝遍了各种小吃，也吃了枣和西瓜。这时大家议论起戒指和恶人来。“戒指怎么会落在雅典？”阿德曼图问，同时吃进去两个枣三个杏。

“还不清楚。可是你听说了一个大盗，跟恶人的戒指失窃有关。戒指在尼斯里亚驿站又丢了。听说……”

“听说什么？”

一个黑眼睛，显得很有同情心的女孩子说：“没什么，我们不想让你们担心，只是听说有个人要给雅典带来厄运。不然，怎么会故意把戒指留在卡西多纳这个人的屋里。噢，”她颤抖了一下，“不知道跟这种人在一起是什么滋味。”

“你知道恶人是什么样的吗？”我问道。

“知道得不太多。我们第一年还不可以学习这方面的知识。而我们是学院的第一批学生。那些宁愿待在家里，不肯冒险的人开始感到困难了。可是还有很多其他危险的哲学课题。最危险的那些……”

“都是些什么？”

“有些班专门研究恶人的特性，丽拉就是做这种研究的。苏格拉底的计划需要这方面专家的协助，噢，那一定很可怕！”

“实际上，我倒想研究这个。”非洲女孩说。

我说：“我也想。不过，谁知道呢。”

另一位哲学生问：“你要上雅典的学院吗？那可是所最好的学院。”

这时，月亮已在天上走了一程，他们也给我们讲了学院的各种事情，我们越听越羡慕，觉得自己可能永远没机会去那里。一个女生正在教我们用魔杖，忽然止住，问我们："听见什么了吗"

"什么？"

可是，我们一下都听见了，一阵恶灵的尖叫，紧接着是一阵脚步声。两只巨大的蝙蝠一样的东西俯冲下来，把我们的毯子掀翻，油灯被打翻，灯灭了。

"魔头！"一个声音怪叫着，我们逃到花园的角落里，"魔头，你胆敢到城外来！"

另一个声音说："我昨天告诉你了，我一看见神秘屋就觉得事情不妙，有人阴谋想破坏我们的城邦，马上就会有消息，你小心说话！"

过了一阵，两个穿着银灰色袍子的林中人骑马过来，他们正在追赶恶灵。他们并没有发现我们，骑过打翻的杯盘，从花园的另一个门出去了，走进了树林。

年轻的哲学家们吓坏了，他们逃散在花园的各处，开始议论起来。"林中人从来没有这样过！""他们从来也不会到我们的地方乱踩乱踏！""还有那恶灵？""他们来做什么？他们怎么会这么近？""我还没离他们这么近过！""噢，准有可怕的事发生了！""你觉得神秘屋是怎么回事？"

我和双胞胎兄弟站在花园大门旁边，说道："我们应当跟上看看！""究竟是怎么一回事。"我们问哲学学生："你们有马吗？"他说："马棚就在附近。"

"我们确实有几匹小马……可是你们真要进树林？他们告诉我们，千万不要进去。"

他们劝不住我们。最后，两个哲学学生（其中一个是玛娅的女儿）说他们跟我们一起去。我们解开三匹小黑马，两人骑一匹，跑进了树林。

一进去时，树很密，我们听不见一点声响。这里也有一个湖，在月光下闪闪发亮，忽然，阿德曼图轻声说："我听见了！"一阵声响哗啦哗啦的传来，越来越响。两个林中人飞奔过去，格劳孔大声喊："跟上，快跟上！"

我们的马嘶叫着，穿进树林的更深处，直到再也看不见月亮，我们勒紧马缰，想跟上林中人。我们穿过了黑暗、潮湿的洞穴，那是走兽的巢穴。开始听得见恶灵的尖叫了，我记起来林中人说过，这儿有熊和其他野兽，我希望不要让我们碰上。正这么想着，忽然有两个黑色的长着蝙蝠翅膀的恶灵飞过来。

年轻的学生们开始举杖还击，念着咒语想定住它们。但是他们的法力不够，他们毕竟还是学生。

一个学生说："我觉得还是停下吧，我们好像根本就不该来，我控制不了魔杖了！"

可是一阵巨响震响在我们耳边，更多的恶灵追上来，我们没有别的选择，只有逃跑。我喊着："快点！快点！"

恶灵扑上来，抓住我们的马匹。玛娅的女儿大吼一声，用魔杖投射出光，可是恶灵的脸一下就把光吸走了。我们向前方逃去，恶灵抓住了她，我们冲上去帮解围。不知道如何是好。我觉得魔爪抓住了我的后背，突然，又消失了。

原来，一群林中人冲了上来，一张巨大的绿网罩住了恶灵，恶灵扭动着，尖叫着，我们得以逃脱。不过，林中人并没有发现我们。他们又冲到前面去了，我们跟着声音，来到一片空地上。我们一直走到了树林尽头，现在我们看见了海，海岸的对面是美丽城邦微弱的灯火。

林中人并不在意我们。他们拴上马匹，围住了一座房子，房子的样子十分奇怪。

墙是灰石做的，有点倾斜，好像是生手匆忙砌上的。黑色的屋瓦歪歪扭扭的盖着房顶。房子很大，非常大，很可能里边有个大院子。窗户紧闭，里边什么也看不见。

一个穿银袍的林中人拿起火把，出乎意料地扔向百叶窗。窗户烧着了一阵，但是很快又熄灭了，好像有人往上面泼了水。我们还没明白是怎么回事，另一个林中人又举起了木杖，喊出咒语，向一面墙上投去一道绿光。绿光一闪，又熄灭了。

他对同伴说："没法打破，我告诉过你。这就是恶人特征。住在里边的人阴谋破坏这个城市。"

"恐怕你是对的。我担心会有坏消息。马上就会的。"

我们五个人看着这一切，林中人又试了一个更强的咒语，哲学家们曾

说，只有林中人会用这种咒语。可是这个咒语也不管用。所有的办法都不能攻入这座房子。我们小声交谈起来，忽然后面传来喊叫声："恶灵逃跑了，小心，他们逃跑了！"

这是别的林中人在喊，我们觉得恶灵的影子越来越近。年轻的学生小声说："用你们的入场券！舔湿了，不用担心，一个也够用了。快点，我们请林中人把我们护送回去。"

"这样行吗？你们没事吧？"

"快，赶在恶灵之前！"

没时间多想了。我们哆哆嗦嗦地从兜里拿出了石块，舔湿了。一时间，只觉得自己被推到半空，美丽城邦逐渐远去了。

第十章
神秘屋

"我们怎么跟哲学家交代?"我问阿德曼图,"你是不是觉得应当让林中人自己解决?"

"我们不能说,"他说,"他们也许不会说。我读到过林中人的事情。他们跟一般的哲学家不一样。他们不会像你想的那样把什么都说出来。"

到了午休时,多数学生都回家了。我们穿过了节日大道,进入后面的街市,这里到处是商贩还有行医的医生。因为阿德曼图一直忘不了那个装着秘密的盒子,他总觉得里边藏的是灵丹。他看到过古书上有这样的记载,那卷书的书名是《古代哲学家医生》。

我不满意这个关于林中人的解释,更加留心小摊上的东西。这条街又挤又吵,在太阳下,生出各种难闻的气味:尿味、草药味、汗味。这些味倒让阿德曼图挺兴奋的。

我热得直出汗,说:"好吧,今天早上苏格拉底告诉我,他们都要在节日前夕离开,去驿站城邦开会。过几天就回来。这个时候选得可不太好。"

"我肯定咱们会想出办法来……"阿德曼图不太在意地说。他盯住了前面，说："这太奇妙了！"我们看到街头有一个治疗浴室，我们的父母嘱咐我们千万不要用这种浴室。自从瘟疫过后，人们都担心得自己会得病，我们只用广场前面的浴室。有些摊贩卖百里香、藜芦、番红花，等等，给医生用来治病。他们也卖治疗用的钳子和手术刀。有些摊子是医生开的，他们给几个病人治疗。跟着一群学生，周围也有几个乞丐，在摇晃碗里的铜钱。

我们挤过人群，他们正在凝神观看，不时赞叹，甚至鼓掌。有些人还在一边查看字板。我说："这看起来挺傻气的，真有什么用吗？"

我停下，简直不能相信眼前的一切。一个医生正俯身给一个躺在桌面上的人开刀。我听出身边的四位是医生的徒弟。听他们说，这个病人的大腿上长了一个疖子，感染得很厉害，现在医生要把它割掉。一个徒弟拿着蜡烛，一个举着白布包着的刀具和钳子，一个端着水盆。还有一个托着病人的头，肯定是在给他涂麻醉药。医生一边工作，一边解释他的步骤："我们必须要特别小心，因为这个地方的根静脉直通心脏……"他手中的白布被鲜血染红了。"当病人醒过来的时候，我会给他喝一些蜜水，让他恢复体力。我会给他开个食谱，建议他吃些燕麦饼。如果休息好，饮食适当，伤口很快就会长好。"

一个学生问："可以吃奶酪吗？昨天您建议病人吃奶酪来恢复体力。"

"不错。可是这个人，我早先说过，是因为黏液质过多才长了脓疱，奶酪会产生过多的黏液，使病情加重。四种体质都是哪些来着？"他一边低头动手术，一边考问着学生。

"血液、黏液、胆汁、忧郁液。"

"很好，它们与什么季节相关？"

"春、夏、秋、冬。"

"现在是夏天，对这个病人有什么影响？"

"对他有利，因为黏液在冬天严重，所以夏天会使它减弱。"

医生对学生的答案很满意。他继续详细解释身体的各个部分以及各种疾病与天气、习惯甚至梦的关系，简直不可思议。我发现身边的阿德曼图像被施了魔法，看着阴凉昏暗的小屋里的一切，每一样东西都不放过。百叶窗被放下，医生和他的学生们在烛光下忙碌着。

病人睡着了，我们于是离开，外边是耀眼的阳光和吵闹的街市。医生问我们："孩子们，你们为什么这么好奇？"助手举着水盆让他洗手。学生们接着问他问题。

阿德曼图大方地回答："我想学当医生，我觉得这一行很有意思。"

医生似乎很温和，他说："真的吗？有意思呵。你觉得怎么有意思？"

"我觉得你把所有的事都联系上，这很高明。心脏和大腿、体液、奶酪甚至天气……我想学更多的东西，我想帮助人。"

医生望着阿德曼图，好像挺欣赏他的回答。"你想帮助人，有意思。好吧，我一天都在这儿，晚上才离开。一般每周有一天我在这里，其他时间出诊，也许我可以教你一些东西，作为交换，你帮我清洁用具？"

我不知道他怎么学，因为我们眼下太忙。而阿德曼图却是喜出望外。

放学之后，他要直接去医生那里。格劳孔则去为大赛训练。苏格拉底还要在学院呆上一阵才会回家。我当然不想找到他，跟他说神秘屋的事情。于是，我决定去看看西蒙尼特斯到底怎么了。

西蒙尼特斯的妈妈给我开门，我说："您好，菲罗米拉太太。"他家和我家在一条街上，格局也是一样，只是感觉完全不同。

因为他家人口多，不管是奴隶的还是家人的房间都放了很多东西。西蒙尼特斯有三个姐妹，两个淘气的双胞胎弟弟，季门和伊斯多。他们都还小，不到上学的年纪，特别爱听哥哥给他们讲故事。西蒙尼特斯的家境很好，书房里堆着很多书卷。他家的院子更大一些。在水池中央，有一个雅典娜的全身雕像，四角是稍小的赫尔墨斯的头像。他家的花园也很大，在后边，不是在房子的一侧，这里有鸡舍和小灰毛驴，我还记得小时候常常到这儿来玩。跟我家比起来，这里要好玩的多。

菲罗米拉太太坚信，人只有勤劳才配当上好公民，不管是丈夫还是妻子都应当一样努力。她自己就是个榜样。她正在做杏仁饼干，为阿芙罗狄蒂[1]节做准备。她的一个女儿和一个奴隶都在给她打下手。在厨房的桌子上，搁着一盘乳

---

①阿芙罗狄蒂：古希腊神话中爱与美之女神，司掌人类的爱情以及一切动物的生长繁衍。

白的面坯圈。他们要把盒子装满饼干，然后送朋友，或者用来做祭祀。在院子里，另外两个姐姐在绣花，奴隶们刚从广场上回来，提着的陶罐里盛着酒。季门和伊斯多在花园里吵闹。整个家欢快而又忙碌。

菲罗米拉太太请我坐下，她对我说："文法老师对他很生气，"又对奴隶说："噢，那个罐子不要放在厨房里，谢谢，直接拿到储藏室去吧。"

绣花的两个姐妹过来帮忙。妈妈称赞着："好姑娘！顺便从储藏室给柏拉图拿些饼干，好好招待我们的客人。"她们给我端来饼干，害羞地微笑，而妈妈像老师一样要求着她们。

菲罗米拉太太身材矮胖，和蔼可亲，她的头发盘起来，显得端庄。她说："文法老师有些担心，老实说我也一样。这孩子生活在幻想里，太不切实际，他整天写故事，逗季门和伊斯多，一点也不在乎学校的功课。毕了业他会去做什么？讲一辈子故事？"

我搁下水杯，尽量想显得不那么唐突，我说："太太，荷马不就是一辈子都在讲故事吗？还有赫西奥德。也许西蒙尼特斯也像他们那样？"

她看着周围的人忙碌，有些焦虑地对我说："柏拉图，你可能还不知道，但是我们不能由着性子来。生活不是那个样子。我们有点想让西蒙尼特斯继承家业，出租土地。再说，西蒙尼特斯在学校的表现实在不好。"

我不知道如何是好，不愿意自己的朋友受到批评。

"文法老师反正来家访了。目光炯炯的雅典人。我起初觉得很是意外！他让西蒙尼特斯得在毕业之前做好准备，走进成人的世界，他认为他需要进行一些有镇静作用的活动。他说要是我不知道怎么办，他可以给他加一些课。我后来提起，你新请了哲学家苏格拉底当家庭教师。西蒙尼特斯也经常见到他。他可能会有一些好建议。那时天色已经不早，我们就一起去了苏格拉底的学院。我们雇了辆马车，因为学院在城的另一头。人家没让我们进去，可是苏格拉底出来见我们很高兴。我们在老师的房间里坐到很晚，想出了一些办法，我得说，苏格拉底真是帮了大忙。"

我问："他要怎么做？"

"苏格拉底认为不需要给西蒙尼特斯加课。他建议让西蒙尼特斯做他喜欢的而且对功课也有帮助的事情。"

"那是什么呢?"

"比如,期末考试之后有个庆祝会,我猜格劳孔会表演摔跤,波利马克斯和林德罗斯会表演朗诵,老师让西蒙尼特斯念品达的诗,我觉得要加上布景就更好了,就像在剧院那样,也许西蒙尼特斯能做一个转台呢。这件事对他有好处,校长也很愿意演出一台好节目,他一直就盼望着。大家都觉得这个主意不错。所以,西蒙尼特斯去了远处他叔叔家,过几天才能回来。至多过了阿芙罗狄蒂节。"

真是不巧。我独自回家。我有些不知道长大以后该做什么,现在天快黑了,我看见卡里克丽亚太太坐在外边绣花,其他几家邻居正在准备吃晚饭。

我想象起十年之后的情景。如果西蒙尼特斯真的除了写故事什么也不做,他会越写越好吗?我们其他人会做什么,一边往家里走,我一边想象这条街十年之后会是什么样子。我们去理发师那儿剪胡子头发的时候会怎么样。

看见苏格拉底已经回家了,我比平常更加高兴。他坐在书房里,念着一卷书:"苗条的女神出现在阿基里斯面前,说道……"我叫道:"苏格拉底!"

"我正在想你的问题,我们怎样分配美丽城邦的工作。我有个想法,可也许听上去有点傻。"

他把书放下,说:"一点也不。我很高兴听你这么说。"

"就是,如果人人都能做他们想做的事多好呀!"

"你是说,他们想做什么就做什么?"他缓缓地附和道。

"嗯,比如西蒙尼特斯只喜欢写故事,我想,阿德曼图大概是想当医生。如果你什么事情做得好,而且愿意做它,为什么不去做?为什么让别人决定你该做什么?"

我猜苏格拉底会一笑置之。可是,他把书卷起来,若有所思地抚摸着。终于,他说:"柏拉图,我想你可能真的有所发现,这样的事能在美丽城邦实现。如果真能这样,城邦会更加与众不同,会很特别。你为什么不继续设想?你也许需要把它落实,让它切实可行。如果你能做到这些,你发明了做事情的新方法,我们就能顺利地战胜魔戒。"

我离开了书房,跑到自己的房里,拿出干净的蜡板,写下几条主张。虽然我的计划还没全部写完，可是我睡觉之前感到一种兴奋，我觉得如果我们当上哲学家，我们会带来真正的改变。

无论在学校，还是在家里我们都忙得不亦乐乎，一直没得机会把神秘屋的事告诉哲学家们。林中人好像也不会去说，所以这件事就再也没人提起。哲学家们迈着轻快的步伐、哼着歌去给学生上课，读新闻，热情地谈论着我们的新城邦。看来，他们对这件事一无所知。

很快，我们看见他们收拾行装，带上装满书卷的箱子去开会。他们在图书馆里写了很多研究报告。他们说已经可以拿到驿站城邦在哲学家中发表了。

德菲娜核对着论文（她刚刚学会了希腊语），一边轻松地对我们说："我们只离开几天，这种会每年开一次，不会很长，今年的会我们一定要参加。"

在六月中阿芙罗狄蒂节的前一天，他们就要离开。临行前，他们讨论得十分激烈，几乎没时间跟我们说话。"听说拉达曼多要直接提出戒指的问题，发表一番谈话。""噢，那算什么，窃贼倒要报告出来！""健康安全部说他们建立了新措施，我听见有不少人在抱怨他们的措施。不知道究竟都有哪些措施。""哦，我急着想听阿玛西奥关于陨星的新观点！"

阿德曼图忽然插话道："好像有人发现了美丽城邦，想要暗算我们。他们在树林里神秘屋里，我们早该告诉大家，真抱歉。我觉得你们应当去看看。"

整个议会大厅一下安静下来，洁明娜放下写字板，武仙和克里勒待在那儿，让人帮着把木杖给他们系在身上。站在窗前的德菲娜迅速回头看着我们这边。一张纸页随风飘走了。

里拉斯耐心地问："你们怎么知道神秘屋的？"

"我们……有一天我们走迷了路，不过我们再也没去过。感谢宙斯，你们好像已经知道了？"

哲学家们交换着眼神，好像在考虑怎么对我们解释。里拉斯终于说："我们其实已经知道了这件事，我知道你很担心，它似乎很秘密，我知道林中人也很不安。但是，请你们放心，不用去理它。”

我叫道：“不去理它！它可是什么都不怕。你不记得你告诉过我们，这是恶人的特点吗？”

武仙有些为难地说：“是的，我们确定这样说过。可是就这件事来说……就这件事来说……”

“就这件事来说，没有什么值得担心的。”

“我们怎么能不担心？”

洁明娜走过来对我们说：“孩子们，你们要保证不要再去神秘屋了，不要再去想它，我们完全可以保证那里没有什么可担心的。”

第十一章
女神的花园

我们围坐在花园的桌子旁，桌上堆着月桂叶。格劳孔说："我猜他们另有个计划。"

现在是假期，明天就是阿芙罗狄蒂节。伊诺让我们在这儿做明天早上要用的月桂花环。看到我们忙碌着，邻居家的老太太们露出满意的微笑。"这才叫敬畏神明！""那讨厌的伊诺，这回倒是让他们做了点有用的事！"

阿德曼图说："什么？还要去树林里？我觉得这主意不怎么样。"他一边向四下望，医生借给他的书不知掉在哪里了。月桂堆得高高的，我要侧过身来，才看得见对面的他。

伊诺正在厨房里，我大声说："简直太多了，你为什么弄这么多叶子？"

"别忘了这是敬神用的，柏拉图！不许说这种话，千万不能！如果太多，我做完饭可以帮你们。"

"树叶把我的手划破了。我不想在比赛前受伤！"格劳孔更加大声地说。

"噢，别抱怨了！我一会儿给你上点熏衣草油。"

伊诺情绪挺好，自从苏格拉底来了之后，她好像更加快活，因为家里的生活变得越来越有趣了吧？她也喜欢到美丽城邦去，甚至一得机会就坐在那里听我们上课。她高兴起来真是件好事，可是这时我却觉得她有点讨厌。

阿德曼图说："我觉得那样不行，还记得上次的事情吗？另外，哲学家说不必担心——谁拿了我的书？"

格劳孔说："反正不是我！我觉得读那么一大串病和药方没多大意思，我才不要呢。你说不想去那个屋子，只是因为你不想惹上麻烦。你担心哲学家会不让你进他们的图书馆，你就没法研究那个奇怪的打不开的盒子了！好像那是天大的事情，别再咬那个护身符了，弄得我心烦！"

阿德曼图辩解说："跟那盒子没关系，我在图书馆里读到很多有用的东西！"

"可是你不懂，他们只对我们说不要担心，并不说明他们自己不担心。"我想平息大家，于是说："老实说，他们像是十分担心似的……"

阿德曼图说："只是昨天在议会他们才显出担心来，那以前我并没有觉得他们有什么担心。不记得吗，我们以前也没有觉得他们在担心什么。"

他兄弟说："看宙斯的份上，你别傻了。他们明显不想告诉我们，因为他们不想让我们进那树林里去！"

"我觉得他们也许是对的。阿德曼图，"我说，看见丽达嘴里叼着他的书不知从哪儿走出来。"我们至少应当回去跟林中人谈谈。"

他显得很不情愿，但终于同意再去一趟树林，只要我们尽量待在林子边上——"因为事情可能比上次更糟糕。"眼前大家都同意了，我们计划着第二天早晨敬神之后来我们家集合。实际上这样做毫无问题，因为节日的大部分祭祀都由女人们来做，她们整天都在忙，顾不上其他事。

我们在节日大道上排队等候，每过几个月就有这样一个盛大的节日：八月节（雅典娜节），我们要带着各式各样的东西：筐、花环，酒杯，走在节日大道上，听男女祭司唱歌。今天，人人都准备好，我们要去巨大的阿芙罗狄蒂花园，那儿离广场很远，男孩子们要在神庙前做祭献，妇人和女孩子要在神庙里举行仪式、唱歌。

每个人都穿着节日的盛装，五颜六色点缀着黎明，在队伍前面，女祭司举着香火，女孩子们吹着笛子，伴着歌唱，还有人提着一篮一篮的花瓣。雅典的十个将军都穿着紫袍，这十人当中，我们认得出克里奥芬、尼基亚斯和卡西多纳。各个人群穿着不同颜色的衣服，带着特别的贡品，这些表示出他们在城邦里的地位。

歌唱开始了，队伍开始移动，从绿树成荫的街道走向花园，我们这支学生的队伍走在最后，有点散乱，学生们交头接耳，拿的花环也是颜色、大小不一。"看赛伐勒斯的花环，上面分出五枝！""那准不是他自己做的。"我注意到特拉斯马库斯没在队伍里。

阿芙罗狄蒂花园是雅典城中最美的花园。队列进了花园，绕过湖水和小山，然后在神庙的两侧分成两队，面对着将军和拿花篮的女孩。每队人依次在男女祭司前放下他们的贡品。

我对阿德曼图小声说："卡西多纳走掉了！"将军的队伍里没有他。"我刚才看见他溜走了，往花园里边去了。"格劳孔说。"真奇怪，将军们应当一直站到仪式结束。""特拉斯马库斯也不在这儿。"

我们赶快出动去找这两个人。穿过密密的树林，我们看见他匆匆走动的穿着紫袍的身影。我们跟了上去。

格劳孔低声说："他一定有什么事，不然不会走得这么急。"

我们小跑着才能跟上，努力不弄出声响，他一转身，我们就躲进灌木里。过了小河上的木桥，走上了一条小径，他来到一个大理石神像前。

我们躲在树后，只见他东张西望，跪下，一会儿就从我们眼前消失了。

格劳孔悄声说："戒指！他用了戒指！"

"你觉得他转身的时候发现我们了吗？"

我小声说："可是为什么他要走这么远才隐身呢？"

阿德曼图也说："就是，他可以随时隐形，只要没人看见就行。"

格劳孔瞪大眼睛说："他也许想万无一失吧，并且，宙斯呵，我想起来了！你觉得他会听见吗，他可能就在这儿！"

我们被这个想法吓坏了，在树影里愣了一阵，听着外边的动静，花园里有各种声音：树叶的沙沙声、虫鸣和人声。每种声音都像是朝我们这个方向来的，他转身的时候好像已经发现了我们，怎么办？假如他知道了我们在怀疑他？他会怎么样？

格劳孔说："我有办法，我还有张旅行票没用过，咱们用它吧，哲学学生说它可以用。"

他舔湿了石子，我们手拉着手。过了一阵，就有一阵蓝雾把我们包围，我们彼此看不见，就由着雾气把我带走，直到"呼"的一声落在硬硬的东西上，好像是一堵墙或是类似的东西，定眼一看，原来是木地板。

洁明娜站在我的眼前，她递给我一杯无花果汁，我们落在了议会里，广场上的喧闹声传来，我觉得头上撞出了一个大包，挺疼的。洁明娜说："噢，我大惊小怪了，感谢天神，他没有磕破。"

她仍然穿着出门穿的衣服，一件长到脚面的披风，她正解开披风。格劳孔和阿德曼图正跟武仙一起站在桌前，查看另外三个旅行票。门开着，我能听见侍者出入，打开一扇又一扇哲学家的屋门。

"对不起！"我说罢站起来，这才感觉被撞得有点头晕，"我们遇见了卡西多纳，所以就……"

双胞胎兄弟向我做了个鬼脸，好像说没有必要再解释。武仙插进来，声音低沉而浑厚："柏拉图，我正跟你的朋友说，在去驿站城邦的路上，我们听说了一些事情，于是就折了回来。其他人会代表我们开会的。也许你就会明白，我们要关闭所有的通道，只留下柜子？"

"所有的吗，武仙？你是什么意思？"

"你也许你已经知道了，以前有好几条通道能到达美丽城邦，我们现在还不能告诉你太多细节，虽然你们自己发明一个办法。"他举起手中的石块，我们都不好意思起来。

他看到我们有些尴尬，微笑起来："不管怎样，很明显，这是哲学学生帮你们想出的办法，别担心，我们不会批评他们，我们只想告诉你们，这样做是为了保护我们的城邦。你们知道，这时恶人的势力很大，我们希望别的城邦不必采用这个方法。我但愿自己估计错了，我们可能会卷入战争。"

"战争？"我倒吸了一口冷气。

"武仙国王,洁明娜王后,我们终于找到了!"一位侍从院子里走进来报告。另有两个人跟他一起抬着一个巨大的金色长条的东西,"就在图书馆里,不在星像研究室。我们肯定在刚到时放错了地方。"他解释道。

"谢谢老天,我正在担心。我确实记得带来了。请洁明娜带你们把它支起来,我一会去平台上找你们。"

他回身对我们说:"一会儿我再告诉你们。可是我一开始想说:恶人的势力现在正在增长,他有了更多的追随者,多得不计其数,在各个城邦都有。这些人很难识别,只有有经验的哲学家才能认清他们。很多这样的人突然出现,散布着小物件,有魔力的东西,想要控制容易受影响的人,征服他们,我基本上可以向你们保证,美丽城邦和雅典还没有这类东西,我和苏格拉底已经查过了。你们能做到小心谨慎么?"

我们点头答应,随后就去屋顶上去找其他人。不远处的广场上显得一切太平,那儿有卖西瓜和葫芦的,也有谈论消息的。侍从们把金色的三脚架支起来,拧紧。

我们依次用架起的望远镜观看,地平线有些弯曲变形,出现了一条舰队,好像是向着我们这个方向驶来。武仙认真地说:"没错,亲爱的洁明娜,用望远镜我们才能肯定,不过我希望这不是真的。"

她的神情变了,声音显得有些无力:"好的,我现在就去给苏格拉底写信。"

"真的什么,武仙?"我问,洁明娜下楼去了。

"我们遇到了攻击?美丽城邦会被围困吗?"

格劳孔着急地大声问:"谁来攻击?你怎么知道的?"

武仙严肃地说:"恐怕我们还不知道,我们当时正在旅行,收到一封急信,是林中人送来的,说有一支外国舰队正要攻打过来。当然,我们也是看了望远镜才能肯定这件事。这只望远镜很先进,是哲学家专用的,能看见肉眼看不到的地方,很不幸,我们看到了这支舰队是真的,从现在开始,我们要为战争做准备了。"

第十二章

保卫美丽城邦

西蒙尼特斯埋怨说："谁都想挑我的毛病，甚至苏格拉底也是。起初是文法老师，然后是我妈妈，现在他也跟我过不去。"他从叔叔家回来了，把大家召集到体育馆里，给我们看他的转台，差不多已经做好，学校演出时就要用上。转台又大又结实，是木头做成的圆形，安在一个底座上，可以旋转，三个板子把圆台分成三个场景，圆台一转过去，布景就显出来。"布景我要做一个星空的，一个宫殿的，还有一个大海的，这么多工作，我永远也做不完了！"

格劳孔说："宙斯呵，你别再没完没了地抱怨了。自打你回来，就在这儿不停地抱怨，我当你喜欢剧院呢！我们不想听你再抱怨了。你得明白，我们有更重要的事情呢。"

西蒙尼特斯这下发脾气了："正是这样！凭什么我喜欢剧院就得做这个转台，美丽城邦就要有战争，我却帮不上忙？我的时间都花在这件没用的事上，苏格拉底刚一要我做这个的时候，我就不想做。更让人生气的是，他说，转台是件极其有用的东西，一定要做好。如果是这样，为什么让我做这个讨厌而有用的东西，让其他人忙着迎战？"

西蒙尼特斯一急，说话的声音就变尖，他好像快哭了，我决心什么也不说，不然事情会更糟，我们回教室时，经过贮藏室，格劳孔和阿德曼图收集的东西现在只剩下一袋小扁豆了，形势不怎么妙呵。

　　我们进了贮藏室，格劳孔说："肯定是特拉斯马库斯在捣鬼，他肯定偷听了我们的谈话，知道了城邦的事，卡西多纳想要袭击我们，我这一个月都在担心有不好的事发生——不然，他为什么专找我们的麻烦？"

　　阿德曼图说："我担心的是，给他们戒指的人告诉了他们苏格拉底的计划，只有这件事会彻底打败他们。当然他们要不惜一切地把城邦消灭，如果也想要保住，我猜我也会这样。"

　　事情太明显了，我们都注意到特拉斯马库斯比以往更加得意。可是不管我们告诉哲学家多少遍，他们总是置之不理，并且说："我们只是觉得这不可能，孩子们，卡西多纳不可能找到通道。我们向你们保证，我们非常小心地封锁了大多数通道。"

　　我叫道："他们怎么能那么确定？毕竟他们承认自己对神秘屋完全想错了。他们说不要担心才几天，敌人就出现了。"

　　上学的白天显得十分漫长，老师让我们准备考试，校工送来一张字板，文法老师看了，说道："校长要你们每天早上背会两节荷马，现在开始准备吧，现在有什么不懂的赶快来问我，算术老师中午一直在学校里答疑，全力以赴吧，孩子们。这可是关键时刻——你们在学校的最后几天，然后就要进入雅典的成人生活，我希望你们能为我们的城邦建功立业！"

　　特拉斯马库斯满脸笑容，而大多数人都显得有些焦虑，小声讨论着复习的重点。有人说："我奶奶为我祈祷，而且给我的头顶抹油，说这样能让我变聪明！""我把我的字板放在神龛上，这样就会得神保佑！"我很难相信再有一个月就要毕业，同学们各奔东西，想不出那会是什么样的情景。

　　文法老师于是开始讲句子的结构，我们大家耐心听他说，等着放学的钟声响起。美丽城邦下午要开会讨论备战的事情，我们希望能赶上开会。

　　等我们到了的时候，城邦的市民们已经坐在广场的凳子上，问哲学家问题。里拉斯和玛娅也来了。"如果我们树林里的木材不够用怎么办？""要是我们的船没他们的结实怎么办？""要是他们也用魔杖呢？""敌人跟恶人是不是一伙的？""他知道不知道我们在向戒指开战？""噢，当然他知道！噢，不，不！"

天很热，里拉斯让太阳照得直眨眼。大多数市民都从家里出来了，门开着，绿色的豆子剥了一半，圈里的猪和鸡都喂过了，一听见招呼，人们就都聚集到了广场上。里拉斯大声说："各位，不要紧张！现在还没有听说恶人知道我们要打败戒指。我可以向你们保证，我正在调查。船只很快就会做好，速度是平常的八十倍……"

我们旁边的一个男人小声说："林中的神秘屋里住着人。"我认得他，他想在城邦里开个点心铺。"我刚刚听说。你们听说过吗？"

他旁边的一个女人说："有人说是神秘屋惹起的战争。哲学家刚刚同意了这个说法。"

我小声说："他们跟我们不是这样说的。他们说根本不用担心神秘屋。"

"我早就跟你说过。"格劳孔对阿德曼图说。希利亚斯坐在稍远的地方，听见我们的谈话，也加入进来。

"神秘屋让他们感到意外，就是这样。我看，他们太相信苏格拉底的计划了。他们当然不会告诉你，但是我要这么说。苏格拉底的计划很好，每个人都赞成，可是，你看看现在。我只是觉得，大势已去，我们无能为力。恶人、邪灵还有阴谋者太多了，苏格拉底斗不过。"

我们不自然地点点头，抬头望着台上的里拉斯和其他哲学家，大海在他们的后方。

"我说过，我们正在调查，不要想得太多，担心太多。重要的是——"他停下来，似乎有些受不了太热的天气。"重要的是一个人也不许，一个人也不许，再进到树林里去。林中人骑着马时刻守护着树林。"

"我们的军队，亲爱的市民们，你们中任何受过训练，会用魔杖的，我们可能要发给你一只魔杖，要遵守规定使用。我们也有兵营，非常大的兵营，可是我们还需要更多的人入伍。我们想确切地知道，谁想在城邦里干活，谁想当这儿的卫兵？"

到了下午的时候，又来了两百人入伍。我们跟苏格拉底讨论了作战计划。书包扔在厨房的地上，我们围在桌前，打开了三折的字板，旁边放着水杯。伊诺跟邻居的谈话从外边传进来："噢，真受不了，特里奥多拉斯先生，自打夫人离开，我就在操持家务，照顾这群讨厌的孩子！"这以前挺愿意听我们谈话的，可是现在被战争的事吓得要死。我们一提起这件事，她就远远地躲开。

格劳孔说："听里拉斯说我们美丽城邦的储备做不了多少船。我们需要更好的战术，如果能及时做好准备，我们应当在敌人进入海湾之前就出去迎战。看见了吗？这里的陆地缩进去一些。"

他刻画出一个地图，"如果我们在这里围住他们，可能会得胜。"

苏格拉底说："这主意很好，格劳孔，我想我们很有可能成功。但是，我们昨天还在谈这件事，你想没想过怎么样训练军队？"

"你指什么？"

"卫兵当然应当勇敢地保卫城邦，他们的大多数也是自愿参加的，一定很勇敢，但是我担心这个计划会失败，格劳孔，如果他们没有纪律，不能保持冷静。他们需要听从命令，即使觉得自己有更好的主意，也要服从。你需要保证他们作战前养成良好的习惯。"

"当然，从眼前的训练里还看不出他们做不做得到这些。"格劳孔说，向后靠去，似乎有些沮丧。"他们的生活很有规律，大清早就起床，然后开始训练，也就是这些了……另外，现在不适合做太多的改变。我们现在要为战争做准备。哲学家们算出不到一个月敌人就会来到。"

"你们不要放弃，这很重要，孩子们。"苏格拉底说，"想想看：准备作战的过程中——我们想证明美丽城邦是最好的城邦，我们能做到。也许这样一来，我们就能获得力量战胜魔戒。"

木船做好了，市民们来为士兵上船，出海。"一路顺风！"他们吻着士兵的前额和他们的手。"愿你们有力量从恶人的手中解救大家！"

士兵上了船，走过一排一排盛着干粮的陶罐、整齐码放的兵器、木杖。"我们勇敢！我们必胜！如果需要，我们将面对魔戒！"一个士兵喊道："如果任何坏人，不管是阴谋者还是恶人的仆人，我都要用魔杖迎击！我们一直想要跟他们开战！"

谁也不知道敌人是谁，虽然哲学家也研究了好久了。可是大家认为城邦要跟敌人开战，这样才能战胜魔戒。这样一来，城邦中充满了希望或者盼望的气氛，只有少数人像希利亚斯那样悲观。

我们回去的路上被他看到，我们没来得及躲开，就被他抓到，听他唠叨："他们做不到，我看得出来。我们应当知道这早晚会发生。支持魔戒的人这么多。驿站城邦都不会来帮我们。当然他们不会！他们不同意苏格拉底的计划，噢，这可是艰难的时候，另外，我知道你们已经尽力了，特别是你，格劳孔，可是让我告诉你，你最好承认，你会打败。你知道为什么？因为这不可能。一个十一岁的雅典孩子怎么能像大人那样带兵？"

我们其他人——包括美丽城邦的市民，知道希利亚斯就是这样，于是都尽力躲开他。可是他却让格劳孔十分烦恼。

"希利亚斯，你这是什么意思？"

希利亚斯继续唠叨着："那些年长的士兵参加过古老的战役，你听都没听说过。"

阿德曼图追问道："那是什么战役，你说，希利亚斯？我读过一些，比如六千年的战役，断桥战役。"不管跟格劳孔怎么争，作为双胞胎兄弟，阿德曼图总是站出来为兄弟说话。

希利亚斯生气地说："正是那些，还有波斯战争和采药人发起的索弗朗斯和尼斯里亚战役，当然了，你听都没听见过。这些了不起的士兵，打赢了那些战争，他们可不像美丽城邦的士兵那样，过得舒舒服服，接受这么温和的训练，要是这样，怎么能培养出勇敢的精神？你知道，你有苏格拉底这样的老师，却不知道跟他学什么，这可是你的问题！"

格劳孔追问道："那些士兵怎么生活？"

希利亚斯兴奋起来："他们的东西都是共有的，一人一份。"他的绿眼睛闪亮，"他们没有个人的财产，城邦就是他们的一切。对了，他们还要考试，要跳过火堆，噢，他们的灵魂无比纯洁，像金子一样纯！甚至从幼儿园就是这样！"

我们惊讶地说："幼儿园？"

"女人们一起照顾孩子，她们不知道哪一个是自己的，她们不拥有孩子，因此会一视同仁地爱他们。这些孩子属于城邦，没有谁会觉得那是我家的，像你们那样。"

希利亚斯走了，阿德曼图说："别理他，你知道他特别唠叨，我们不必事事照他说的去做，对不对？"

但是格劳孔显得有点担心，我知道不光是因为希利亚斯的缘故。他担心是因为他自己为大赛做的训练不太顺利。体育老师每周都会指点他如何摔跤，他会说："你没抓稳，" "你这次的姿势不如从前。" "角斗应当像舞蹈一样优美！" "伟大的运动员精神百倍！"

这件事让格劳孔很烦恼，他告诉了苏格拉底——苏格拉底说的话让他不能忘怀。"体育老师说得真有意思，格劳孔，你知道吗，我猜你若能想出办法培养士兵的精神，你的竞技水平也会提高的。"

"你们说我的精神状态很差吗？" 格劳孔问我们。

除了战争，发生了另一件事。阿德曼图突然放弃了研究如何打开藏宝盒（格劳孔对此感到高兴）。"呃，哲学家不想让任何人在战时进入图书馆。"被我们问道时，他这样解释，脸也红了。格劳孔逗他说："你承认了研究那个毫无用处！"

这件事带来了一样好处，他对医药很感兴趣——她妈妈已经开始担心这件事。"不，不，不！我现在开始担心你要四处乱跑，沾上跳蚤之类的东西，没准把瘟疫带给学校？"

如果他不在读那些关于体液的书，观摩老师的手术，或者帮助医生挑选草药，那他准是在美丽城邦的医生们那里。他们的治疗室就在广场集市的尽头，阿德曼图把这里设计得尽量符合自己的心意。

他准备了各样的草药、药浴和治疗办法，但是，他用得最多的是雅典的医生教给他的道理。正因为如此，阿德曼图才对科学如此着迷。他从雅典的医生那里学到：身体的各个部分，即使是最微小的部分，也跟许多别的事物相关：天气、精神、环境、习惯、风。一个好医生治疗时，应当把所有这些以及病人的性情都考虑进去。阿德曼图不喜欢冒险，很适合做这类事，他喜欢做这一切，每天都学会很多事情。

在美丽城邦，男女医生（他们以前在各自的城邦行医）都十分赞同阿德曼图说的行医依据的原则。他们说："古代的哲学家医生就是这样分析问题的！"

他们也帮助为战争做准备，有天下午他们把我们找去，我们看着他们的屋子里摆着宽大的工作台，架子放满瓶瓶罐罐，里头盛着各种颜色的药剂。他们坐在那里，我们四处打量(这些药有些是雅典人发明的，有些是从他们原来的地方带来的。) 他们的头发不论男女都用发卡别起来，身穿着白色的袍子，这是医生的工作服。后院里种着无花果，他们累了，就在那里休息。阿德曼图把这里布置成这样，因为白天的时候，医生们忙着治病、研究，他们没时间到出门休息。

医生对我们说："现在，我们不需要太担心居民，可是有件事你们四位应当知道。历史上有时会发生哲学战争，你们可能在书里读到过。这些战争一打就是好多年。这些战争是好哲学家和恶人之间的，有些进行得十分艰苦，而且漫长。因此，万一城邦被围，或者大量的农民被征兵，种地的人少了，我们要保护美丽城邦，就得保证这里粮食充足。"

在一片林边的荒地上，他们种了一片橡树，因为战争的缘故，他们可以用哲学的魔法，让这些树迅速生长，速度是平常的六倍。这样他们就能收获大量的橡实，把它们磨成面粉，做成面包。

人人都忙着备战，市民们温习生疏了的咒语，练习挥舞木杖，哲学家们忙着联系驿站城邦的人。那里仍然不愿给予援助。克里斯和尼勒陪着军队上了木船，每个人都加入了，对城邦无比热爱，每个人，除了西蒙尼特斯。

现在战争就要开始，人们觉得西蒙尼特斯帮不上什么忙，谁也不太在意听他讲故事。

音乐老师刚一离开，特拉斯马库斯就开始炫耀："我这几天不能来上课，考试时再回来。"我们这时应当练习曲子，老师去更换琴弦，这就回来。

只听特拉斯马库斯说："我爸爸跟校长请了假，因为他觉得这几天上课对我来说是浪费时间，我有更重要的事情，我要去议会跟大家一起吃午餐，因为我爸爸想让我从政。噢，夏天一过，我就要跟私人老师上修辞课了，这样我才能像一位大将军那样演讲。"

全班人都蜂拥着他，羡慕地问这问那。"真的，特拉斯马库斯？你去过议会？你知道吗，那些大将军怎么管雅典，你知道吗？""你爸爸真的派军队出海了吗？""你觉得我们会赢吗？""你要从政都要做什么准备呢？""噢，我希望我也能像你一样！我却要继承愚蠢的书店！"

只有我们四个朋友坐着没动，林德罗斯望着特拉斯马库斯，也没有移动，下一个该弹七弦琴的学生也没有凑过去。

"你们拉长了脸，是不是妒忌我呵？"

这话看来是冲着我们四个说的。"格劳孔，阿德曼图？下等人的生活很悲惨是不是？"旁人都笑起来。"我倒想问问你爸爸最近在忙什么？是不是千方百计给你们攒学费呵？"

他高兴得涨红了脸。我正想回敬他几句，音乐老师走了进来，另外，我们也知道招惹他是不明智的，会引来更多的麻烦。

下课后，我们来院子里，格劳孔说："知道我在想什么吗？我觉得苏格拉底和哲学家们都不明白他有多可恶。"格劳孔想再谈谈怎样才能鼓起士气。

"希利亚斯的主张很好，我想我要让士兵们分享所有的东西，衣服，家人，所有的东西。这样他们才会情绪高昂。"

我们厌倦了这个话题，幸好他改谈了别的。

我说："我懂你是什么意思。苏格拉底的问题是总是把别人想得太好。他也是这么想特拉斯马库斯的，他认为他有了戒指会不幸，瞧瞧他，他可是正得意呢，而且，我确信他和他狡猾的爸爸知道了进美丽城邦的办法。"

格劳孔阴沉地说："我们一定要想法阻止他们。全凭我们自己，因为哲学家帮不上忙。"

阿德曼图说："你们知道我想怎样？我们需要找到是谁把戒指放在那儿的。哲学家说他们不知道是什么人。好吧，这还不容易看出来，不管是谁放的戒指，这个人是想要让卡西多纳得到。如果他们觉得美丽城邦会除掉这个戒指，他们当然要提防着!"

很明显，我们需要做点什么——究竟是什么呢？神秘屋根本去不成了。林中人正在严密地看守着。如果不回到阿芙罗狄蒂花园去就太傻了。既然卡西多纳已经找到了通向美丽城邦的通道，通道一定就在那里。

我叹息道："要是他们告诉我们都有什么样的通道就好了!那样事情就容易得多。真不明白，他们为什么没有告诉我们!"

哲学学生更加可靠。尽管他们知道的有限，他们告诉我们有些东西弄湿了可以当做通道。玛娅的女儿说，还有一些咒语可以起作用。只是这些咒语太复杂，很难念。他们说："假如卡西多纳跪在神龛前面，是不是石头打开了，露出了通道？"

第二天下午，我们到了花园，门口成群的商贩，在叫卖橄榄油、葡萄酒，各种各样外国运来的祭祀或装饰用的物件，我们绕过商贩，进花园，来到头天卡西多纳消失的地方。

我们找了一阵，阿德曼图叹息道："我看这儿没什么线索。"我们把手伸进水池，小心试探着池底的石子，"另外，那些军舰是怎么过去的呢？"

我们也同意放弃寻找，我说："赶快，别让人发现咱们，不然就更糟了。记住，如果特拉斯马库斯和卡西多纳知道我们要解除戒指——"

可是太迟了，突然树丛传来一阵脚步声和两位将军闷声闷气的说话声。我们赶快藏到树后，跑上林中小路，可是，我不小心一下摔倒，我小声叫道："好疼!"

"好像有人，你听见了吗？"卡西多纳的声音。他们转身向我们这边来。我们吓得赶快从小路上退回，又躲进树丛。我小声说："快跑，进树林里!就快到大门口了。"

后边的人一边追一边喊："小孩，停下，我听见你们了!快出来!想溜走？你们休想，我要逮住你们!"

我们已经跑进人群，这时他们才追出大门。我们使劲往人堆里挤，想要混在嘈杂的人堆里。格劳孔招手让我过去："过来，藏在罐子后边!"我们躲到一排陶罐后边，只闻见一股强烈的酒气。我们被一个卖货的瞥见了，我们向他投去乞求的目光。

"那几个捣乱的小流氓在哪儿？""到了这儿就突然不见了！"只听见卡西多纳和克洛芬的声音。他们往摊贩中看，一边喘着粗气："看没看见几个小崽子跑过来？"

"噢，是的，将军大人，我看见了，"刚才那位摊主说。"原来您二位在找他们，看，他们往那边跑了！"

"哪儿？"

只见摊主手指着远处的广场，跟我们相反的方向。

"他们可是跑得挺快，也许担心让妇人们抓着，您要是问我的话。"说罢，他吃吃地笑起来。

"得了，啰嗦什么？"卡西多纳气呼呼地说，"滚回家去，或者上别处卖这些破烂，敢在女神的花园门口卖这些乱七八糟的玩意儿！"

听见他们走远了，我们才爬出来，走上前感谢摊主："先生，真是太感谢了！"

他笑笑说："没什么！"这人长得精瘦，有着大大的黑眼睛，脸上手上都黑黑的，好像一天到晚都被烟熏着。他裹着包头布，看不出有多大年纪。

他说："我不管你们干了什么，我小时候也淘气，有些事不能对外人说，对不对？"

我们周围的人们又开始交谈起来，人们祭祀之后逛起街市，买粥喝，浏览着陶器和香料罐以及外国进口的珠宝。这位搭救我们的摊主有满满一推车的货物：金器、银器、铜器、书和各种其他的东西，凡是你能在雅典的集市或铺子里找到的，他都有。

我们观看着，这时他说："让我给你们看一样东西。"西蒙尼特斯对一些布匹感兴趣，这些布的颜色是浅蓝、墨黑和绿色。"要是我在上面再画些东西，就可以做成舞台的布景！"

摊主说："我来看看……这些布差不多四个铜币。"西蒙尼特斯爱不释手，手在钱包里找来找去，他说："柏拉图，先借给我一些钱好吗？回头我再还你。"

摊主说："你喜欢那个对不对？"我正拿起一只铜镜仔细看。家中只有伊诺有镜子，我妈妈出门时，把镜子也带走了。我其实一直觉得镜子很奇妙。看着里边，像是一幅壁画。我拿的这只铜镜非常脏，只能看出非常模糊的影子，可是我却很喜欢。它分量正好，凸起的花纹，像交织在一起的绳索，似乎还在手中蜿蜒和蠕动，像是一件活物。

上方的边缘上写着一行字，我却不大认得。

"这个要九个铜币，我给你个便宜的价钱。这大概擦不干净，相信我，我刮过好多遍。"

"九个铜币？"

"这么贵？"阿德曼图问。

"我知道！我送给姐姐的话，她也许会喜欢的。"我说。"我到现在还没给她买过什么！"

"你觉得这东西送人是不是有点怪，柏拉图，给刚出生的孩子？"

"有什么，女人们喜欢镜子，对不对？想想看！我也喜欢。"

我说话时注意到，镜子边缘有一行模糊的字迹，形状像尖尖的草叶之类的植物，那种手写体我认不出，我觉得自己十分想得到这面镜子。

我付了钱，回家的路上一直想怎样弄干净镜面，说也奇怪，我走起路来觉得十分轻快。正是家家晚饭的时候，街上没有人，十分安静，我们闻得见住家里飘出的煎鱼味。有些人忙了一天，从店铺中或是法庭上回到家中，神色疲倦。看着这些人一边叹气，一边在门口擦干净凉鞋，我顿时想快些到家，开始工作。我们一直惦记着神秘屋，几乎忘了美丽城邦这件令人无比高兴的事，总有一天我们的城邦会积聚起力量打败魔戒。

我走进家门，苏格拉底和伊诺都还没有回来，我很高兴。我走过寂静的院子，丽达还在这儿瞌睡，我把镜子放在一边，开始动手刮净蜡板。

我一边想："怎样才能发明想出一个办法，让每个人做自己想做的事情，一起建立一个美好的城邦？"

忽然，我有了个主意。在雅典，人们按照出身分成不同的等级。人一生下来就是女子，男子，或是奴隶，或是市民，或是外国人，等等。可是，如果我们城邦的人是按照个性划分的呢？这样，孩子们不必属于他们家庭的等级，要让每个人都受到基本教育，像我们的卓越学校那样，之后再把学生分开。我们就需要给所有的孩子设立一个初级的学校。

我赶快把想到的这些记下来。

那美丽城邦都需要哪几类人呢？哲学家当然算作一类。哲学家国王是美丽城邦最聪明智慧的人，这是这个城邦的特点。美丽城邦还有一个特点：士兵是这里最勇敢的人，所以士兵也算是一类。

其他人呢，不像雅典人，美丽城邦的居民们不逼自己的孩子去从事一种行业，不做其他的事。也许这是因为，这儿的居民没有别处的富有，可是，为什么不让一些爱做面包的人尽管去做面包，让另一些人发明做法呢？美丽城邦的人面包师都很喜欢自己的工作！如果你想象阿德曼图那样，当医生，为什么不呢？为什么要有操心的家长阻止你？这里的鞋匠喜欢缝鞋，常说美丽城邦的鞋比别处好看。

还有别的事，我想，如果你真的喜欢自己的工作，全身心的投入（就是说不会抱怨辛苦，也不会像雅典人那样说："唉哟，我的手指都弄疼了！"或者"老天，我的脖子都僵了！"）你就会做得很出色！这样对整个城邦都有益：**美丽城邦的样样东西都是因为爱创造出来的。**

我越想越兴奋——可是又想起来一件事：家务怎么办？当然这儿的人家不像雅典那么麻烦，因为这儿的生活比较简单。每个人都做一些家务事，谁还需要奴仆呢？另外，为什么女人不能做男人做的事？为什么男人能出门做事，女人就得待在家里？不，每个人应当想做什么就做什么，另外，了解了美丽城邦的女子之后，我觉得她们的生活比雅典的女子更丰富多彩。

关于最后这一点，我没有写上去，却模糊地想到，我要娶什么样的女子。我不知道自己十五年后会是什么样子。但是我敢说，我可能会成为一个哲学家。我更愿意有个聪明、有趣的伴侣，而不想让她只会缝缝补补。

外边的天空变成粉红色，正是黄昏时分，我跑去拿油灯，不愿漏掉任何一件想到的事情。外边的邻居家里传来杯盘的叮当声，祈祷的声音，还有走在着路面上的驴蹄声。但是，没有谁像我这样，做着这么有意思的事情！

我可以把这叫做三分社会。由哲学家统治，士兵来保卫，其他人做自己想做的事情。我又写下，人不能只简单地继承家庭的社会等级，那样是不公平的。在美丽城邦，人的性格才是最重要的。因此，一个士兵的女儿可以是哲学家。一个哲学家的儿子可以当面包师，并且——

　　我停下来，有点懊恼，我应当把字写小一点，字板的地方不够用了。于是，当我重新写过的时候，注意到我的胳膊擦过铜镜，里边似乎有反光，真是奇怪，这么容易就擦干净了吗？

　　我举起铜镜仔细看，吓了一跳：我并没有看见自己，却看见一个男人坐在一个院子里，跟一个胖女人和另一个人说话。这男人挺壮实，头发花白，穿着紫袍子——卡西多纳！虽然人影很小，我举着油灯细看了一阵，没错，就是他！

　　那个女人呢？她背着身，我认不清。但是，他们在什么地方？看着像个院子，但是没有树，光秃秃的，只有一片草地，四周是低矮的灰墙。

　　我心跳加快，举近了镜子去看，我看出来，人影在动，不是一幅静止的影像，我看见卡西多纳站起身，伸展两臂，说话的时候，头扭过，这是在哪儿？在哪儿呢？

　　"柏拉图，你睡了吗？"　苏格拉底回来了，他在问，我惊得跳起来。他等着我回答，我屏住呼吸，幸好书房的门是关着的。苏格拉底等了一阵，然后就走开了。我好像犯了罪似的，可是为什么呢？我做错了吗？我着迷地对着镜子，听着苏格拉底踮着脚轻轻走上楼去。

第十三章
真理之镜

　　我们走在美丽城邦的田地里，格劳孔说："这件事说明，神秘屋里的人就是卡西多纳。我们要设法去一趟树林里。"

　　对我设计的三分社会，哲学家们十分满意。他们甚至停下思考战争，准备当晚举办一场宴会。议会的圆桌上摆满了奶酪、面包、葡萄、烤鸡、无花果和蜂蜜。他们请了一些外国哲学家来，这样一来，情况有点混乱，很多新来的人迷了路，我们得为这些穿着长袍，满脸迷茫的客人引路，同时还要请走一些不请自来的人。这一天的下午很是忙乱。

　　同时，阿德曼图为拥军大赛想出一个新主意。要是我们也把橡实面介绍到雅典去呢？在募集的时候交上去这些面粉？肯定还没有人想到过！我们正要去看刚种下的橡树苗。

　　阿德曼图指着前方说："就是那里，你们现在还看不到，就在葡萄园的后面。"他又对格劳孔说："我觉得那不是个好主意。我们已经决定不去神秘屋了。实际上，我觉得应当让苏格拉底看一看那个镜子。"

　　"那不行，阿德曼图，看在宙斯的份上，他们会马上把镜子收走。说它是骗人的东西。我只想看镜子里的东西！"

"倒也是……苏格拉底也可能说错，你知道，"西蒙尼特斯说，他还为让他做转台的事生气。

我提议道："也许我们应当再保守一阵秘密，就几天，只是……"

"什么？"

"噢，就像咱们以前说过的，明显的，苏格拉底没料到卡西多纳有多么坏，不会怀疑到，他在想办法攻击我们。我们自己要时刻提防着他。"

我们走到了橡树园，可以看得出，阿德曼图正在琢磨我的话，还没来得及说出他的意见，就有两个不速之客穿过了葡萄园，向这边走来。其中一个拿着支铜喇叭，穿着红袍子，扎着腰带。

他在我们面前停住，转身朝另一边的树林望去，喊道："潘格罗斯公告，潘格罗斯公告，直接发自新城：美丽城邦，是的，自从宝物失窃之后，局势艰难，可是今天，朋友们、哲学家们！今天我们看到了希望之光！年轻的新星柏拉图创造出一个新的社会模式，所谓三分社会！"

他向我弯下腰，我的脸腾的一下涨红了，他小声说："只需要往前看，告诉他们一些你的社会分工的内容，我保证人们会喜欢听你说话。"

我喊道："离我远一点，不要吹牛，我只是想让人们喜欢做什么就做什么，一定很有趣，哲学家没有请你来，请你走开！"

这个报信的人坚持不走，克里勒匆匆起来，还穿着围裙，他大声说："走开！我们说得很明白，我们这儿不接受驿站的报信人！"

想轰走他可真不容易，这一天在美丽城邦的树后、房后窜来窜去的报信人真不少，整个下午，克里勒都和我们在一起，所以我们没有再谈起镜子的事

过了几天，我们四个人来到我家书房，我说："还是那个场面，没有变。"那个镜子里总是卡西多纳坐在那儿对着那女人发脾气，院墙是灰色的。"时间一定是不一样吧，柏拉图，因为你看，卡西多纳换了衣服，他又站起来了……"

第二天下午，还是一样，只是镜中又多了一个人，这三个人在那儿走来走去，唯一的变化是他们换了衣服。到底是这三人，还是只有卡西多纳和那女人跟这件事有关呢？时间过去，密谋越显来得激烈。他们会看着周围，好像怕

被人听见。在那种地方怎么可能？也许他们担心的是林中人吧。也许，他听说过林中人向神秘屋扔火把的事情。

我们没法认清镜子边缘上的字迹。可是阿德曼图想出了个好办法。"我们把它们抄下来，给哲学院的学生们看看？我们不懂得怎么用潘格罗斯的话跟动物交谈，可是他们会。也许他们能给我们翻译出来上面说的是什么。"

我们做梦也没想到，第二天，阿德曼图的信箱里就收到了一张陶块，上写着："亲爱的雅典孩子们，上边写着：这是真理之镜。我们真诚地相信。可是我们没办法认出这种字是何种文字。我们建议谨慎对待。"

格劳孔惊叫道："我懂了！你还记得林中人和哲学家告诉过我们，潘格罗斯动物从不出错？"

没错，还是在树林里，发现西蒙尼特斯的点心树时，他们这样说过，可是阿德曼图不愿意提出疑问。只是，他借口说："我听说潘格罗斯动物非常昂贵，哲学家们刚来到美丽城邦，也许他们想要省钱，弄到的是替代品？"

"阿德曼图，别瞎说了！"

他仍然说："为什么？你不觉得奇怪吗，那些学生看不出这是谁写的？一般来说，他们应当能认出来。"

又过了几天，镜子里还是同一个场面，我们甚至怀疑这里是否就是神秘屋。

复习数学方程时，阿德曼图说："怎么才能确定？"

"阿德曼图，看上去很像！你记得吗，那墙也是灰色的？"

（西蒙尼特斯嘀咕着，说什么事都没他的份。）

"可是，如果他们是在神秘屋里，他们从那里怎么指挥海上的船？那女的是谁？不是埃尔芬，也不是我认识的什么人。"

格劳孔说："问题是，每天都有些变化。所以，这些发生在不同的时间，也就是说，他们不只一次到那里去，明显的，他们是在密谋什么事情，而且已经商量得差不多了。我们如果继续待着不动，就像阿德曼图意料的那样，谁知道他们会做出什么来！"

可是阿德曼图正在沉思默想，像在想那个宝贝盒子时那样。他咬着护身符，不说话。我们其他人开始同意格劳孔的意见，想回到神秘屋去，甚至我们说到要请哲学学生帮忙。"只是林中人会帮助我们吗？要是我们告诉他们镜子的事会怎么样？你觉得他们会听吗？"

我们四个人不能达成一致。有时我不同意，有时西蒙尼特斯不同意，当然阿德曼图总是反对（其实我们都知道，他宽宏大量，我们一旦决心要去，他不会执意阻拦。）"雅典和美丽城邦之间有些联系，我要先确定这些都跟神秘屋和镜子有什么关系。只是我不知道到底是什么样的联系。我认为没想清楚之前，我们不能采取任何行动。"格劳孔正在惦记着士兵、希利亚斯的话以及他自己的训练，不然他又会大吵大闹。

不久，毕业考试开始了。整整一周，我们都在复习诗卷、练习音乐指法。晚饭时，苏格拉底也会提起荷马。考试时，我们要在学校大厅里写雅典战役的作文。至于七弦琴和荷马，我们等着被一个一个地叫到校长面前，进行考试。尽管我们都很担心，可是最终发现，这些比我们想象的要容易得多，大概是和苏格拉底经常进行哲学对话帮助了我们。我们发现自己甚至有点喜欢这些考试。这跟特拉斯马库斯不一样，他只会吹牛和作弊，整个一周都很难缠，甚至面露些许忧愁。他对我们就更加刻薄。我们四个在一起讨论荷马论文，他就会说三道四："下等人呵，下等人，以为自己忽然变聪明了呢，是不是呵？你们等着瞧吧！"

忽然之间，一切都过去了！学生们都跑到院子里，拥抱、跳跃，庆祝毕业。特拉斯马库斯和他的好朋友(赛伐勒斯和另外两个别的学校的男生)要去和将军们进午餐。万里无云，阳光普照。校舍和路边的神龛在阳光下闪亮。

格劳孔伸展着晒黑的双臂，说："再也不用上学了！你相信吗？一切就这样结束了！"

虽然其他人可以什么也不想，好好休息、晒太阳，这却是我们最忙碌的时候，甚至聊天的时间也不会有。他说："好吧，我向体育老师保证过，从现在起好好训练，但是你们大家可要开始做橡实面粉了，回头见，我们都应当知道现在该做些什么。"

我们三个回我家去，西蒙尼特斯进了书房排练他的戏剧，我和阿德曼图从外边听见他一边踱步，一边吟诵品达的片段："我的诗，像一杯酒，酒中泛起泡沫，一样的香甜，一样的出名，也会让你感到高兴。"我们到花园里去，开始工作。

我拎出一大罐清水，找出篮子和其他一些罐子，离正式大赛还有两天，只有两天时间用来给橡实去壳、碾碎，再送到面包师那里烘烤，学校的毕业典礼也在同一天。很可能就在这一天，士兵的船要去迎战入侵雅典的敌人。

　　阿德曼图问："顺便问一下，最近伊诺到底怎么了？"我们在给橡实去皮，现在已经做得很快了，只是天气太热，活儿太多，我们才刚刚开始，就觉得有点吃力了。

　　"你指什么？"

　　"噢，她在打扫你的房间，我刚才去取你的字板，看见她在那儿哭呢。"

　　我叹了口气，说："我也不知道是怎么了，她自从听说要打仗就变成这样。她的确有点讨厌，一开始她挺喜欢美丽城邦的，可是现在，她总是妨碍我们，因为什么呢——西蒙尼特斯，换一段别的吧！我们听冒泡的酒已经不下五十遍了！"

　　我们继续干活儿，热得直出汗，阿德曼图说："我在想，我们不能再看镜子里的事了。"

　　"噢，算了吧！你胡说什么？你不觉得我们至少还可以通过镜子监视卡西多纳吗？看看镜子有什么大不了的？"

　　阿德曼图似乎是深思熟虑："我有种奇怪的感觉，开始想那镜子没准在误导我们。也许它想把我们从战争引到神秘屋去，想想看，为什么它要给我们看神秘屋？看的人要是不知道卡西多纳和美丽城邦呢？你们想过没有？"

　　"我们四个都看见了，还有那些哲学院的学生也都看见了。神秘屋确有其事，不是吗？"

　　虽然是这样，我仍然觉得阿德曼图的话让我有点担心。又过了两天，他一直在说，马上就要找到答案了，他能感觉到，我们要耐心一点。他想让我们相信，不应当再去看那镜子。格劳孔和西蒙尼特斯来找我们，我们后来又和苏格拉底和哲学家一起讨论了战争的事情。我们全心投入工作，从柜子里进出，得到新的消息。

　　终于到了比赛的前夜。

　　这时，其他人回家了，苏格拉底还在美丽城邦和哲学家在一起。我抵不住诱惑，想再看一眼镜子里的事，就溜进了书房。卡西多纳在干什么？是不是又有了新的阴谋？我往铜镜里望去，立即后悔没有听阿德曼图的话。我的心抽紧了，觉得更加难受，因为这时再做什么都已经太晚了。

镜子里已经不见卡西多纳的影子，他一定做了什么。究竟是什么呢？我看见的说明了什么？镜子里是雅典的广场，男孩子正在交出篮子和口袋，还有装满的推车，这是在为前线募集。

难道这个镜子能预知未来？如果这是真的，它想告诉我什么？在围着登记桌的人群里，我看见了特拉斯马库斯。他跟两个别处的好友让一群奴隶正在把车上装的小扁豆和鹰嘴豆交上去。然后，他就走开了，不是往学校的方向，而是朝着相反的方向。往阿芙罗狄蒂德花园走去我知道，他准是想去神秘屋，但是，他去那里做什么呢？

第十四章

令人兴奋的一天

　　格劳孔从家里出来，说："我感觉不好。"天刚刚亮，他的妈妈从窗口探出身子，小声跟他说再见，祝他好运："保持镇静，一切都会顺利的！到学校见，我们今晚庆祝一下！"

　　这一天已经安排好了。我们要从面包师那儿取回橡实面包，阿德曼图先要到美丽城邦，然后再回学校，帮忙布置，给家长们倒水。西蒙尼特斯要预备他的诗，我则要帮助格劳孔，摔跤之前替他涂油。一切结束之后，我们要赶往美丽城邦。

　　我对他说："你没问题，别想太多。"街上人开始多起来。人们还都睡眼惺忪的，装上推车或驴车，匆匆吃下面包，胳膊夹着字板，赶往议会。我困惑地望着他们，格劳孔在给我讲船的事。他说："希望我现在就在那里，你觉得我的士兵会被打败吗？我怎么能比赛好，心里总想着战争的事。"

　　我觉得现在不应当把镜子的事告诉给他，于是就装得没事一样，一言不发。我们走上节日大道，顺路去取烤好的面包。大道旁边店铺的伙计刚刚把百叶窗打开，把各式各样的首饰、香水和书卷摆出来。面包师迎出来，交给我们刚出炉的烤得焦黄的喷香的面包，笑着说："橡实面粉！多好的主意！又便宜又有营养，士兵吃了它，身体棒棒的，我猜今天你们准能赢！"

"但愿吧！"格劳孔咕哝着。我们加入了学生的人流，在阳光下叽叽喳喳，比较着各自的东西。所有的学校今天都举行结业式。学生们正在高兴地说自己的成绩。

"你怎么有这么多核桃，阿贝拉斯？你奶奶种的？你运气真好！我只有这么一袋燕麦，肯定排不上名次了。我才不管呢！"

"我的《奥德赛》考砸了，我原来想找个商人给他当学徒，可是这么一来，我不知道还成不成。"

"呵，这太不公平了，你没有记上我的小扁豆！"

这场面跟我在镜子里看到的一样。太阳照着五颜六色的袍子，涂了彩漆的神龛。人人都争着递出篮子，很是热闹。停在议会旁的马车也跟镜子里的一模一样，没错，这都是真的。镜子的确只反映真实。为什么它不再显示卡西多纳了？他又在哪里？

格劳孔招呼我说："柏拉图，你怎么啦，我当是那个发呆的傻子，怎么是你呢？来，咱们挤在这一队里。"

其他男生都往我们的篮子里看，他们羡慕地惊叹："喔！喔！"我看见了特拉斯马库斯，跟昨天镜子里看到的一模一样。他那两个朋友梳着波浪式金发，他们的奴隶正在卸满满一车扁豆和鹰嘴豆。围观的人一边赞叹一边鼓掌。

"在这里签名。"登记员把表格从格劳孔那儿拿来，递给我。我几乎拿不稳字板，事情明摆着，镜子显出的，都是真事。为什么是特拉斯马库斯而不是卡西多纳？广场上的特拉斯马库斯特别重要吗？我知道他会做坏事，决心跟踪他。

忽然，登记员嚷道："呵，橡实面包！"吓了我一跳。他举起来一条面包，使劲闻，周围的孩子都把手伸到我们的篮子里，甚至也掰走一块品尝。登记员说："去，一边去，这些小坏蛋！住手！呵，这是我收到过的最好的东西！"我说："没什么，请不要这样！"我们悄悄溜走，不想引起注意，好去跟踪特拉斯马库斯。

我小声说："格劳孔,快点儿!"一交上东西,就挤出人群。"我们要藏到花园的门后,什么也别问,我回头跟你解释。"

　　"好吧,我不知道你今天是怎么回事!"他抱怨着,踢着路上的石子。

　　走到花园门口,我们停下看看特拉斯马库斯究竟有没有往这边来。我小声说："快过来!"后面一阵脚步声传来,一听到那人的声音,我的心就沉了下去。"喂,你们两个,急着去哪儿呵?"

　　特拉斯马库斯就站在我们身后,带着他那两个朋友。他瞪着眼睛说："你们想靠小聪明出名吗?就那些橡实面包?不错么,可是还得等到评分出来呀!"

　　格劳孔小声说："肮脏的骗子!".

　　"你说什么?"

　　"没什么!"

　　"格劳孔,算了吧,我们走。"我想把他拉走。

　　特拉斯马库斯冷笑着说："想去干坏事?"声音显得十分刻薄。

　　"别理他。"

　　"我老是看见你们在密谋。你们四个,你们俩,还有西蒙尼特斯,和不嫌脏的阿德曼图。我猜你们想要些小聪明来对付我。"

　　我拉着格劳孔说："咱们走,别理他。".

　　他接着说："我知道你们在干什么,总是见你们在体育馆里凑在一块,要不就是在教室里交头接耳。为什么不说出来让我知道?害怕了吗?"

　　"别理他!"

　　"我知道你的老师是苏格拉底!"

　　我停下脚步。

　　特拉斯马库斯高兴地叫道："哈!我猜着了吧!你们一定是跟苏格拉底一起干坏事,对不对?你们忙着去哪儿呀?好吧,我告诉你们,别当你们那点破事是天大的秘密!"他那两个朋友头一歪,笑起来。

　　他得意地说："实际上,我爸爸也知道苏格拉底,他很生他的气,议会里不少人都讨厌他。他们说,他老是捣乱,给将军们找麻烦,他们做什么事他都不信任，实际上，你猜他怎么跟我说？"

特拉斯马库斯停下来，吊我们胃口。广场上欢乐的人声远去了。街上热起来，甚至树荫下也很燥热。

"他说要是苏格拉底继续下去，会惹上麻烦的！"

他突然哼起歌来，可是格劳孔扑了上去，他抓住特拉斯马库斯的腰，特拉斯马库斯故意大呼小叫。

"嗨！你们注意一点！"一个登记员向这边喊，"不允许在竞赛中打架，我们看实际情况给出分数。如果我发现谁在打架，我马上取消他的比赛资格，我警告你们！"

格劳孔不情愿地松开手，特拉斯马库斯夸张地掸了掸袍子。他咕哝着："小市民，我早该知道你不会好好说话。"

他的朋友们向我们做鬼脸，让我惊讶的是，他们大摇大摆往学校相反的方向走去，出了广场的西门，走上通向阿芙罗狄蒂德花园的小路。我得提醒苏格拉底。我紧张得心跳加快，有点发蒙，我们太大意了，早没有把镜子的事告诉他。如果我们早说出来，也许能防止卡西多纳。还有时间，我要是跑着回家，还来得及阻止特拉斯马库斯的阴谋。

格劳孔正在唠叨着，如果他再逮着特拉斯马库斯会如何如何，我急忙对他说："格劳孔，我真抱歉，过一会儿我到学校去找你，现在我有件急事要办！"

好多家长都已经到了，院子里摆好了椅子让他们坐，只见到处是穿着黄袍、白袍的人，举着扇子、遮阳伞和丁香花束。格劳孔看见特拉斯马库斯的父母，一下觉得好紧张。他猜自己的父母这时还没有到，因为他父亲总在议会工作到很晚，他的弟弟、妹妹、堂兄妹都已经找好了树荫坐下，边吃着糖果边说话。

沙坑的后边搭了三个台子，标着："冠军""亚军""季军"。旁边是一排奖杯、花环，还有奖章。西蒙尼特斯的转台先放在体育馆的后面，等到唱歌之后再摆上，穿着整齐的老师们正在巡视，催促学生们把家长招待好，为他们倒上果汁和葡萄酒。

　　格劳孔问："我兄弟呢？"一屁股坐在更衣室的长凳上，这里比起外边来，光线很暗，而且凉快。西蒙尼特斯正在那儿背诗："虽然看起来高大、健壮，可男人只是虚幻。"

　　我们进来，打断了他，他打着招呼："嗨，格劳孔！我真紧张，这几行我背了几百次了，可是害怕到时候还会忘。我想告诉你一件事。"

　　格劳孔匆匆脱下袍子，说："现在不行，这很重要，我想知道战争的事，再说阿德曼图上哪儿去了？"

　　"阿德曼图？我——我……不知道。"西蒙尼特斯不安地四处打量，他好像在隐藏什么东西。"算了，要是你和我刚才念的诗里的男人那样，这些话我就算对自己说了。"

　　他又开始自言自语，这让格劳孔更加烦躁。"你怎么回事？为什么不说阿德曼图在哪儿？"

　　"我说了，我不知道。"西蒙尼特斯说，显得更加慌张。"我要换个地方准备——"

　　"西蒙尼特斯！说出来吧，出了什么事？"

　　格劳孔拦住他，问："美丽城邦出问题了？"

　　西蒙尼特斯知道自己不会撒谎，沮丧地说："我不应当告诉你的。"

　　"你不说我可要揍你！"

　　"那……那些士兵全乱套了。"他终于说出来，眼睛望着地上。

　　"什么！？"

　　"他们没有围住敌人，因为不听指挥。两艘船不听命令离队了，去打神秘屋……希利亚斯说他早知道结果会是这样。"

　　格劳孔爆发了："希利亚斯！噢，我看这是我的错，不是吗？我现在该怎么办？要我做的事比谁的都难！其他的算什么？西蒙尼特斯编故事，做那个没用的转台，还抱怨别人做的事都比他的重要！"

　　格劳孔说过了头，他也觉出来，一下住了嘴，后悔自己说错了话，想挽回，但是太晚了，西蒙尼特斯很伤心，他一下把面具扔在地上，跑了出去，也不管背诗的事了。他跑出了校门，眼泪汪汪的看不清路，沿着街道胡乱跑下去。他不小心摔倒，也不知道怎么回事，就摔到了美丽城邦。

市民们吵嚷着："我们早该知道，早该知道恶人太难对付。特别是这种时候！"人们在广场上议论纷纷，走来走去，手执木杖："我们应当明白，恶人咒语的魔力很强，又很灵验！""我们早该去试试攻击神秘屋！"

广场上尘土飞扬，人们神色惊慌地走来走去。还有些人在屋顶上眺望敌人的舰船与我军交战，叫着："我们不会赢了，可是就差一点点呵，太可惜了，只差一点点！"

看着慌乱的人群，西蒙尼特斯说："请让我帮忙吧，我一定能帮上忙！""噢，亲爱的西蒙尼特斯，是你！""你怎么到这儿来了？""还是快回去吧，你不该上这儿来。"一群市民骑在马上，手执木杖，准备去神秘屋。四个哲学家自己备了条小船，就要出海。西蒙尼特斯拦住一个又一个人打听消息，似乎什么忙也帮不上。"不，不，不，我们不需要你。回雅典去，你什么忙也帮不上。"

一个从议会出来的老者向他走过来，喘着气说："西蒙尼特斯，我正想找你呢！谢天谢地，我要去打神秘屋，你能替我照看一下孩子吗？"

"什么孩子？"

"我们把所有的孩子都集中在议会的院子里了，有些还不到五岁，他们被吓着了，都在那儿哭呢。"

穿过空无一人的议会，西蒙尼特斯有些失落。他一直想做重要的事，而不是照看什么小孩子。只见这些孩子在哲学家的院子里又哭又闹，在水池边，他们有些聚在果树下，有些就钻进水里，有些跑来跑去，侍从想抓也抓不住。他们喊着："我想回家，回老家去！""他们还说美丽城邦安全！""爸爸说恶人这就要来！"

两个妈妈在那儿，想安慰他们。但是他们叫得更厉害了。一看见西蒙尼特斯，孩子们跑过来，拉住他的衣服，问："恶人来了没有？""他会赢吗？""会有人把我接回尼斯里亚吗？""世界末日到了吧，哲学家是不是就要完了？"

西蒙尼特斯说："胡说，当然哲学家会赢！"

他们望着他，不肯松手："真的吗?你怎么知道？""你知道恶人是什么样的吗?"

　　西蒙尼特斯说："恶人并没有那么大的神通。"

　　"真的?"

　　"对，并且，他长得特别难看，是个瘦子，还是个驼背。"西蒙尼特斯模仿着，"他住在一个黑黑的山洞里，发着一股霉味儿。"

　　别处的孩子们也跑过来听，西蒙尼特斯就坐在水池边，讲起了故事。实际上，他讲得挺高兴。"那儿有好多蛇，爬在墙上，吐着信子亲他。而他喜欢被这些蛇亲。"

　　"真的?!"一个小孩兴奋地叫道，他似乎很爱听。

　　西蒙尼特斯说："蛇一亲人，人就会死，可他不但不死，还会得到好处。"

　　"他有家，有老婆吗?"

　　西蒙尼特斯说："很不幸，恶人没有这两样。实际上他确实爱过一个女人，她的歌唱得像海妖一样美，她的头发像落日那么红。恶人想请她来和自己住在一起。不过，她当然不愿意了。"

　　一个小孩问："那他为什么不找她去，跟她住在一起，告诉我们吧，西蒙尼特斯！哲学家谁都不会讲这些！""你还知道什么别的事?"

　　那两个小孩的妈妈知道西蒙尼特斯在编故事，她们从树下站起身，抱着孩子过来听他说。西蒙尼特斯越讲越高兴，他觉得整个身体都变轻了，陶醉在故事里。

　　"恶人不会离开他的山洞，因为只要一出山洞，他就会失去魔力。他一走进善良的世界，他就不自觉地被善良影响。因为他必须冷酷、不关心别人，才能有魔力。"

　　"你是说，如果他要娶了这个女子，他就会失去魔力了?"

　　"恶人不能有任何感情——不然魔力就会消失。现在，你会想，这是个悲伤的故事，其实哲学家的历史书里有很多这样的记载，非常有帮助。"

　　"为什么?"

　　"因为他爱的这个女人是个非常有名的哲学家，通过这件事，她了解到一个重要的秘密，她把这个秘密告诉了所有的哲学家。你们猜这个秘密是什么？她懂得了，不管表面上如何，哲学家的力量实际上永远比恶人大大有力量——因为不管你怎么觉得，要想完完全全的变坏，其实是很难做到的。这个秘密鼓励着哲学家获得了很多次胜利。"

"那我们为什么还会遇上他，跟他打仗呢？"一个小男孩问，太阳照着他栗色的头发。

"当然了，他想消灭哲学家，因为我们威胁着他的魔力，尤其是美丽城邦，这么美，这么好的一个城邦。但是，你必须要勇敢、冷静，因为你记得我们更加有力量，我们最后会胜利。而且，美丽城邦终有一天会战胜魔戒。"

"真的？其他的城邦也有过这样的事吗？"

"当然！"

"你能给我们讲讲吗？我们想听那些战争的故事！"

"不，我想听恶人小时候的故事！"

"可是，我想知道那个女人后来怎么样了！"

一大堆的故事要讲，一个接一个，像喷泉一样涌出来，西蒙尼特斯讲着故事，忘了自己的存在，他讲到恶人小时候怎么上学，怎么跟同学争，想把别人都比下去。他考试作弊，他没有朋友。直到有一天，他知道自己有特别的法力，一个邪灵告诉他，他生来就是世界上最有力的人，只是他需要把所有的一切善都交出去，魔力才能显现。一天，按照约定，他去见这个邪灵……

在绿树成荫的院子里，没有人觉得时间正在悄悄地过去，西蒙尼特斯也没有觉出，他正在讲那个女子的事，这时有个哲学家向他们走来。

更衣室出了件奇怪的事，格劳孔和其他选手正在紧张等候，把自己身上涂上黑油。校长走了进来，他戴着花冠，拿着写着讲话的字板。

他问："西蒙尼特斯在哪儿？我们等着他上台呢！"

文法老师也气喘吁吁地跟了进来："西蒙尼特斯！难道他不在这儿吗？我哪儿都找遍了。"

"那个麻烦的转台在哪儿呢！"校长嚷着，"宙斯呵，今天的麻烦没完没了，家长们在外边等着，这会儿该怎么办，谁能告诉我？"

"转台呢？"

两个老师也冲进来说："转台不见了吗？怎么可能？"

校长说："大力神呵，那么大的转台也能丢！派人去找，还有那个奇怪的西蒙尼特斯在哪儿？家长们正等着他呢！"

学生们都站在一边不敢说话，校长显得更加生气。

他对文法老师说："我告诉过你，我们对那个学生应当更加严格，我们不能把任何任务交给他。他要是敢搞恶作剧，我就要取消他的毕业成绩，给他得零分。天呵，我们先在这儿找着，派林德罗斯上台，随便唱些什么吧。"

听了校长的话，一个老师出去照他说的做。文法老师绝望地到处查找，格劳孔从来没感到这么糟糕，这都是他的错，他也给文法老师惹出麻烦。都是因为他没有控制好情绪。

他小声说："校长，都是我的错，我不能详细地告诉你，但是这的确是因为我。我能代替他演出吗？"

"你，别傻了，格劳孔！你是班上背诗最差的，另外，你的比赛就要开始了。"

他坚持说："可是我知道那些诗，我听西蒙尼特斯在我面前背了好多遍，我真的能记住，别担心摔跤比赛，我只需要快些换掉衣服。"

校长想着那些家长，显得有点手忙脚乱。他决不能让学校的名誉受损，他盯着唱合唱的学生们看了一阵，当然他们还不知道这件事。他自言自语地说："我们不能什么都让林德罗斯做，人们会觉得我们只有一个好学生。好吧，让校工帮你把身上洗干净，我就说西蒙尼特斯突然生病，由你来代替他。"

格劳孔还没完全明白过来，水就泼到了他身上。文法老师喜笑颜开为他涂上油彩，他上了台，一看台下乱哄哄的观众，心里直慌，身上的沙土还没洗净，有点硌得慌，他开始吟诵，声音有些发抖。

我闯进厨房，叫着："老师！"苏格拉底从楼上下来，不同寻常的是，他肩上扛着一个大袋子。"我要提醒你一件事！我看见了特拉斯马库斯！我知道，他要去神秘屋！你看，我该当早点告诉你，我很抱歉，我们有一个镜子，那个镜子是在……"

我紧张得说不下去了。苏格拉底走过来，他拿的就是那个镜子，表情十分严肃。伊诺则坐在神龛旁的凳子上哭泣。所有对着院子的房间都开着门。

"我……对不起，我没有说出来，我们担心。可是，听着，请相信我，我确实觉得特拉斯马库斯和卡西多纳在攻击我们的城市！"

"柏拉图，我没时间多耽搁，这就要去一个地方。要去几天才能回来。回来我们再谈这件事，现在请告诉我，你是在什么时候、什么地方找到这个镜子的？"

"我……我……从一个摊上买的。"

"从谁那里？什么地方？我这样问是因为这个真相铜镜实在是个危险的东西。它是恶人失窃的东西，就是那次大偷窃，哲学家一直在努力寻找，幸亏伊诺在打扫屋子的时候发现了这东西，幸好发现得及时，你到底是从哪儿弄来的呢？谁给的你？"

"我——我——我记不清了，老师，但是就在阿芙罗狄蒂花园那儿，是战争开始之后，你是说……"突然一个可怕的想法冒出来。"你是说，这是从恶人那儿偷来的……"

"柏拉图，很有可能，没时间细说了。但是我想告诉你，镜子在误导你。很少有人知道怎么用它。我再说一遍，这东西非常危险，会让人犯错误，引起灾难。"

他把镜子放在我手里，然后离开。"老师，等等！我还要告诉你，我在镜子里看见——"

他打断我："藏起来，柏拉图，把镜子藏起来，等我回来再说。不会太久，我们那时再说这件事。抱歉，我现在要走了。"

他穿出院子，走到街上，真的走了。这次我不能让他走，我还没有说完。拿着镜子，我冲到街上，伊诺追出来，哭着喊："柏拉图，停下，让他去吧！"泪流满面。

我喊着："老师，他们在那儿，就在神秘屋里。让我给你看看吧！"

"柏拉图，回家去，藏起镜子。"

"但是，老师，你知道恶人就在那儿，求你了！"

伊诺喊："别说了，柏拉图！别说了！"

"苏格拉底，求你了！"

"别说了！"伊诺使劲抓住我，把我拉回家，让苏格拉底离开。

我冲她吼叫："看在宙斯的份上，放开我！你最近是怎么回事？总是哭哭啼啼的！好吧，如果你帮不上我，至少让我做点什么！"

"柏拉图，听着！"

"至少让我追上苏格拉底，伊诺！"我挣脱了她。

"柏拉图，请，请听我说！"

她的头发披散着，眼睛哭得肿肿的，路上的人扭过头来看，她确实让我惊呆了一阵，想不出这到底是怎么回事。她哭呵哭的，越哭越厉害，最后终于喘着气说："柏拉图，是我……我弄出来的神秘屋。"

　　　　※　　　　※　　　　※

西蒙尼特斯说："武仙国王？"

哲学家饱经风霜的脸上满是笑容，赞叹道："你讲的故事多棒呵！我从来没听到过这么好听的故事，虽然不太知道你想告诉他们什么，但是我想那些故事，一定可以写成书。待会再说这个吧，我先告诉你一个好消息，来，到屋顶上来，大家都来，亲爱的市民们，出来吧！"

小孩子们问："我们也来？"他们之前谁也没到过议会，更不要说议会的屋顶了，那上面安着哲学家的望远镜和别的小仪器。

国王高兴地说："大家都来！"人们上到屋顶，清新的海风吹来，听到外边巨大的欢呼声。市民们正在唱着各自家乡的歌曲（美丽城邦还没有写自己的歌），一圈穿着五颜六色脱衣服的人旋转着，在广场上翩翩起舞。他们身后的大海闪闪发光。

这是怎么回事？西蒙尼特斯目瞪口呆，他看见船只破浪而归，敌人的舰队不见了。怎么？孩子们开口了："因为他太邪恶了，邪恶使他没有力量，可是哲学家是好人，他们就更有力量！"孩子们去游戏去了，假装打来打去。西蒙尼特斯看着哲学家不好意思起来。

武仙点头说："的确太邪恶了，我们的确能打败他，孩子们。"他又对西蒙尼特斯说："过一会儿我给你讲战争的消息，现在我想让你陪我去印厂。"

西蒙尼特斯再次回到了哲学家的驻地。这一次，他们穿过通道、经过图书馆，走过一段长长的螺旋楼梯，西蒙尼特斯上到顶时已经气喘吁吁。

武仙打开印书室的房门，转身对他说："另外，我相信你已经发现了到城邦的通道，这个通道我们不必关上，你猜为什么？因为一旦这里特别需要你，你会十分有用，这个通道就会打开。"

门内是一间大屋，抄书匠两人一桌，对着坐，忙着刻书。从这儿的窗户望出去，可以看见整个城邦，他们抄好的书卷堆在地上，他们用卡拉莫斯笔从一个漂亮的罐子里蘸墨水。

武仙问候了大家，然后宣布道："这个年轻人要成为作家，我愿意让你们记下他说的，做成书，为了美丽城邦的孩子们更加幸福，我肯定，很多好作品就会产生。"

西蒙尼特斯高兴得想跳起来，他心里在唱歌，他简直不敢相信，抄写匠们都站起来欢迎他，打听他都有什么故事！

一个抄写匠问："你现在就能开始讲吗？我来拿一个新书卷，也许我们今天先在这儿写第一部分，之后我们就在广场上碰面，写以后的章节？"

虽然他很高兴，但是却一直没有忘记一件重要的事，他说："先生，请问，我可以明天来吗？明天开始，我就不再是小学生了，我就有的是时间，可是现在，我还要去见朋友们。"

　　　　※　　　　※　　　　※

"伊诺，你在说什么胡话？"我想告诉她，她在胡说，然后把她丢在街上，去追上苏格拉底。可是，我有种不好的感觉，觉得她说的都是真的。

她没理我，跑回家去。

我叫着："伊诺！"踩着了丽达，我把镜子丢在花园的地上，抓住伊诺的胳膊："你惹的麻烦还不够吗？告诉我，你那些话到底是什么意思！"

她双手蒙着脸，我几乎听不清她抽泣着说出的话："阿门努帕斯－在波罗奔尼萨打仗，可是他写给我的信上说……"

"怎么样呢?"

"他跟苏格拉底一样，觉得打仗的双方都很愚蠢，我们应当停战。"

我绝望地喊，"是的，伊诺!可这跟神秘屋有什么关系!?"

"他听说了卡西多纳的作战计划，写给我一封信，讲了这个计划，他说，战争的两方都很愚蠢，他想跟我远远地躲开，过自己的生活，躲在树林里，他还画了一张图，噢，柏拉图!"

她更大声地哭起来，不过，不用她再多说什么，我明白过来了。"噢，柏拉图，我真傻，真傻，但是，我爱他。想试试他说的，因为柜子什么话都懂，我只想跟他去那里，即使那不是真的。可是我把信丢了，我……"

我叫道："看在宙斯的份上，你应当早告诉我! 你怎么能惹出了战争，却守口如瓶?"我跑到柜子那儿。

"我害怕，担心你找不到那封信!"

"听着，帮助我找到它，我们要找到那封愚蠢的信，不然两方的船就会打起来!"

我们把柜子翻了个底朝天，使劲地摇晃，终于找到了那封信。我看着伊诺把那陶块敲碎了，这才往学校去。在街上我遇见了西蒙尼特斯，我们一起赶回学校。

到了学校，我们看见阿德曼图站在树荫底下，没跟家长和其他学生在一起。曼农克里奥斯正坐在台上吹笛子，林德罗斯在弹七弦琴，穿着戏装的波力马科斯正在吟唱《奥德赛》的片段，也就是人被变成猪的那段。他好像并不太喜欢这些诗，可是家长们照旧热情地鼓掌，不管他唱得好坏，还低声夸奖着："精彩，太精彩了!"

阿德曼图小声对我们说："你们怎么也想不到刚才的事。我跟你说完话就走了，去了美丽城邦，在那儿直呆到战争结束。猜猜谁为你唱的品达? 格劳孔!"

"什么?格劳孔会背品达?"西蒙尼特斯惊奇地问，他这一天过得已经十分满意，不料还有其他惊喜。

一阵吵闹声传来，淹没了我们的谈话。歌舞表演完了，最精彩的部分才刚开始：格劳孔和赛伐勒斯两人的摔跤比赛。

我们一边走过去看，阿德曼图继续说："等等，还没讲完！奇怪的事发生了……西蒙尼特斯，你的转台找不着了，校长非常着急，且慢，卡西多纳没有在他的座位上……"

我追问："转台怎么样了，为什么会有人偷这么旧的东西？"

西蒙尼特斯不高兴了，说："柏拉图，谢谢你这么想。"

"不是这样——你觉得是不是特拉斯马库斯或者什么人把它拿走，成心为难你？"

没时间听他再说了，赛伐勒斯和格劳孔出场了。他们由体育老师引上台，赤裸的身上涂着黑油，在太阳底下闪光。我替格劳孔紧张，希望他这次顺利点。可怜的家伙，他经受的挫折比我们谁都多。

他们一人站在沙坑的一边，面对面站着等待。四下里一时安静极了，听得见风声。有人小声议论："看哪，赛伐勒斯多有派头呵。那个瘦家伙就是阿里斯顿的儿子吧。"忽然，体育老师一声令下："开始！"赛伐勒斯一头冲向格劳孔，我的心悬起来。

他一下就把格劳孔压在身下，我听见他在低吼，因为身上涂黑，牙齿更显得雪白。简直难以相信："一……二……三……四……五……"数到八，格劳孔就输了。他已经输过好多次了。

西蒙尼特斯叫道："都怪我，我的错，他替我去背品达，因此没有准备好！"我让他别瞎说了。观众在喊加油，赛伐勒斯使出了全身的力气，体育老师接着数下去，可是——

观众惊叹起来：格劳孔翻身一跃骑在了对手的身上。这是怎么回事？他刚才还显得无能为力呢！他跟赛伐勒斯比，的确显得有些瘦弱，这股力量是从哪儿来的呢？赛伐勒斯张嘴咬了格劳孔，我心跳加剧，叫道："混蛋！"可这些并没有人注意到。赛伐勒斯又一次占了上风，两个人滚在一块，身上沾满了黑的、黄的、各种颜色的尘土。有的地方被抓破，使出了全身所有的力气，观众站在那儿，一半在喊："格劳孔！"另一半在喊："赛伐勒斯！"

格劳孔的表情显得有些奇怪，我眯起眼睛仔细看，我从来没有见过他这这样，好像他人并不在那儿，虽然他的身体在扭动，控制他的身体的并不是他。现在他又压在对手身上，一会又是赛伐勒斯翻上来，然后又是格劳孔。我越来越兴奋，他或许能赢！

他们滚在一起，打得尘土飞扬，我分辨不清谁是谁，有个声音叫得特别响："格劳孔！！！""格劳孔，上！格劳孔！"那是西蒙尼特斯在喊。

赛伐勒斯又翻上来，只见他动来动去，想用自己的体重压住他。可是，又有新情况，简直就是奇迹。尽管相对来说，格劳孔比较瘦小，他却像海豚一样跳起，这一跃实在突然，赛伐勒斯被掀翻在地。"一，二，三……"他还想挣扎。"四、五、六……"来不及了。我的心欢喜得要跳出来。"七！"体育老师喊着。赛伐勒斯还在死命地挣扎，扭动着胖身子，气得不行。他可从来没输给格劳孔过，"七！"观众也跟着喊，"七！"

"八！"

"格劳孔赢了！"我叫起来。"格劳孔赢了！"我简直不敢相信。可是现在沙坑那儿是怎么回事？人群挡住了我的视线，所有的人都跑到前边去了。我只能听见校长的说话声："把那孩子带走，天呵，他怎么才能学会守规矩？"

我担心起来，他是在说格劳孔吗？可是，我马上又听见笑声，明白过来。"那个西蒙尼特斯！"校长大声说，"他让我受不了，先是跑没影了，现在又穿着干净衣服跟朋友滚在沙土里。"

"亲爱的家长和亲友们，卓越学校的同学们，感谢你们的到来，欢迎大家！"

过了一会儿，选手们冲洗干净，身上涂了油，沙坑又被耙平，桌子上的奖章都给拿到写着名次的台前。校长又戴上一只新的花冠对众人讲话。

"恐怕我们还要等一等，"他说，"等待真正重要的人物出场，他们就是拥军大赛的评委。"

一阵笑声和掌声。

"毕竟一百分不是小事，这一百分就要奖给得胜的小组。颁奖仪式现在开始！"

他等着人们低声交谈结束。

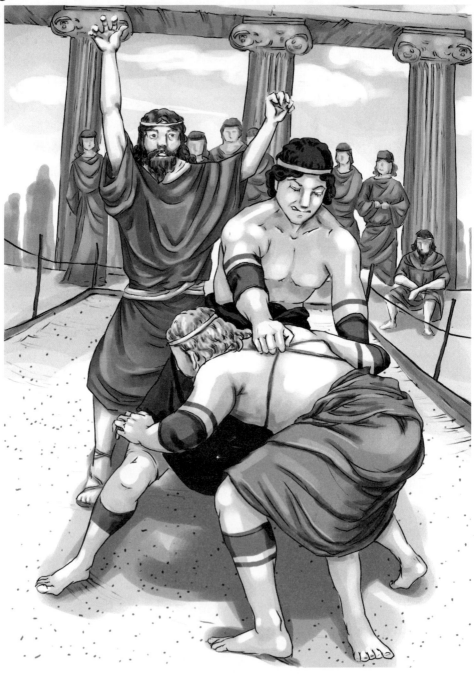

"这是个特别的场合，这一天，卓越学校的毕业生就要走向世界，干一番大事业，可是，他们大多数人进来的时候只有五岁。明天，他们不再背诵《伊利亚特》，就要参与城邦生活，照顾家庭，有人会从军，有人会从政，有人会当学者，他们要带来什么样的智慧，谁又能料得到？愿奥林匹亚山保佑他们。我们知道我们雅典是多么需要有才华而又尊贵的男子。"

　　家长们又一次鼓掌。

　　"因此，在人们奔赴宴会之前，我希望你们看到我们的学生今年得到的奖励，我今天不会提他们的学习成绩，那些成绩过几天会被登记在记分板上。今天我要庆祝，就像品达的诗里说的，人类身上瞬间显现的神圣之光。"

　　只听见身边的西蒙尼特斯竟独自背起品达来，我突然感到兴奋，不敢相信一切都已结束，从明天起生活就要开始！

　　"年级第一名，这是最重要的奖项。你们都知道，这个花环不会给分数最高的学生，而要奖给学校中对知识孜孜以求的同学——林德罗斯！　"

　　人人都鼓掌欢呼，因为人们都喜欢林德罗斯，除他之外，的确再没有人配得到这个花冠了。不知为何，他的家长没有来，大家高兴地看着他走上前，向所有的老师鞠躬致谢。他显示有些惊讶和紧张，戴上花冠时，他的手有些发抖。

　　下一个成绩优秀奖给了特拉斯马库斯。卡西多纳确实不在场，只有埃尔芬很响的亲了她儿子的脸。他举起奖杯，笑得有些勉强。

　　一个吹笛的叫左伊罗斯的学生也得了奖。另外，还设了礼仪奖和歌舞表演奖、书法奖。我们学校就喜欢比赛，所以奖一发起来就是这样没完没了，直到差不多人人都能得上一个奖，有的人甚至得到两个奖。我得了算术奖，阿德曼图得了历史奖，大家都情绪高昂。下午的太阳变得柔和起来，我晒着柔和的日光，感觉好久没有这样舒服自在了。忽然，两个人影出现在学校门口。

　　"我们等待的人终于来了！欢迎！"校长说，把他们领到台上。大家鼓掌欢迎他们，这两人的胡须剪得很整齐，官服上绣着象征雅典的猫头鹰。挨着我们严肃的校长，他们倒显得轻松愉快。

　　"我们要感谢所有参加拥军募集的同学，你们想方设法，全力以赴——"

听众们鼓掌。

"抱歉到这么晚才发奖。我们先把物资安全地送出。这些物资真是十分有用，而且会带给我们士兵们极大的安慰。但愿雅典娜，我们的保护神让战争早点结束！"

又是一阵掌声。

"我们所以现在才发奖，也是因为我们先要通知其他学校，最后再到第一名的学校，也就是卓越学校。卓越学校赢得拥军大赛的第一名！"

掌声更加热烈，校工把领奖台移近发奖人。

"以前说过，要从每个学校选出三个小组，让我们从第三名开始。募集衣物优胜奖，颁给波利马克斯和曼农克利奥斯！干得好。这些衣物能帮助我们的士兵抵御寒冷。"于是，两个学生上前站到领奖台上。

"二等奖确实非同一般，跟一等奖非常相近，因为，宙斯呵，我们从来没见过这样的东西！"

我扭来扭去，有点不耐烦，他是不是在说橡实面粉？可以了，五十分也足以让双胞胎兄弟进学院了。听起来像是……

"自从有拥军大赛以来，我们的确是第一次见到这样的东西，我们要把这个奖，奖给特拉斯马库斯和赛伐勒斯！从来没有过谁像他们一样募集这么多东西！干得好！干得好！"

我的心沉了下去，几乎听不见鼓掌欢呼的声音。"可是第一名，女士们先生们，第一名当然是我们所见过的最好的东西，扁豆和燕麦的数量虽然可观，但是得一等奖的这两个学生却充分体现了拥军活动的精神，这种精神就是：即使在困难时期，我们也能想出好办法互相扶持。只有不停地探索，寻找好方法，才能克服困难，使我们变成更好的人、更团结的城邦。所以获奖是——格劳孔和阿德曼图！格劳孔和阿德曼图奇妙的、创造性的橡实面包！"

欢呼声淹没了他的声音，学生们跳起来，跑去拥抱双胞胎兄弟，家长们站着鼓掌，只有阿里斯顿，他们的父亲，跳到凳子上，喊着："太棒了！太棒了！"激动得不行。

"橄榄是从你奶奶的树上采的！油是去年秋天里榨的！面包师甚至送了一

些新鲜面包来祝贺你们的发明！噢，橡实面包！多好的主意！我还以为我的孩子们是捣蛋鬼！你奶奶还做了好吃的杏仁饼干，让我们在特殊场合里吃，我看就是现在！"

我们一进门，阿里斯顿就直接去储藏室取饼干，还把他最好的葡萄酒也拿了出来。厨房里，妈妈已经做了种种他们爱吃的菜，蒜煮青豆、红酒燉鸡、葡萄干松仁、燕麦饭。他们忠实的女奴帕洛丝在一边帮忙。他在他们家好多年了，从不要东要西，也不羡慕富人家的生活。她一边搅着锅一边念叨着："我知道今天是应当庆祝一下，我知道，从早忙到晚，终于赢了拥军大赛！想想吧，你们俩可是帮了大忙！"

我们在两兄弟的家里好好庆祝学校的结束和一切新的开始！他们家的房子不大，墙面有些破旧，紧挨着广场，有点吵，而且行人都爱往里窥探，熟人路过还会串个门什么的。我倒是挺喜欢这里乱糟糟的样子，凉鞋呀、蜡板、虫子和书卷凌乱的东一点、西一点，楼上也是如此。我们帮着帕路丝和列多太太把锅搬到花园里的桌子上。

我们坐在那儿吃喝起来，街坊和路人都来道贺。格劳孔说："你们猜我在想什么？"他的盘子里盛满了鸡肉、豆子和燕麦饭。他也刚又冲洗过，卷发梳得挺整齐，越发显得英俊，我心里想，我们在这几个月里一下都长大了。"你们猜我为什么一下子有了力气？多亏了品达的诗。"

"诗？什么意思？"

"我是认真的，它们给了我力量！你们也许不信。但确实是这样。不过，在那么多人面前唱品达的诗真让人害怕，尤其一想到，这些诗他们早都知道，都会唱。我需要镇定下来，呼吸，集中精神。唱了几段，我有种感觉，有点可笑，我觉得自己无所不能，什么都能做到！我也不害怕了，好像镇静下来，其实我感到内在有一股强大的力量。你们有过这样的感觉吗？"没等我们回答，他接着说："我觉得士兵们需要的正是这个，他们需要镇静，需要一些诗歌，噢，希望我现在就告诉苏格拉底，还有希利亚斯！"

他的父母和帕路丝并不明白他在说什么，但是格劳孔并不在意。这一天的事情让我们精神振奋，我们想要重新回味一切细枝末节。比赛，表演，甚至考试——我们的分数足够了吗？我第一次从心里相信，我们能做到！但是我们的父母会相信吗？他们会让我们去吗？现在还用担心，我们谈起摔跤比赛。"你们看见没有，赛伐勒斯张嘴咬我。这个小骗子……""你们注意到了没有，我用的扭动是体育老师教的？""特拉斯马库斯听见他是第二名时，你们看见他的表情了吗？"我们说呵说，一点也不觉得累，把所有的事情好好温习了一遍，好像那些比眼前的宴席更有味道。

可是，说着说着，有一个人不再言语，他是我们中最高兴的了，西蒙尼特斯被幸福累得筋疲力尽，他给大家递盘子，自己却没吃什么。尽管他一天做了不少蠢事，大呼小叫，可是当他真正高兴的时候，就会变得非常安静。他渐渐不出声了，只看着黄昏中被夕阳染红的街道。

"西蒙尼特斯，你不想来块鸡肉吗？"列多太太关切地问。"你好像什么也没有吃！再来点燕麦饭，我再收拾桌子。我记得你小时候能吃一大碗呢！"但是，怎么劝也没用。西蒙尼特斯沉浸在自己的世界里。他坐在那儿，太阳照在他身上。今天的好事他做梦也没想到。有抄书匠要抄写他的故事，有人喜欢这些故事！实际上他的故事帮助了人们！终于毕业了，他只想着开始写想出的下一个故事。

"从前，丹尼斯穿过一个阴森的树林，突然他看见了一个邪灵……"

"我要说一件重要的事，"阿里斯顿宣布。帕罗丝、列多太太和西蒙尼特斯忙着收拾杯盘，拿出甜点：杏仁饼干、栗子饼、还有一大篮葡萄。见他举起酒杯，众人都坐好。

他忽然一脸严肃，说："我必须承认，孩子们，过去这一年，我完全错了，你们过去虽然十分淘气——"他听起来并不气恼。"可是今年你们好像应当学会很多荷马，才能顺利毕业，有个好前途。可是今年你们俩犯的错可不小，忽然之间，你们喜欢起了哲学。你们要求去学院，不去做商人。突然，你们要在下午跟苏格拉底学习，这个人我十分敬佩，但是他也是有名的异端，不止这样，你们跟同学打架，在广场上参与大人的事，阿德曼图你忽然喜欢起研究瘟疫和药瓶……咱们家里放满了你的东西、虫子、动物、奇怪的书。虽然我担心很多，但是必须承认，这一年里你们确实长大了，我没有想到，我为你们而骄傲，我想改变主意，不让你们去跟商人学徒了。你们可以做你们喜欢的事，也许吧。可是哲学确实对你们有所帮助……我决定让你们继续学习。九月份我让你们进学院！"

这是我们听到的最甜美的话！双胞胎扑上去拥抱父亲。看来这个晚上真是惊喜连连，直到月亮升起，夜里的花开了，放出香气，我们待在那儿，不想让一切就结束。我这么陶醉在白天的胜利里，直到想起一件事来。这个想法让我一惊。

"噢，驾驭雷霆的宙斯呵！"我跳了起来。

"什么？"

"柏拉图，怎么了？"

没时间解释了，我说："对不起，我要走了！"

他们家人还没明白我的话，我已经冲出了院子。"柏拉图，怎么回事？"阿德曼图在后边喊着，追了出来，"告诉我，快告诉我！"

"噢，雅典娜，大力神，宙斯，我太笨了！"我念叨着，头直发懵，心里发慌，觉得街道也一下变得阴森可怖。

"我？出了什么事？"

"噢，阿德曼图，我真不敢相信！我几乎都忘了！噢，我的天，哲学家现在有危险！"

"柏拉图，你说什么呢？"

"噢，宙斯，我不敢相信！"

"什么？柏拉图，到底是怎么回事？"

我要去找到那个东西。我几乎不敢告诉他，承认我曾经多么愚蠢。我怎样去跟哲学家说呢？特别是现在？一切终于开始，应当进行顺利。我终于说："看在宙斯的份上，阿德曼图，我好像把铜镜弄丢了。"

下部

第一章

雅典失窃

此刻，我等着其他人到我家来，院子里蝉鸣阵阵，天很热，让人出汗。雅典正是中午，很多人都回家午睡去了，甚至议会这时也休会，到了下午天气凉快些才会开。我把所有的屋门都打开，想让风吹进来。我听见伊诺的声音，她做完了早上的家务，正闲坐在屋里，梳理着丽达的白羽毛。我却无心休息。

毕业两星期了，情况别提有多糟糕。镜子不见了，苏格拉底早先说几天以后就回来，可是到现在还没见人影。更糟糕的是，哲学家们说必须要等他回来，我们才能处理戒指这件事。

卓越学校也送来了我的毕业证。送信的人影一出现在我家门口，我就察觉到了。八十一分！去学院这点分可不够呵！

对别人来说，事情并不太坏，他们的分数都足够进学院。尽管他们克制着不显得太兴奋，可是毕竟掩饰不住。他们还可以享受这个夏天，然后再开始一切。西蒙尼特斯已经向抄书匠口述了一个故事，现在忙着写新的。突然之间，他才思如泉涌。双胞胎想在夏天挣些钱，在雅典替人送信，要的跑腿费比一般的信差要低一些。因为父亲准许他们进学院，他们尽力做些让他高兴的事情。

阿德曼图说："对不起，我们来晚了！"他跑得脸都红了。三个朋友进到厨房里。"我们听说信使就要在广场上发布新消息。我们吃过东西就去那儿吧。送了一早上信，我饿坏了！"

"我们刚去雅典的另一头送完信，都到城墙边上了。"格劳孔说。说完胳膊一垂，模仿着："尊敬的堂兄弟，你好！听说令祖母身体有恙，甚感忧虑。可否将去冬我们自腓尼基商人处所购红色斗篷送来？我即将出海，需要此物。请送至城墙外，切切！"

"我们想让父亲相信，我们能修好那辆旧大车……"

"可是有时候，当信使也挺有趣的：我亲爱的堂兄，你好吗？我祈祷你的孩子们都健康！恐怕我要告诉你，我从医生那里新买的油膏似乎使情况更糟，你前次买的是否还有剩余？"

"比潘格罗斯的消息还糟糕，不是吗？"西蒙尼特斯说，"不过，我们还不知道潘格罗斯的信使是怎么回事。

我们一起说笑着，不一会儿就提起了镜子的事。我们又在街上找了一遍，然后回到院子里，又穿过了书房，来到花园里，直走到柜子那儿。

我泄气地说："我不记得把它丢在哪儿了，一定是掉在草里了。"

阿德曼图抱着一线希望："好吧，再找一找，至少我们知道你原来把它放在哪儿。"

"你找过柜子里吗？"

"里边没有。"

"屋里呢？"

"都找遍了。"

格劳孔说："找不到了，被人拿走了。"

我们都同意这个说法，一下安静下来，觉得很不自在。西蒙尼特斯打破沉默，说："哦，我们还不能确定，对吗？有时候，东西自己会跑出来……"

可是我们谁也不相信他的说法，知道他只是抱着一线希望罢了，因为我们不敢面对后果，如果镜子被恶人的仆人拿到了呢？天气真是太热了，我走进厨房，陶罐里有清凉的柠檬水，我给大家倒上。

喝了柠檬水，我们稍微凉快了一些，继续拼命想镜子的事。"好吧，我们知道那是真理之镜，而且就是恶人丢的那件。你觉得它还在雅典吗？还记得武仙和洁明娜说雅典和美丽城邦没有这种东西。你觉得它有什么用？"

"是不是卡西多纳偷走的？"

"他们会用这个监视哲学家吗？"

"昨天我问过武仙同样的问题，"我抱怨说，"他什么也不说，只说我们不能知道关于镜子的事，太危险了。"

"也许那一切都是真的……"格劳孔小声说。

西蒙尼特斯趁着间歇赶快问："能说说我的问题吗？"

"噢，西蒙尼特斯，你有完没完呵！"格劳孔说。

西蒙尼特斯申辩道："可是我的转台！我做了半天，临到演出就被偷了，这不奇怪吗？卡西多纳也正是在那时不见的。"

这倒是实情，在雅典也引起不少议论。"看现在咱们城邦乱成了什么样！""贼居然敢进到学校里！""一定是神灵吧！他们也许对战争不满意。""我们一直没好好供奉他们！"

阿德曼图立即说："也许就是特拉斯马库斯和卡西多纳在捣鬼，要不就是被穷人偷走当木柴了。就算都不是，一个转台又有什么大不了的？"我们都不想再谈这件事了，阿德曼图说："我担心的是苏格拉底到现在还没回来，而且哲学家们跟他也失去了联系。他们原来总能联系上，我觉得我们……我们最后得决定……""什么？"我们都知道他要说什么，我们大家都会同意的。可是要承认现在的形势严峻，真是令人有些害怕。

他说："我们还要想一想现在雅典的情况……"

这也是实情。战争的消息越来越坏。每天广场上都有人报告海战的战况。死了很多雅典士兵，卡西多纳和克里芬出征西西里，结果是灾难性的。

格劳孔说："爸爸说，昨天晚上尼西亚斯将军建议停战，可是克里芬将军和卡西多纳坚决反对。"

阿德曼图说："没错，就该当这样。我们都同意。我们要找到解除戒指的办法。"

"我告诉过你，柏拉图，"武仙一边扇风，一边说。美丽城邦的天气也像雅典一样热。议会的窗户和门都开着，他坐在椭圆形的桌子旁，读着林中人查找镜子的报告："镜子没在熊洞，也没在神秘屋里。漩涡湖也找过了，也没有……噢，我的天，"他说道。就要在这里开会，人们正在陆续来到。

他皱着眉头看着我说："我跟你说过，柏拉图，我知道你为镜子感到不安，你说过好多遍了，现在不要再担心。我觉得我们大家都有责任。不要再问我苏格拉底怎么样了，我恐怕实在不知道他去了哪儿。安全起见，他从来不说去哪儿。你自己看见了他最近的潘格罗斯通告。"

"可是都已经过去好几个星期了！"我着急起来。.

"好吧，我恐怕从那时起，通往雅典的潘格罗斯消息通道就关闭了。"

"好吧，现在怎么办，要是再过几星期他还不回来呢？我们就不能继续想办法解除戒指吗？我们能做些什么？"

武仙听了，很是不安，说："柏拉图，你知道苏格拉底的计划是全新的，哲学家的历史上从没有过。我们其他人对它一无所知。"

我说："那我们就都不去管它，只有祝它成功了？你不知道卡西多纳在做什么吗？你不知道雅典仍然在打败仗？"

"柏拉图，我知道你的城邦的不幸。相信我，我一辈子都在观察戒指的黑暗势力，但是千万不能鲁莽，不然事情会更糟，你要明白这一点。"

我知道再坚持也没有用处，于是改说别的："那镜子的事怎么办？我们是不是应当再努把力，想法找到它？阿德曼图和我认为它就在美丽城邦的什么地方。"

"自从知道它丢了，卫兵和林中人已经搜查过了，他们已经非常努力，可惜还是没有消息……"

"我们能不能帮上点忙？跟他们一起去？"

德菲娜来了，喊着："嗨，柏拉图，你可来了！我还以为来晚了呢！眼下的这些事让人忙得不可开交……"

只见她把一堆书卷摞在椅子上，拿起桌上的潘格罗斯告示。她穿着雪白的袍子，质地很薄，卷发挽得高高的，在这种天气里，这样才能够凉快一些。

"戒指的影响似乎还没有到美丽城邦……"她读起来，"传言哲学家苏格拉底不见踪影……贝西尔·松曼发明了一种新型望远镜，据说可能跟原来的哲学家望远镜一样精致……好了，柏拉图，你怎么这副表情？还在着急，让武仙为你担心？"

"不，我只是……"

"我只是跟士兵们聊起了你的毕业成绩，我们认为特拉斯马库斯偷偷改写了你的字板，我们会派人尽量把它回复原状，可是这要花些时间。"

"谢谢您，德菲娜……"

"可是你的确应当耐心。"她恳切地说。

"德菲娜，这不是毕业成绩一类的事情，这是魔戒。我只是……只是希望我们能做点什么，不是在这儿一直等到苏格拉底回来。"

我觉得再说什么也没用了，我请求过很多次了。德菲娜这时看着武仙，似乎是请求他准许她说几句。他仰起头表示同意。德菲娜叹了口气说："柏拉图，既然你不肯轻易接受，让我解释一下，我们这十位哲学家不仅仅是哲学家，我们也是专家，我们研究了很多年，非常投入，必须要详细解释，外人才能明白。比如，里拉斯是研究恶人习性的，我是星相学家，武仙研究神界，柯里娜则研究道德。如此等等，苏格拉底也有专攻的领域：**他研究幸福**。他的计划是根据他一生在这方面的研究，即使他觉得能把全部计划告诉我们，我们也会不十分明白，你懂了吗？"

尽管德菲娜并没有想要帮助我们做什么，这些话却使我们受到了启发。我们想起来苏格拉底曾说过特拉斯马库斯和卡西多纳非常不幸福。我们早就该想到这个。现在，我们觉得离解开哲学家之谜更近了一步。戒指可能会被幸福打败，因为他本身没有幸福。我们花了几乎整个晚上一起在双胞胎的家里想这件事的可能性。

阿德曼图说："我希望自己还留着图书馆的那些书，那时我正在研究藏宝盒。"我们正在他的房间，等他父亲回来一起吃晚饭。因为议会在辩论战争的事情，他回家总是越来越晚。我们也不在意，因为正好有时间讨论我们的事情。

格劳孔抱怨着："我希望苏格拉底给我们讲明白，而不是老是跟我们聊天，指望我们什么都靠自己。要是那样，也许就不用费这么长时间，也许我们现在就已经把戒指给解除掉了。"

　　我点头同意："我有一次问过苏格拉底，他为什么要这样教我们，用哲学家对话，问问题，明显的他知道的比他承认的多得多，谁都知道是这样，从希利亚斯到哲学家国王，我问他，他为什么不直接给大家讲，像在学校那样？"

　　"他怎么说？"

　　我泄气地说："你们猜……他说这里边有个重要的故事，可是我必须过好久才会知道。"

　　要不是阿德曼图，我们会这样一直抱怨下去，他说："好啦，我知道我们能做到。让我们一起想办法，他这话是什么意思？城邦的幸福又怎么能解除戒指？"

　　格劳孔说："好吧，我还在想我昨天说的：我们要为美丽城邦建一支军队，去把戒指偷来，再把它砸烂。所以有一支勇敢的军队才是当务之急。"

　　西蒙尼特斯急忙说："也许戒指的邪灵会流血的，它会疼，会尖叫，诅咒我们，想还手，可是到最后，它会慢慢死去。"

　　"是的，可那跟幸福有什么关系？"我问。

　　西蒙尼特斯想想说："也许只有感到幸福的军队才能打败戒指，除非他们知道，确实明白，那只戒指产生不了幸福。"

　　这似乎有点道理。我们还需要再仔细考虑，我说："你说的太容易了，西蒙尼特斯，也容易让人相信……可是你还得小心证明，因为我们需要事实来证明。"

　　阿德曼图说："好吧，这样很好，可是如果我们担心的不只是士兵，为什么苏格拉底这么小题大做，要让整个城邦的人都幸福。农夫、国王、法律……幸福跟他们有什么关系？"

　　我们慢慢明白了，**美丽城邦的幸福**（潘格罗斯消息上经常谈到）**会产生一种力量，这种力量能打败戒指**。我们谈了好几天了，可是还是没想出来到底怎样才能打败戒指。

　　"吃晚饭了！"远处传来阿里斯顿的声音。我们暂且停下，出去迎接他。他回家越来越晚了，他原来就瘦，现在变得更瘦了，对国事的忧虑冲淡了他原先对双胞胎兄弟的欣喜。

"不太妙呵,"他说着,把一大摞字板放下,我们帮助列多夫人和帕洛斯在花园里摆上晚饭,这一次是家常饭:小扁豆、拌野菊、山羊奶做的奶酪和燕麦面包。

"出了什么事,他们还想把神庙的塑像化掉?"西蒙尼特斯问,一边漫不经心地搅着他的小扁豆。

几天前,他听阿里斯顿说起这件事,心中非常不安。雅典战时急需要钱,有人提议把神庙里青铜和黄金的雕像都化掉铸成钱币。只有几座塑像不可以,像雅典娜神庙里的雕像。

阿里斯顿因为睡得晚,眼圈发黑,说:"不,不是那件事,只是议会和法院里有些乱,将军们甚至不听五百个议员的建议。"

"又是停火协议?"我问。

"不光是……城邦快失去了理智,谁也不知道该相信什么。"

"什么意思?"

"比如,我们想把犯人送到法庭上审判,比如那个杀了人的菲力尼克斯,可是今天早上他的案子给取消了。"

"我们怎么知道尼西亚斯和平条款对雅典更有利呢?"我问。

"的确有利。"阿里斯顿说。

格劳孔说:"那将军们为什么不采纳?为什么一个将军不为他的城邦着想?"

阿里斯顿唉声叹气:"他才不把雅典放在心上。他只关心他自己。他一心想给自己带来荣耀,为这个不惜一切。不,不,不,神让邪灵降在人身上就是这样,失去了一切理智,一切都乱了套。"

第二章
迟到的秘密

美丽城邦的广场沙滩上，不少人在围着一只死乌鸦看，乌鸦的肚子被剖开，血凝成黑色。人群中有林中人、国王们，我们跟一群哲学院的学生挤在一起。这是今年夏天出的又一件怪事，驿站城邦占卜的人被请到这里来。实际上，我们惊奇地发现原来尼斯里亚也有占卜的（用飞鸟和它们的肠子算命，这样的人雅典也有不少）。

希利亚斯像平时一样唠叨着苏格拉底失踪可不是什么好兆头。乌鸦肠子预示着计划会以失败告终，美丽城邦也会被戒指扫平。

"没有什么不对头的，陛下，我们找不到任何镜子的线索，恶人已经做了足够的防备，谁也没办法发现。但是苏格拉底呢，我知道他有时为了安全躲起来，不过，说也奇怪，我们一点也查不出他在哪里。"

我们只能从死乌鸦上看出一件事，就是戒指的势力正在蔓延。

我曾经看见过雅典人占卜算命，都跟这种不同。一开始，我们几乎自己就能从乌鸦肠子里看清未来，可是占卜的人把拐杖在地上敲了三下，空中起了一层淡淡的金雾，是戒指的影子，戒指的圆环在跳动，越来越大，直到把我们围在里边。众人一阵惊慌，"啊，我们完了！""什么也看不清了！""噢，恶人真的生气了！"

占卜的人说："还记得我们上次看的时候，哲学家们，戒指只有现在的一半，可是，现在它的力量增加了，从雅典的形势也不难看出。我还是要说那尼斯里亚人的建议，现在请你们把事情交给别人吧，或者交给驿站城邦？现在你们一定会承认你们没办法应付它了。"

可是，哲学家们只是谢过占卜的人，说他们的国事外人不必操心。林中人继续使劲地找镜子，我们则跟着哲学院的学生一起回到了他们的校园。

我们有个计划。既然我们明白，美丽城邦的幸福能够打败戒指的魔力，我们要做两件事。第一，保证把城邦建设完，然后把我们的想法告诉哲学家们。等他们看见，我们明白了这些并且做好了准备，他们会允许我们做更多的事情。

学校的大厅很安静，这里很宽敞很适合工作。一面全是窗户，正对着大海，几面墙上是著名哲学家的画像和《潘格罗斯周报》的摘要。这间屋和图书馆在假期也开着，学生们现在享受着假期，游泳、读书、历险或者帮助家里。不管他们在做什么：烤面包、守城或是晒太阳(玛娅的女儿在潘格罗斯实习，不管我们怎么问，她什么都不说。自从出了旅行券的事情，那儿的人倍加小心，不想弄出更多的麻烦。)

学生们给我们讲自己经历的事情以及戒指的故事。一个女孩说："我们离家来城邦之前，父母对我说，我们老家的生活是堕落的。我祖母留在家里，因为她年纪太大了。虽然我舍不得离开她，想留下，父母却不让我这样做。他们不想让戒指影响到我。"

另一位也说："在我家也是这种情况，人人都变得只为自己着想，不愿意分享，我母亲说哲学家的根基和道德都在被败坏，有一天，这些都会消失。"

"所有的城邦当然都在戒指的笼罩之下，不光是因为它到处旅行，也因为人性如此。在雅典，问题尤其严重，不把它除掉，我们自身难保。"

玛娅的女儿说："我们从小听惯了哲学家英雄的故事，英雄的哲学家总有一天会战胜戒指，实际上，你看，我把自己听过的一些英雄画在了墙上。"她指着一个红胡子和一个白胡子的哲学家，我们不知道他们是谁。"可是苏格拉底比他们更了不起，没见他之前，我们就听说了很多他的故事。但是，当戒指的势力越来越大的时候，占卜的人在各个地方占卜，当支持戒指的人越来越多时，一下子再也没人讲他的故事，人们开始说他的坏话。"

一个非洲女孩说："并且，戒指的影响越大，人们越不去理会，它渗透得越深入。你知道，最大的危险，也就是恶人想达到的目的是什么？"她压低了声音，显出恐慌。

"什么？"

"恶人想要戒指的圆环越来越大，把每个人都困在里边，直到没有一个人想要抵制它。"

格劳孔说："每一个人？这怎么可能？当然，人人的意见都不一样，我越仔细想，越不想要这个东西靠近我。"

一个学生说："当真？那倒是很理想……想想看，真的不要戒指吗？一点也不想？在美丽城邦这个地方，人人都与人为善，都会同意这一点。可是，你要是在一个不好的地方还会这么想吗？比如在雅典？"

一个女孩问："格劳孔，设想某人把戒指送给你，让你用它来战胜卡西多纳，你会接受吗？"

我们都不说话了。

"你看，这种情况很少见。很少有人拒绝戒指。苏格拉底的计划所以很不一样。我们胜算的唯一机会也就在这里。"

"你是说跟戒指作战的苏格拉底和美丽城邦的哲学家们？"

"只有他们在全力以赴地做这件事。"

格劳孔忧虑地说："他们难免会受到恶人的威胁。"

我们在一起猜测，苏格拉底的计划到底是怎样的。我们知道，我们需要这个三分结构的社会，其他人也听说过太阳的秘密（阿德曼图在哲学家图书馆里读到过这个）。可是没人知道这到底指什么。一个学生困惑地说："我听人说起过，这不是指平常的太阳。而是类似它的东西——在另外一个世界。"他的话听起来不甚明白，我们决定还是多想一想幸福的问题。

一个公平、互助的社会里，人人过着简单的生活，全心投入自己的工作，这是最最幸福的。

格劳孔说："可是我看唯一的问题是，士兵也许不太幸福，也许我们夸大了一些，按照希利亚斯的说法，我们把他们训练得更像古代的士兵。"

　　我们同意做些修改。每天下午我们都在大厅里见一些学生，开始感到我们也许会有所收获，可是后来，柜子出了问题。

　　我和西蒙尼特斯在一起，双胞胎兄弟去给人送信了，我们刚一进入柜子，就觉得不对。没有闻到以往那种气味，柜门一下就关上，我们使劲推，但是一点用也没有。我们想像以前那样往前跳，但是这次根本就没有任何通道，我们好像撞到了面镜子。

　　"唉哟！"我叫道。在镜子里，我看见了美丽城邦，整个城邦，好像谁在把镜子举在它的上方，镜子里是广场、议会、房屋和森林，都在里边。看得见林中人在树木之间穿行时发出的闪光，有些人跑到广场上，好像是第一次到那儿去。几乎所有的市民都聚焦在那儿，拿起武器和木杖，情况比战时还紧张。

　　"到底怎么了……"

　　"我们卡住了！"西蒙尼特斯哭着说。

　　我们使劲推着镜面，可是坚硬的青铜表面纹丝不动。

　　我惊叫："镜子找到了，它做了什么？"

　　他叫着："噢，我们再也不能进去了！我们跟美丽城邦就这样分开了！救命！伊诺，救命！你听见了吗？"

　　我想让他平静下来，一边摸着镜面。我说："慢着，这不是原来的那个镜子，西蒙尼特斯。原来那个跟人头差不多大，现在这个要大得多！让咱们好好想一想。"

　　可是他还是哭哭啼啼的，我又使劲去推，"唉哟！"似乎手给划破了。说也奇怪，我竟然推开了它。

　　"西蒙尼特斯，快看，我们可以进去了！"

　　"你疯了，柏拉图。我才不进去呢！你怎么知道它会把你带到美丽城邦？看看那里边的人都惊惶失措的，我就在这儿等着伊诺回来救我。"

　　"可是我想去帮他们，"我继续使劲推。

　　"柏拉图，不要！"

"我不能放下他们不管，一定出了什么事，我要弄清楚。"

我不理西蒙尼特斯，屏住气，使劲闯进了镜子，身上很疼，像是被划伤一样，什么也看不清，我重重地喘气，过了一阵，感到自己的脖子被卡住，是一种金属的东西，过了一阵，那东西就松下来，我还没来得及想是怎么回事，就已经站在了广场上，身边是忙乱的人群。

"真是这样！" "镜子就在我们这里！" "恶人不会这就知道吧？" "他会来找我们算账吗？" "你没听说，他还没来？" "噢，我们绝对打不过他！" "噢，想想吧，我们当初还以为自己能打败戒指呢！"

我身后一个农夫喘着气说："我无法相信你竟做出这样的事！我们要是困在这里怎么办？"

"西蒙尼特斯！"我喊道。

他说："你先别太高兴，要是我一辈子陷在这里，不能出去，再也不想动笔，都是因为你的错。来吧，让我们至少了解一下这儿到底怎么了！"

我们跟着跑来跑去的人群，大家都在往树林那边去。

他们好像在等待着什么。一个哲学家站在木台上，让大家保持镇静："不要怕，我们会有办法的！事情不会一直这样下去！"可惜，他的话似乎没有人信。

我们等了半天，被太阳烤着，越来越觉得坏人拿到了镜子。到最后，一个林中人跑出树林，手里拿着一件东西，喊着："找到了！"

武仙说："我们原以为不必告诉你们。"晚上的时候，我们和哲学家们围坐在议会的圆桌旁。

克里勒走到窗前，挥起木杖变出一幅金色帷幕，借助它，我们从中可以看清暗蓝色的夜景：外边的广场和房屋的轮廓。阿德曼图和格劳孔也回来了，紧张了一天，我们这时都有些累了。十位哲学家的神色都显得很严肃，他们说，我们的谈话不能让外人听见。

塞普修斯说："我们希望不是以这种方式让你们知道镜子的事，但是恐怕这是免不了的。"

"知道这些事，会给你们带来危险。我们想尽量推迟让你们知道，但是对每个哲学家来说，这个时候总会来到，他们要了解到某些事情的真相。"

武仙说："你们就要知道一个哲学世界早已存在的秘密，这个秘密有很高的保密级别，只有几个哲学家才能知道——并且，知道的人中，只有少数才懂得它。你们这些孩子接触这个秘密的时候早了一些。我想再强调一点——"烛光下，他盯着我们看，"我想再强调一点，**它会加给你们更多的责任。**"

洁明娜站起来说："可是，首先,让我们按照正规的程序，若是您不介意的话，武仙，我想说上几句话。柏拉图，你想穿过镜子，这真是非常鲁莽，因为你不知道会有什么后果。现在你安然无恙真是很幸运，我看这多亏了你的朋友西蒙尼特斯，他一直跟在你身边。"

"其次，我们能告诉你们，我们现在安全了，因为，谢天谢地，镜子找到了。在战争时你们用了它这么久，都没有告诉我们，你们没有听我们的话，这也很愚蠢，幸好还没有出什么大事。"

我们道了歉，保证以后要小心、听话。这时从哲学家基地来了一位侍从，宣告镜子被放在一个安全的地方，锁了起来。这人穿着栗色袍子，说："我们对它施了咒语，保证以后的安全。"

然后，哲学家们问我们还有什么问题要问。

阿德曼图问："如果柜子能读到镜子，林中人又是怎么在林子里找到它的？"

克里勒解释说："只有林中人能做到，他们这个特别的本领是哲学家没有的。他们知道林中秘密的地方，在那里可以找到建设城邦的东西。除了创造者，只有林中人有这个能力。只有林中人或者柜子才能消除镜中的影像。"

阿德曼图突然说："噢，确实是这样，一开始他们不是就能制服西蒙尼特斯的点心树吗？"

塞普修斯说："的确如此，更重要的是，他们也发现了神秘屋。苏格拉底早就知道谁弄出的神秘屋——但他知道我们如果不能做好战争的准备，就不能创造出一个理想的城邦。当你们建设城邦的时候，林中人就发现了阿门诺帕斯的信，想马上拆掉神秘屋。"

我暗想："当然，所以苏格拉底离开时才一点也不着急，即使战争就要开始了……"

武仙又一次起身发言："真相宝镜，孩子们，确实不虚此名，它的确反映出真相，只是这些都是可怕的真相。只有在噩梦里才会有的真相。只有特别有力量的哲学家和恶人自己——"

听到这里，哲学家们都有些不自在。

"只有他们知道这个。事实上，恶人害怕大多数人发现这些真相，他想方设法防止人们利用这些真相来反对他。所以，他丢了镜子感到非常生气——这只镜子会显示真相，而这些真相有一天会彻底打败他……"他望着远方，目光越过闪烁的蜡烛：**"是的，总有一天，也许，将来，当哲学家们重新获得远古时的力量。"**

西蒙尼特斯问："是谁偷走的镜子？"

"我们真是不太清楚，不过，无需多说，这个人一定面临着很大的危险，所有见过真相的人都是一样。"

我问："看见了卡西多纳或者广场有什么危险？"

武仙说："我想苏格拉底告诉过你，你要懂得怎么使用这面镜子，这需要多年的静修，需要力量。如果你不知道怎么用，就会受它的摆布。它会给你看一些你关心的事情，你想看的东西。只有当你有力量的时候，你才能看见你不想看的真相，也就是事情的全部。尽管它们令人不安，很少人能够面对。"

里拉斯补充说："潘格罗斯的柜子当然可以读懂真相镜子，虽然真相是那么多，那么漫长。"

"现在，孩子们，"武仙温和地说，"你们认为真相是什么呢？"

"就是镜子中的美丽城邦？比我们想象中的要小得多。"

我还是不太懂。

武仙说："差不多吧，它告诉你美丽城邦只是一种镜像。"

"美丽城邦只是一种镜像？"

"美丽城邦，孩子们，是一个不真实的地方，是其他事物的反照。这不仅指美丽城邦，也指雅典和科林斯，所有的城邦，你能想出的所有的地方。我们觉得这些城邦都是真的，但实际上，他们只是镜像。"

我们还是不明白。

"美丽城邦的每样东西，还有雅典的，每样东西，每种想法，不管它们多美，多荣耀，只是一个世界的反映，这个世界就是理智的世界。"

"什么是理智的世界？"

洁明娜说："你也许看见了不少桌子，椅子、学校、盘子、房子和河流，可是他们都是从理智世界的椅子、学校、盘子、房子和河流复制而来的。它们虽然美好，但是比起理智来却仍然相差太远。"

塞普修斯说："就拿两条平行线来说吧，"她十分迷恋几何学。"你可以在蜡板上画出两条平行线，可是你能保证它们无限延长后不会相交吗？现实中真的存在两条永不相交的平行线么？可是我们头脑中的平行线却可以永远平行。"

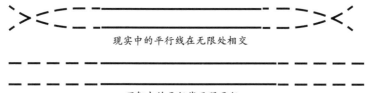

现实中的平行线在无限处相交

理智中的平行线无限平行

见到我们仍然不解，德菲娜解释起来："就像是你发明了一个东西的做法，这个东西在你的头脑中想得是无比美妙，可是实际做出来的又是另一个样子。"

武仙总结说："完美和真实只存在于理智世界里，我们这个世界一切其他的东西只是二级反照。你可以觉得雅典的人行事公平，或者觉得他们美丽或勇敢，但是，远远比不上理智世界的公平、美丽或勇敢。"

"这一切跟苏格拉底的作战计划有什么关系呢？"我问。

哲学家们交换眼神，好像在决定要不要告诉我们。

武仙说："我们再也不想对你们隐瞒什么了，没交代的事情太多了。暂且不谈真相，有空就想一想，问一问。但是，要小心，很少有人愿意接受。我们能告诉你们的就是苏格拉底让我们建起美丽城邦好成就一件大事，为理智世界而建。你们现在开始看到这有多困难、多危险，不只是因为会激怒恶人，他仇恨理智世界，想让人们生活在镜像里。所以没有什么哲学家支持他。也是因为这一点，只有苏格拉底的计划有足够的力量，能一劳永逸地打败戒指。"

第三章

和苏格拉底一起出发

照理说这样的事情会使我们惊慌，可是我却感到振奋。镜子终于找到了，没有落到坏人的手里。不管苏格拉底现在在哪儿，都不是因为我的错误和镜子丢失才耽搁的。更重要的是，我们现在知道了理智世界，我们可以朝向苏格拉底的计划进一步努力。跟哲学院的学生谈得越多，我们就越能理解。

当我独自一人的时候，我在雅典漫游，长时间的思考这些。那个理智世界究竟是什么样的？我从节日大道开始向广场走，然后再绕过雅典的各个居住区。**我想看清一切，店铺、神庙、房屋，重新认识它们。**

在集市有卖鞋的、卖酒的，用皮囊盛着，还有卖蜂蜜的。新的想法像阳光一样照临在我身上，在这些所有景象的背后，所有这些声、光、色的背后，是一种思想。但是，我怎么去想象它呢？一排罐子排在那儿，装着各种蜂蜜，黏稠、香甜，在阳光下闪亮，那是深浅不一的金色、淡金色和金褐色、金红色、金粉色……带着各种花木的香气：伊米托斯山的百里香，帕耳那索斯山的松树。而蜂蜜的想法会是这一切的混合吗？或者都不是？

一个奴隶粗声粗气地吆喝："嘿，金头发，别站在道中间！让我过去！"

一个摊主说："我看见他好几天了，他居然闻我的鞋！"

有人问："不会是小偷吧？"

一个老太太说："现在的孩子不学好。"她弯腰挑拣着西瓜，身后跟着推独轮车的奴隶。"我年轻时，学校教人正派、学好，可是看看现在，这些孩子脑子中装满乱七八糟的念头，不好好用功，在广场上到处闲逛，偷偷摸摸。"

可是这对我来说就是功课，最重要的功课。重要的是，我开始觉得就像哲学家一样，想要发现什么。我看着那些书卷，访问图书馆，触摸那些罐子、毛驴、大门、橄榄树……身边的一切事物，想发现一些线索。从街上人们的闲谈里，我发现了一些新的内容，我开始明白苏格拉底为什么喜欢跟普通人谈天了。

一个带小孩的母亲走进了阿波罗神庙，教这几个孩子如何祭酒。她呵斥一个孩子："这样不公平，把酒瓶给妹妹，你们一人一只。" 那，什么又是公平的意思？你如何形容？苏格拉底一直这样教我们：**哲学就是对平常的事物提出有趣的问题。**

伊诺在擦铜器或银器时，经常对着自己的影子念叨："但愿我的鼻子长得再漂亮些。"她的头发又黑又亮，像瀑布一样，还有一双漂亮的褐色眼睛。可是，她总为自己鼻梁上鼓起来的那块发愁。可究竟什么是美？在理智世界里，这样的标准算不算美？美的意思又是什么呢？它会不会美得使人眩晕？

有天傍晚，我坐在花园里独自玩味。在我面前摊开着《伊利亚特》，我在想自己喜欢的第一章中的那段："唱吧，愤怒的女神……"有没有愤怒这个概念呢？"祭司看见了亚该亚人的船只……"那船只又是什么呢？"我用花冠装点你的庙宇……"花冠代表了什么呢？这也许有点傻气，可是很好玩。我入迷了，不觉已经到了夜晚，只听见街坊在陆陆续续地关上窗户，外边的门吱呀在响，我跳起来，跑进厨房。

"西蒙尼特斯？真是你吗？"我低声问道，打开厨房的门，他冲了进来，身后跟着格劳孔和阿德曼图，他们的脸在黑暗中放着喜悦的光。

"怎么回事？你们这是什么打扮？"

他们都围着哲学家的包头布，而不是雅典式的袍子，格劳孔把一卷银白色的衣服塞给我，说："穿上，柏拉图，快点穿上，苏格拉底回来啦！"

"苏格拉底!?"

阿德曼图说:"来不及细说,他想让我们这就跟他走,他一会儿就到。"

"这么晚了?可是,他——"我一抬眼就看见了他。苏格拉底正从街上走来,手提着灯笼。我从没见他这样过:包着哲学家的包头布,乍看觉得很奇怪,他招呼着我们。尽管旅途艰辛,他的眼睛比以往更加明亮。

他笑容满面,说:"柏拉图!我已经跟他们打过招呼了。情况比我预料的要好,当然有些事耽搁了,可是在这样的旅行中难免发生这种事。好吧,我们今天晚上就动身。"

我们跟他走进花园,我兴奋地问:"就在今晚?他们有没有告诉过你,林中人找到了镜子?我们也知道了理智世界?我们是去那里吗?噢,请你再给我们讲一讲那儿的事情!"

苏格拉底微笑起来:"冷静些,柏拉图。是的,他们都跟我说了。这些消息真是太好了,关于理智世界,我知道对于你的发现,哲学家们有些担心,但是我相信,你一定会好好处理那些真相。可是我们现在没有时间多说了,请听好,我们马上出发,我以后再向你们解释这一切。柏拉图,到了那儿再换上这身新衣服吧。现在离柜子稍微远一些……"

我们几乎不能自已,退后几步,只见苏格拉底挥起手杖,一道橘色的光射出来,投在生锈的锁链上,一阵哗啦作响,铁链熔化的铁水滴在草上,把雅典的黑夜也微微照亮了,只听一阵风声,好像有什么人在推,右边的柜门咣当一声开了,而左边的纹丝没动,仍然紧闭着。

我们对着一个长方形的洞口,橘色的光从里边照出来。那种气味没有了。

"我们进去?"我低声问。

苏格拉底及时抓住我的肩膀,把我向后拉了一步。这时火更大了,爆炸成一股浓烟。我们强忍住才没有尖叫起来。我们离得太近,几乎被火烧到。烟呛得我直咳,过了一阵才看见,柜子里走出一个人来。

那其实是一座大理石的塑像,就像我们装饰花园的那种,只是这个雕塑没有涂颜色,是全白的,只有它的眼珠是紫色的。

苏格拉底说:"梅鲁!"声音中带着些懊恼。他好像认识这个雕像,它的名字应当是梅鲁。"你到这里来干什么?请你马上回驿站城邦吧,我猜你原来住在地图制作坊。"

我们惊奇地看着雕像大摇大摆地在花园里溜跶，过了一阵才说："哦，不会是你，我才不想见到你哪！他们警告过我，你知道，说要小心你。没人相信你的计划。"

苏格拉底提高了声音："梅鲁，我命令你回去。雕像是守护家园的，法律可是明文规定了这一条，你不能装着不知道。你没有权利上这儿来！"

我们还没见过苏格拉底发这么大的火，可是这雕像的确很傲慢。

"你不能让我做这做那，苏格拉底。我凭什么听别人发号施令？反正，我有权来这儿，我是下一任的城邦统治者！"

"真是胡说，你根本不是什么城邦统治者！"

"我就是，他们最近把我竖在美丽城邦，好吧，就是这样。现在，我拥有这个城邦！我很乐意趁机到雅典去走一走、看一看。"他转身对我说："对不起，金头发，从这条路一直走下去，是不是就能到帕特侬神庙呵？"

我不知如何是好，只是纳闷这雕像怎么会说希腊话，只是带点口音。我目瞪口呆，苏格拉底这时真生气了。

"梅鲁！不要逼我，我警告你，我的耐心可是有限度的。我请你自己马上回到驿站城邦，你知道得很清楚，你并不拥有城邦，美丽城邦已经有它的归属了。"

这让雕像似乎更加高兴——让他得了一直等待的机会。他摸着披风上用草绳系着的坠子，得意地说："我要是不能拥有城邦，怎么会有这个东西？"

这让苏格拉底有些为难，他对自己说："蠢材！这些驿站城邦没用的蠢材！他们又做了错事！"

雕像似乎非常得意，就要走出街门。只见苏格拉底挥起手杖，念出咒语，一时间，亮起一道绿光，我们曾经看见过武仙这样用光困住那些马。

雕像这时惊慌起来，认了错，哀求着："放开我，放开我，求你了！"

"你愿意回到原来的地方吗？"

"没想到你这样对待我！放开我！放开我！"雕像的口气像小孩子一样。

"你愿不愿意回到你的地方去，梅鲁？"苏格拉底再问——我们惊慌地向周围望，邻居家的窗户纷纷打开，伊诺也从屋里冲出来，一边叫一边跑过来。

雕像嚷着："当然我不愿意！我为什么要听你的？！我支持所有反对你的人，管理部门就要取消你的权力，你知道，他们相信你的计划愚蠢，打不过恶人，只能带来危害。"

苏格拉底真的愤怒了，低吼着："梅鲁！我命令你回驿站！"一道新的绿光射出来，裹起了雕像，任它怎么挣扎叫嚷都无济于事，被那层绿光带回了柜子，只留下一片黑暗。

卡里克丽亚从房中跑过来问："这儿出了什么事，柏拉图？又是你吗？你那个疯疯癫癫的老师回来了？"又有几扇门开了，邻居们都到了街上，披着衣服，人们抱怨着："真受不了！""人呢？你们给我出来！人都跑哪儿去了？""你妈妈一走，你就开始惹是生非，总是吵吵嚷嚷的。""就是，我们受够了！""咱们这就去找镇长。"

我们一筹莫展，只看着众人纷纷离去。苏格拉底焦虑地看着我们说："孩子们告诉我，赶快，我想知道这是不是驿站出了错。也说不定是我自己的问题，我应当早点问你们，你们对城邦做了什么改动吗——三分社会——我离开后，你们是不是动过？"

我没有说话。是不是我们的鲁莽坏了事？为什么没有再等一阵呢？为什么我们没有按照哲学家的话去做？"老师，我们只是改动了卫兵，我们知道你研究的是幸福……所以……我们想，我们可以把让他们高兴一点……"

我们站在花园里，再说什么也晚了。

苏格拉底喃喃喃地说："原来如此，城邦失去了平衡，它只顾及一类人的幸福，却断送了整个城邦的幸福。孩子们，这些我以后再给你们讲。我们今晚就得出发，把改动的东西再恢复过来。"

我们感到十分内疚，开始查找改过的地方，还来得及，我们能改过来。我们坐在草地上，匆匆地刮着蜡板，手直发抖——借着苏格拉底手杖的微光，我们的精神十分集中，开始的时候，只隐约听见重重的敲门声。

伊诺低声说："花园里的树挡住了视线，我们看不清来的是什么人。"只听见一个男人的声音："开门！快开门，不然我要把门砸了！"没有别的办法，苏格拉底小声告诉我去开门："这是你的家，柏拉图，他们肯定知道你在这里。但是要尽量拖延时间。"

我悄悄回到前院，碰到了丽达，她惊得跑开了。我提起灯笼，走到木门前，开了铁梢，迎面看见穿着红袍子的卡西多纳和他儿子特拉斯马库斯。我猛然注意到特拉斯马库斯长得越来越像他的父亲。他们的五官都很突出，只是父亲更粗犷、肥胖，前额的头发已经变灰白。

　　他慢慢说："柏拉图，我是来查你的老师的，那个哲学家苏格拉底。他对雅典有害，这已经引起了将军们的注意。你可能还不知道这些，但是他总喜欢在广场上惹是生非，跟人家说他对议会的决定有多么不满，我要马上见他。"

　　我说："苏格拉底已经不给我当老师了，我不知道他现在在哪儿。"

　　他的胖脸顿时显出恼怒，他冷笑着说："我看得出来，他把你教得挺会办事，跟长辈撒谎。"特拉斯马库斯忍不住呵呵笑出声。

　　"这样说来，你不能像个好市民那样交谈，我就跟你的奴隶去说。让开！我要亲自搜查。"

　　我反抗说："你跟奴隶也不能这样说话，我也不能让你进来，这是我的家，你们会惊扰我的家神！"

　　卡西多纳顺手把油瓶从神龛推下，在地上摔碎，丽达受了惊吓，大叫起来。他对特拉斯马库斯说："你尽管去搜，我就在这儿，看着他。"

　　特拉斯马库斯言听计从，"噔噔噔"的上楼去了。我听见"咣当咣当"的门响、蜡板被摔在地上的声音，他的脚步从这里到那里，然后又回来。

　　"爸爸，楼上没人，他们也不在花园，从窗户我只看见那儿有个鹅窝。"

　　"再去搜搜。"

　　"也许在罐子后边！"特拉斯马库斯灵机一动，举着灯笼在花园和屋里的罐子后边仔细地照。

　　特拉斯马库斯把书房和所有房间的门都打开来，卡西多纳说："快点，你这小笨蛋！让我怎么相信你？"伊诺的哭声从她房里传来。

　　卡西多纳抢过他儿子的灯笼，不满地咕哝着，闯进了花园，我心慌起来，可是，花园里确实什么也不见了，只剩下丽达的窝。

　　卡西多纳气哼哼地回到伊诺屋里，对着她吼："苏格拉底在哪儿?跟你坐在一起的这个丫头是谁?"

　　他举着灯照伊诺时，我们都看见她身边坐着个女孩子。这女孩穿着简单的雅典式袍子，样式十分普通，只是腰带有点特别，有两只手掌那么宽，里边好像装满了石头，尖石头，圆石子，你不禁会想她会不会觉得硌。腰带上还别着一个奇怪的小白棍。借着灯光，只见她的头发像蜜一样浅而发亮，她的面容很温柔，但是褐色的眼睛里透出一股无赖的神情。

伊诺假装哭哭啼啼，说道："将军大人，我吓坏了，你吓着我了！"

"回答我的问话，你这个蠢妇人，这女孩是什么人？"他说。

"我不敢说，怕她出差错。"

"我保证她没事，你这笨蛋。我们要找的不是她，只是告诉我，她是谁！"

伊诺说："她……她……她是我妹子，"说罢，把手搭在她的肩上。"柏拉图的妈妈走了之后，她就从乡下来看我。噢，请不要怪她，将军大人！她还小，不懂事！"

卡西多纳把灯移近伊诺，几乎要烧到她的脸。他说："你以为我会信吗，这女孩这么漂亮，是你这个土里土气的乡下丫头的妹子？"

我知道这话让伊诺很痛心，可是我为她感到骄傲，她仍然说下去："正是这样呵，将军大人，您说命运公平吗？它把一切美丽都给了那一个，而不是这一个！"

她接着哭个没完，直到卡西多纳再也吃不消。临走，他又骂儿子笨蛋，还给我们训了话："你们都是蠢货，你们知道，我会找到苏格拉底，到那时你们后悔都来不及！"

第四章

赛 姬

那个女孩名叫赛姬，她不停地走来走去，在院子、厨房、书房到处翻看。她把脸浸在水池里，摸着神龛的大理石表面，把手伸进盛着橄榄油的罐子，再拿出来，舔着手指上粘的油，做出鬼脸。她在椅子下面，桌子下边看，现在又打开了厨房里所有的罐子、坛子。

"看这些月桂叶子！"她叫着，"你真用它来做饭吗？""我在一卷书里读到过它，你知道，它们跟理智世界的月桂根本不一样！我真高兴能到这么远的地方来！这个又是什么？"她举起一块字板："噢，是希腊文！'新－凉－鞋'，"她开始一个字一个字地念我的清单："薰－香、刻－字－笔、迷－迭－香……我的希腊语还可以吗？今年才开始学的……"

她告诉我她才是美丽城邦的主人。她为当上了城邦主人感到非常兴奋，这是她的第一次旅行。她原来住在理智世界。她当然会施咒语，想回家的时候，一念咒语就能回去。可是，对于家不在那儿的人来说，这种咒语就不会有效。苏格拉底和其他人已经开始了长途旅行，而她会留下来陪我。

赛姬是个话匣子，而且还没开始说，先会脸红："你知道，柏拉图，我在理智世界时就读到了苏格拉底的计划，理智世界里有很多介绍苏格拉底的书，我们觉得他是世界上最伟大的哲学家。他真的通过谈话来教你吗？他长什么样？跟他上课到底是怎样的？"

她兴奋地问着，等待我的回答。

"你知道，人们说，他几乎和古代的哲学家们一样了不起。自从我听说他要认真对付戒指，我的意思是不是用总部管理局那样的笨方法，"（她没有解释为什么总部的办法是笨办法。）——"我希望自己能帮上忙，可是你看，确实是这样！终于我来到这儿，帮助哲学家们实现这个最最令人兴奋的计划！"

这之后，她又把注意力转向了厨房，放下字板，小声说，像是被烛光催了眠："真可笑，这就像一个演戏的地方，什么都做得那么像！噢，我希望我有时间去更多的地方！我希望在雅典多住上几天！"

按照赛姬的吩咐，我搬来了一大堆东西，面包、枣、干果，把柜子里的钱几乎也都拿上了。我累得气喘吁吁，说："赛姬，天就要亮了，我们要在人们起身之前离开，你看，还有什么要带的？"

她说没有什么了，让我裹上哲学家的包头布，外边还黑着，我们就拥抱了伊诺，跟她道别，然后动身了。

伊诺的声音有些颤抖："保重，但愿你回来的时候，一切都好起来！"

我们走到了街上，一阵晨风吹过，我不相信我就要离开雅典。

我低声说："你说你知道怎么走？"虽然除了各处的神龛亮着油灯，天仍然黑着，我听见房屋里已经有了人声。夏天里，人们起得早，想趁着天还凉快多做些事情。

她漫不经心地说："我不能打保票……不过咱们肯定能找到路。"

她把我带到阿芙罗狄蒂花园，这让我吃惊不小。我们翻过锁着的大门，来到水池边。上一回，卡西多纳就是在这里消失不见的。那么，他难道也是从这里？他知道去哲学世界的通道？他会不会在那儿看到过我们呢！

可是，赛姬令人失望地宣布，这个通道已经被关闭了。她把一个粉红色的坠子放回口袋，低声说："我们要绕道尼斯里亚，再去哲学世界，我猜曾经有人从这儿偷渡过……"

"你刚才用的那个是什么，噢，宙斯！"我突然想起来了："那不是通道探查器吗？"记得苏格拉底很久以前在美丽城邦给我看过这东西。"能用通道离开雅典？"

她耸耸肩，说："当然能。"她看也没看我，皱着眉头在想事。"你如果是个合格的哲学家，你可以用通道离开任何一个城邦。我以为你已经知道。问题是，现在我们怎么办？"

"会不会还有别的通道？可是赛姬，我们得快点，过一会儿，就会到处都是人了。"

她小声说，似乎只说给她自己听："当然有了，问题是要去找，我想来点更刺激的。按理说，我在理智世界之外不可以做这种事……可如果没有别的办法……噢，天哪，我第一次旅行就要犯规！我要用我的魔杖了，柏拉图。"

我好奇地问："你有魔杖？"只见她把那个白色的，别在腰上的细棍拿出来，它有胳膊那么长，跟哲学家的手杖不一样，后者更长，是木头做的。

"柏拉图，你可不能看，转过身去，不许告诉别人这件事。"

我按她说的做了。过了一阵，我们坐在了她的腰带上飞到了天上。我惊慌失措，紧搂住她。我们穿过雅典的枫树和橄榄树林，低飞过广场，已经有人在那儿支起摊子来。我们离他们很近，我迎着风，大声对她喊："赛姬，小心，不能让人看见！！"

她似乎并没有在听，只是大声问："这就是帕特侬吗？""那真的就是议会？"风吹在我们脸上，终于我们在雅典的墓地降落，这时太阳已经给紫色的山峦镶上了一条金线，天亮了，我们听见远远的祭司们在唱诵。

我担心地小声说："这里是墓地，你肯定吗？赛姬，我们现在在城墙外，要是在这儿被抓住，我们就都完了！"

可是她的通道探查器发出光来，变得透明。传来一阵脚步声，也许是家人来为亲人扫墓吧，"他们一定把通道移到了更安全的地方，"她说着，手伸进旁边的橄榄树上一块掀开的树皮，里边是个洞，我们侧身进去。我听见赛姬念叨着："尼斯里亚！"我感到身子飞速穿过通道，这次旅行的时间比任何一次都长，不过还算顺利，我们终于来到了一个奇怪的地方，这儿正是早上，人们刚要开始新的一天。

第五章

尼斯里亚的行星

　　我们不管到了哪儿，哪儿都乱糟糟的。我们落在一个菱形广场上，地上铺着黄色的石子。到处站满了人，裹着五颜六色的头巾，美丽城邦的哲学家裹的那种。在人海里，我看见一些特别的人：雕像、邪灵、漫游的人、魔术师，还有头发长到脚面的女人……

　　广场的四周是房屋，比雅典的要高大很多，这些建筑很讲究、白得耀眼，用的是非几何形的柱子和曲线。这地方一定像雅典广场一样，但又不全是那样。因为，这里什么也不卖。我惊奇地发现，建筑上刻的字都是希腊文，一些戴着深色头巾的重要人物，上楼或者进出这些地方的时候，会停下来，读上边的字。有人念道："潘格罗斯总部""恶灵控制部""外币兑换处"。一些地方的保护神雕像很漂亮，会走来走去，对过往的人道着日安。

　　最奇怪的是，我们身后的这个建筑是三角形的，柱子雪白，越往上越细，红瓦的屋顶上，写着："木偶师关系调停法庭"。

　　原来那些戴着颜色不一的头巾的人都在往这儿赶，他们急急匆匆，腋下夹着字板，边走边吃着块面包或是小南瓜，好像已经迟到了。"劳驾，小姐，让我过去……""又得忙一天，我得去总部！""他们为什么不打开通道？""噢，情况一年不如一年……"

当他们皱着眉头匆匆走着，都显得忧心忡忡。我和赛姬走到广场的一头，那儿有群人，在一团红光的映衬下，人影显出黑色，他们在向下观望着什么。

下面是行星！我们来到铜栏杆旁边，往下望，只看见星星的海洋：流星和陨流星，天上的星星有的发红，有些发紫，都按照自己的轴在不等转动，转动，在遥远的天际，不停地转动……除此之外，还可以看到飘浮着的金色的岛屿和陆地。

我一阵惊喜，看着各种各样的颜色：绿、黄、紫……而我身后的天空也是这样点缀着繁星，无边无际。在这个背景下，总部的白色建筑更显得突出。赛姬和我观看着我们周围忙碌的人们，越来越多的人来到了广场，进入了总部，或者在总部外交谈。

"这些都是美丽城邦的主人……"赛姬低声说，指给我看一个穿着灰斗篷的妇人，她正盯着看挂在腰里的金边圆坠子。

"什么叫城邦主人？"

"就是我这样的人哪！"她显得有些不耐烦。"这是个很特别的工作，只是，我还没有自己的坠子，因为我是新上任的，刚来到美丽城邦，好吧，用这个玻璃球可以看城邦里有什么事情发生。"

我现在注意到有些人故意站在人群之外，正专注地看自己的坠子，可是也有不少人在路过时，羡慕地窥探。

"看，那就是城邦的主人！"赛姬说。我见那个女人在远处，站在战争和纠纷局的台阶上。她在往里看，我觉得她的样子有点畏缩，让人觉得不舒服。她穿着黑袍子，鼻子很尖。

我正要让赛姬告诉我还有哪些城邦主人，城邦有没有主人是否要紧，猛然有人把我们推开，那人跑了过去，穿着绿斗篷，长着红胡子，他把一个木头梯子倚在铜栏杆旁，说着："小心！小心！让一下。"说着，就踏了上去，从口袋里掏出一个东西，像是雅典的喇叭，吹起来。

"潘格罗斯驿站消息，大家听仔细，现在发布潘格罗斯驿站消息！！"

一下子，一群人，多数都是没到过驿站，在这里等待消息的，围了上来。我们发现自己被困在一大群人中间了。

他吹了一阵喇叭，表明下边是一条新消息。

"巴特利亚加冕了一位新国王！大家欢呼！"

又一阵喇叭响起。

"我们的尼斯里亚受到更多邪灵的干扰，那里的安全怎么样？孩子还可以安全地玩耍吗？"

他继续发布。下面有人问："雅典的情况怎样？"我注意到城邦的主人也抬起头来向这里看，开始挤过来听。她神情黯淡，长得十分难看。

信使喊着："雅典爆发出丑闻，当然了，这个城邦还没有摆脱戒指的诅咒，可是这个消息仍然令人震惊！"

"震惊？怎么回事？"

"还不知道是谁放的戒指吗？"

信使说："天知道，还没有，这个坏蛋不知在哪儿藏着，可是我告诉你这个消息十分有趣！"

"快说！""怎么回事？"

哲学家们围过来。

信使宣布道："木制的转台，木制的转台从卓越学校失窃！不知道是谁干的，有各式各样的说法，雅典乱成了一团。"

这似乎引起了更多人的大惊小怪（听信使说雅典因为这件事而乱成一团，我确实觉得他在故意夸大——可是我又一想，信使就是这样喜欢耸人听闻。）学校演戏用的转台怎么能比魔戒重要？这时，我们周围的雕像、邪灵和哲学家开始叽叽喳喳，显得愁眉苦脸。"这可怎么了得！""我一直在跟你们说，已经到了危急关头！雅典人被惹恼了！""不对！这是谣言！噢，诅咒他们！这时你任何人也不能信！"

"呃，呃，别吵了！我只是在讲我听见说的消息！"信使得意地高声说，现在从木台上下来。"今天下午，我还会来发布消息，下午再见！下午五点，在尼斯里亚菱形广场上有更多的消息！"

人群开始散去，赛姬问："你累了吗？"她舒展了一下四肢，两个红太阳和一个白太阳升到了建筑上方，早上紧张的高峰已经过去。我们听见行星柔和的哼鸣和人们照常忙碌的声音。

"是有点累了，"我说，觉得眼皮发沉，因为昨晚没有睡好。其实，我简直难以相信我从昨天早上起就一直没睡过……直到现在。

"好吧，我也是。"她说，"我看我们还是找个地方先吃点东西，睡一觉，然后再想下一步怎么办。"

"我们不是要试试别的办法吗？"我说，跟着她走出广场，上千条小路通向山上、山下的住家、店铺、小机构，像是"手杖修理处"。

"那一定是行星区，"她指着淡紫的悬崖上一排小房子说，从那里可以看见行星的运行。这些房子反射着金红色的阳光。"那儿的房子可是很昂贵的。"

我一边跟着她走在崎岖的小路上，一边望着那边，承认它们的确很美。路上骑着白马、浅褐色快马的人超过了我们。我们最后找到了一家饭馆，样子跟雅典的差不多，外边也放着装橄榄油的大陶罐，上面遮着藤萝架，可毕竟还有些不同，雅典的是葡萄藤，这里藤蔓的叶子很大，结着像瓜一样黄和绿的果实。

我们坐下，我说："可是赛姬，我要问你一件事，"她正皱着眉头看那个男孩子送上的菜单，每道菜都用一句话来形容："玫瑰花瓣冻""芝麻苋蒿籽粥""酒烧柠檬布丁……"

"嗯，什么？"赛姬漫不经心地问，对菜单更有兴趣。

"这里是不是驿站城邦？"我问。"驿站城邦是尼斯里亚的首都，这里有很多哲学家……"

"嗯，嗯。"

"那为什么这儿的人都说希腊话？想想看，美丽城邦的哲学家也都说希腊语。"

"噢，那只是今年这一年，"她回答说。"当然了，哲学家不只从一个地方来，他们来各个不同的地方，不同的城邦和王国，所以，他们要有交流的办法，最有意思的事就是，每一年，他们选中一种语言作为共同的语言，今年选的是希腊语，所以我们一直在学。嗨，先生，我想要一大杯芒果汁，再来一个和山羊奶酪蛋糕，有没有十五色面包篮？"

"当然，"戴着头巾的男子说，拍着儿子的肩膀："谢谢你给客人拿来菜单。"他又转向我们说："对不起，他应当告诉你们的，不过他还小，希腊语说得不太熟练，小姐，你想要——说什么来着？这不是柏拉图吗！柏拉图，雅典的柏拉图！！"

已经有几个戴着包头布的客人从里边的花园闻声走出来，往这边看，我真想躲起来。"儿子，上这边来，"他的希腊语说得很慢，好像在教他。"这位就是从雅典来的柏拉图，发明了三分社会的那一位，他只有十二岁，来见一见吧！这就是他，我看过那些图，这个金发的戴着发带的就是！瞧这希腊鼻子长得多直！"

大人小孩都围过来欢迎我，我连忙低声对店主说："先生，请不要大惊小怪。"同时，我刚觉出来两个包着涂彩头巾的女子雕像也上前来祝贺我。她们应当就是这家饭馆门前竖着的。不过，她们的脾气似乎比梅鲁要温和得多。

"我怎么能不惊讶，见到好哲学家我就是特别高兴！"

我担心他会提起苏格拉底，问他的事情（因为我知道驿站只有少数人赞成他的计划)。幸亏，他只是我介绍给他儿子就已经满足了，我们接下来吃了一大堆鸡蛋、面包、奶酪和蔬菜，其他的客人也回到了各自的座位上。

我推开了红色的果汁，这个点错了，我还是试了一下。我说："赛姬，我还是不太明白，尼斯里亚的语言每年都要变吗？那怎么行得通？这样做是不是太复杂了？"

"你真的不知道吗？苏格拉底没有告诉过你这个吗？"她叹了口气，放下吃的开始解释："每年九月，哲学家年开始，他们在第一周里学语言，这个季节比较平静，没有什么大的事件，我们只需要集中精力学习语言。然后，有一个节日，所有的人更换标志，翻译官方文件，整个总部的官员、译员和教师都去潘格罗斯学院，它的本部就在尼斯里亚。当然，在世界各地都开办了学院。"

"你每年都去潘格罗斯学院学一种新语言？"我吃惊不小。

"事情就是这样，"她继续说，不理会我的问题。"因为各个同盟国都应当在政治上平等……刚开始的时候，很多人反对这样做，但是国际关系局不理这些反对意见。反正，大家现在学得很快，很浅，大多数人过了一年就把先前学会的又忘了。就拿希腊语来说吧，五年以后不会再有人说，虽然现在大家都会。只有少数极为聪明的哲学家，可以被称作'潘格罗斯'（可以说很多种语言，他们记住了每年学的新语言。）这些人非常难得，被分派了特殊的工作，也许你以后会遇到这样的人。"

我说，我没法想象自己能做到这些。

"有些孩子就是特别懒，"赛姬接着说。"他们什么也不学，只好靠潘格罗斯动物给他们翻译。我认识个被惯坏了的孩子，有只潘格罗斯苍蝇替他翻译，他没有学每年的新语言，终于被老师发现，这下他可惨了。噢，天呵，我得承认我真有点为他惋惜呢……"

听她讲完，我有点累了，吃饱了东西就会困，跟在雅典不同，那些行星照得你浑身上下懒洋洋的，更加让人昏昏欲睡。

我们去了饭馆旁边的一座房子，那是家小客栈，我们租了房间，交了银币的押金（各种货币这里都收），然后来不及洗漱，倒头便睡，一下就睡到了第二天。

赛姬说："有什么问题吗，我告诉过你，这就是苏格拉底为什么要让你去理智世界，你要找出太阳的秘密，才能彻底解除魔戒。"

我说："我还是有点不明白，因为你说那个太阳不一样，难道不是现在的这个吗？"

她有些不耐烦地说："正是这个太阳，柏拉图，我们的理智世界和你的雅典有的是同一个太阳。"

我叫道："那又有什么不同！"她说，每个人都要靠自己找出太阳的秘密。

我真的感到很沮丧，我想不出太阳和行星在不同的世界会怎么样。我知道，比如在尼斯里亚这个地方，这些东西主跟在雅典完全不一样，这里有好几个粉太阳、红月亮，到处都是行星。虽然造物主也简单地分出了白天和黑夜、夏天和冬天。我的问题不在这儿，我只是担心自己永远不明白苏格拉底的计划到底是什么。

"这个太阳的问题跟戒指、还有幸福又有什么关系？"我喃喃自语。

我们天天早上去听信使的发布，设法打听，但是仍然得不到苏格拉底和其他人的消息。

就这样过了好几周，这些日子倒也快乐，我尤其喜欢和赛姬在一起，她让人轻松愉快，跟格劳孔、阿德曼图和西蒙尼特斯不太一样。可是，我们开始担心，因为什么进展也没有。有天晚上睡觉前，我告诉了赛姬我有点担心。

我说："我们真需要尽快行动，记得我们以为卡西多纳也来到了尼斯里亚，我担心等我们见到了苏格拉底时，一切都已经来不及了。另外，"我翻看了一下我的口袋，"幸好这儿的食宿比雅典便宜……不过我恐怕咱们的钱不久就会花光。"

我们第二天清早决定去经过尼斯里亚去驿站，我们先去拜访了一个老哲学家，我看他是最不可能帮我们的。他在木偶人关系法庭工作。我们来到他的门口。

我们听说他对目前的局势深感不安，这几天一直在总部过夜，没有好好睡过。这位白胡子、鹰钩鼻子老人就坐在桌前，颤颤巍巍地欢迎我们。他说："孩子们，我能为你们做些什么？"

我们说是苏格拉底派我们来的，我们决心打败戒指。一听我们这样说，他神色大变："噢，天呵、天呵、天呵！"

他皱着眉，两个发红的行星透过窗户，映红了他的白胡子和书卷，他颤声说："这想法太极端了，你们真想这样吗？我们的人不太相信苏格拉底，总部也采取了措施，我们派出了一支秘密军队，去偷卡西多纳的戒指。我看你的计划是错的。如果你真想帮助哲学家，我想，你最好先去上一所好一点的学院。"

赛姬骄傲地说："我已经上了理智世界哲学院。如果柏拉图小学毕业成绩好，明天他可以进雅典的学院。"

我说："另外，苏格拉底说过，偷走戒指并不能消除它的魔力，这样做不行。"

"我们决心已定，我们接受了这个任务，一定要完成它。"

老哲学家声音嘶哑："那样做太危险！"听我们说要解除魔法，他似乎吃惊不小，我们知道了这件事，甚至让他有些恼怒。

"正是在困难的时候，恶人向我们发怒了，他不想让它的戒指被消灭掉，相信我，他会做出任何事情来阻止你们。他会不惜一切这样做，比你强大的哲学家都失败了，你还以为你会赢吗？另外，你们想没想过，离开了驿站会有多么危险？"

我们站在那儿没说话。

他接着说："那可是不得了，孩子们，我们会把驿站保护好，虽然有间谍、阴谋家，可是想想什么在等着你？"

"邪灵？"我问。"我们已经跟它们遭遇了，在美丽城邦。"

"柏拉图，谁说你不聪明，我相信你可以成为很了不起的哲学家，我自己认为你的三分城邦的发明真是太棒了，可是，不只是邪灵，虽然它们到处都是，很危险。"

"那还有什么？"

"假哲学家，你们的老师可能对你们提起过，如果没有哲学家的指点，你们不可能到达。但是恶人也知道这一点，他知道真正的哲学家很少，相信理智世界的没有几个。所以他派出了很多假哲学家到各处去找你们。他知道你们会去哪儿，他会跟着你们的，柏拉图。"

我吃了一惊，向四周扫了一眼，这间屋的装饰很老，家具是金的，我觉得假哲学家就在身边，正向我呼出凉气。可是我们对老哲学家表示，我们不能放弃。

他想尽一切办法把我们留住，他给我们吃南瓜饼、蜂蜜饼干、要带我们去别的星球或是给我们看图书馆的秘密藏书。他还要给我们一种药水，会让读书的速度提高一倍(最后的这个诱惑让我一时心动)。可是我们什么也没要，请他帮我们找到苏格拉底。

"他现在佩利亚，尼斯里亚的边境上。"

我们跑了出来，穿过广场，现在那里空无一人，这时正好，因为再过一小会儿就是午餐时间，所有的人到那时都会冒出来。我们走上一条石子小路，这条路通向南边，我们很熟，那儿有花园，不少饭馆和店铺。

我们走过了一栋金砖建筑，有着椭圆的银色百叶窗，这个地方叫做故事局。我纳闷那里是什么样的，西蒙尼特斯还不知道有这么一个地方呢！我看了一眼门前的雕像，它非常匀称，漂亮，正在轻轻地舞蹈。我们继续往地图绘制局走去。

路很长，弯弯曲曲，我们看到绿色的、蓝色和紫色的植物。这个局在一个破旧的灰色建筑里。有着像监狱一样的高墙，一点也不像一个机关。我一眼看到了梅鲁，吃了一惊。他从入口走开，检查旁边的灌木丛，我小声告诉赛姬，快点，省得让他看见。

大门一推就开了，几个呆板的制图员在昏暗的大厅里工作，他们俯着身子，聚精会神，工作台上乱摊着油灯、颜料和画笔。

赛姬小声说："这一定是尼斯里亚的老式建筑。"我们走在阴暗潮湿的楼梯上，她的声音很响，"一百年前这里的建筑就是这个样式。"我们来到地图室，从一个落满灰尘的架子上，我们拿出一卷书，在桌子上摊开。

因为尼斯里亚的地形很复杂，有山丘、海洋和陆地，绘制起来非常困难。赛姬指着地图说："看，帕里亚克岛在这儿！"

我倒抽了一口气，并不是看到了中途遥远，而是这个岛在一条海峡的最远处，到处是礁石和和中断的地方，飘浮着很多行星。我们最好从陆地上走，也许能从客栈借到马匹——可是有海的地方怎么办？

我说："我们要找人帮忙，可是怎么才能找到合适的人？"

赛姬沉着脸说："正是这话，我们需要想办法躲开假哲学家。"

她把地图塞进腰里，我现在知道那儿装了不少东西，我们出了后门，躲开了绘图师，又穿过一个四面高墙中央是草地的院子。

院子中有个女人，戴着长长的黑围巾，在让仆人为她扇风，她背对着我们，正在跟她身边的男子说话："别担心，我们一定能赢，我听说邪灵现在已经偷偷潜入了雅典……"

他们是阴谋家！我和赛姬不用说就听明白了。但是赛姬不知道，我突然想起了一件事，心里一沉。镜子！他们就是镜子里和卡西多纳密谋的那两个人，灰墙，就是那个院子！也许就是这两个人放的戒指！

这个想法让我全身紧张，我希望赛姬走快点，可是只听一个人说："哈哈，这不是雅典的男孩子吗？聪明的柏拉图来帮助他的哲学老师来啦？"

我转过身，发现一双绿眼睛在盯着我。那女人身边的男人是她兄弟，也有着一模一样冷酷的眼神，戴着一样的黑头巾。

赛姬连忙说："他不叫柏拉图,是我男朋友。"她伸手搂着我的腰,我努力不让自己因为害羞而脸红。

　　那女的紧盯着我说："你的男友吗?好吧,既然这样,你不会在意我要跟你说,他们正在雅典找柏拉图呢!卡西多纳知道那小坏蛋已经找到了通道,也知道他和他那些浑身是土的朋友正在往这边来,想要帮他的老师一把。卡西多纳他什么都知道,很快就要追上他……"说到这儿,她得意地笑了。

　　我们开始跑。她在我们后边喊："你们告诉他,要是看见他,你们就告诉他,一定哟!"那种得意的腔调直让我发毛。

　　我们现在急着回到客栈,我们快快收拾好了,结了房钱,求他借给我们一匹马。他担心地说："你们这两个孩子行吗?我觉得这对你们来说太困难了,你们应当回家去,直接回家,接着上学。也许你们还不懂我说的,因为你们太年轻、冲动。可是,相信我吧,我从来没经历过这样严峻的时刻。"

　　我们到马棚里解开马,店主的儿子也跟在我们身后,说："柏拉图,请你留下吧,不要走,教我学希腊语!"

　　我们离开了驿站,回头望了她最后一眼,美丽的紫色山峦、红色的行星和白得耀眼的建筑,我们催马小跑起来,很快就走进了尼斯里亚的平原。

第六章

假哲学家

　　哲学家是对的，尼斯里亚充满了危险。我们越深入，越能感到恶人的影响。一离开驿站可爱美丽的花园，道路就变得崎岖起来。

　　我们的马叫河马，我们打着它走上险峻的小路。我们要穿过有邪灵的树林，他们比美丽城邦的邪灵大，披着黑斗篷、尖叫着，冲出来吓唬我们。我没有别的办法，只有蹲下，让赛姬使出魔法棒用光击退他们。可是我们越往里走，越害怕。

　　我们意识到只能在白天走路，因为离开了首都，就看不到什么行星了。当然，也没有什么看星星依靠的栏杆。我们刚走上一个陡坡，河马就嘶叫着，扬起前蹄，把我们甩了出去，我们意外地看见坡下是无边的行星。

　　尼斯里亚的省城跟驿站完全不同，有些在行星中飘浮的岛上，只有通过摇摇晃晃的桥才能到达，这些吱吱呀呀的桥的木头已经发黑，不知道经历了几百年，那些房子看上去很阴森，上面布满了蜘蛛网，梁柱也都摇摇晃晃。这里住着省哲学家或者木匠或一些爱抱怨的人，他们学不会希腊语，干脆离开了驿站，来到这里安家。

　　正是在这样的一个城市，我们走在弯曲的街道上，想认清道路，我又被眼前的景象吓了一跳：在一个花岗岩的悬崖上，有一座神庙，它三角形的屋顶上铺着黑瓦，所以一开始，这座建筑不容易看出来。只听见里边有唱诵的人声。那是一种听不懂的话，让我汗毛竖起。男人和女人穿着墨黑的袍子飞进飞出，惊悚地看着四周，他们的神色很阴沉，目光显出嘲讽，有的人有点跛，你不由得会想这些人可能生了一种病。

我害怕地问赛姬："他们在做什么？"赛姬显出厌恶的神情，说："这是恶人的庙宇。他们可以进去涂油，我不知道那里到底是什么样，我经常听说古阿斯给他们祝福。有时他们也要喝一种药，也有仪式，但是，上学时，没人敢问老师这些仪式都是什么。"

正说着，我们听见从那里传来一阵尖叫，可能因为极度兴奋，也可能因为极度痛苦的尖叫。

赛姬说："老师叫我们永远不要走近这种地方。"我颤抖了一下，想到我们在美丽城邦根本就没有想到有这样的危险，即使在树林里我们也没有想到过。这是真的，这里的河流和树木的确都显得萎靡不振，好像都害着病，我们赶紧离开了这里。

沿途也有美景，山顶上的小村庄，可爱的小白房子。树林环绕的小镇，一不小心就会错过。有些就建在高高的山崖上，俯视着下边清澈透明的灰蓝色的河流。可是，一切都不一样，这儿的习惯也跟驿站不同，我们不知道该去找谁帮忙。

帮助我们的往往是林中人。像在美丽城邦一样，他们以森林为家，只是这里的林中人的草屋摆放着一些器具：观测星相用的星盘，量具、望远镜。他们知道特别的咒语和魔杖的使用方法，这些一般的哲学家都不懂得。他们特别会对付邪灵，有好几次多亏了他们，我和赛姬才得以逃脱。

一个林中人也是希腊特雷斯的城邦主请我们到她的家中，让我们洗澡（这是我们进入尼斯里亚第一次洗澡），给我们吃东西，还喂了河马草料。她告诉我们一些消息。从潘格罗斯通报上她得知卡西多纳正在追查我们，她说："幸好我听到了这个消息，很多通道正在关闭，我不明白为什么要这样做。我猜有人想摆脱跟苏格拉底的关系。阴谋家和暗中拥护戒指的人比我想象的要多。"她压低了声音。

这里不通任何消息。边远的信使远远比不上驿站的那些。尽管我们悄悄进入城中广场去听消息发布，但我们知道那些消息很不可靠。很快，我们要靠传闻来获得消息……我们东听一点，西听一点，从南瓜地里干活的农民那儿，或者从小道上闲聊的老太太那儿。

　　"恶人准又会赢！"或者"戒指不可战胜！"我们还听到好多关于转台的事情，我仍然听不太懂。"那个从雅典来的转台会败坏我们的哲学家世界，你看着吧。"我们离开一个又一个小城，到处都在诋毁苏格拉底。

　　一个老太太喊喊喳喳地说："那个雅典的魔法师，你听说了吗，他表面上带着他的雅典学生一起迎战恶人，实际上他别有居心，这年头，什么样的事都会有，我一点也不奇怪……""我也是！听说这人行为极其古怪！"

　　"我听说他能跟蛇谈话，吃甲虫之类奇怪的东西。我还听说他来历不明，有好几个老婆，一个老婆原来是邪灵。他拜魔鬼，奇怪的神仙，还逼着学生跟他一起拜。""得了，他的计划绝不会成功，他会丧命，像前边的那些人一样。"

　　"他们都死了。我听说两个哲学家因为尝试他的计划而丢了性命。一个叫武仙，另一个叫玛娅。""我听说他就是要把他们都干掉，整个计划就是要让他们一个一个地死掉。""你说得太对了！"

　　我们牵着河马走在石子路上，心情沉重。现在是早上，天空晴朗，可是在我看来，前途艰险，突然之间失去了希望。

　　"你觉得她们说的是真的吗，赛姬？武仙和玛娅真的会死吗？"

　　"别傻了，柏拉图？你真相信两个老太太的瞎说，什么苏格拉底只吃虫子，还拜魔鬼？"

　　可是，我一边赶路，仍然忍不住一边想。我们把河马拴在树上，准备租一间便宜的房间，好好想清楚，查地图，出去看一看是不是有人可以问这些事情。

　　我着急地说："真的!?你不相信他们遇害了？可是人人都说苏格拉底的计划很冒险，要是这些事真发生了呢？"

　　赛姬什么话也没有说。她今天好像有些心不在焉，我其实早就发现了。不管我们遇到什么样的危险，不管邪灵怎么追赶我们，她只想着一件事，只想着怎么把真假哲学家分开。我们如果不能把他们分开，我们就哪儿也去不成，我们就永远找不到一条去帕里亚克岛的船，也许船还没找到就被追上。

我们走着路，谁也不说话。来到了一条两边都是店铺的街上，这儿的东西不能跟驿站比，可是在省城就算是好的了。这条街是石子路，房子都很低矮，卖东西的都包着各种颜色的包头布，想尽办法让他们卖的货显得好看些。一个包着头巾的叫卖着："新消息报，从驿站来的，刚到三天的新消息，不是旧消息！"

赛姬一早上都在发愁似的，现在她好像很想买点什么，对我说："柏拉图，我想出个办法，先借我一点钱好吗？"

"噢，天哪，我们还有不到两百个铜币，按照地图，我们现在离海还远着呢，你要多少？"

"嗯……"她想了一会儿，说："给我一百五十个吧。"

我心疼地叫起来："一百五？至少你要告诉我，你想出的是什么办法？"

她说现在不行，她要试试再说。我沮丧地把铜钱拿出来交给了她，回旅店去继续研究地图，之后又出去看看有什么人可以打听消息。不过，这个地方像我们经过的其他地方一样诡异。

黄昏降临了，我洗了脸，上楼去，跟旅店的其他客人一起吃了晚饭（他们是来串亲戚的、做买卖的、发布消息的，还有个把哲学家）。饭后，我回到露台上，望着满天的星星，思量着我们能不能找到苏格拉底，追忆着雅典的日子，这么想着，我听见赛姬回来了。

她说："对不起，我回来晚了！"把买来的东西扔在地上，一个一个地打开。里边是空白的纸草卷，还有颜料。她解释说："我在店里一一看过，保证买的是最好的。"她拿起一卷纸草，上边有很多绿的和金的圈和点。"看着，这张更好……"她又捡出另一个画着紫圆圈的。

我气急败坏地叫道："颜料？赛姬，我们前不着村后不着店，离海边还远着呢，路越来越不好走，邪灵也越来越多，不知道我们怎么维持下去，钱也不多了，你弄来这些颜料有什么用呢？"

"我想画出理智的世界，柏拉图。自从我们离开驿站，我就一直在想，你看……甚至是驿站的哲学家也不相信理智的世界，而真正的哲学家，那些愿意帮我们找苏格拉底的人，会认出我的画。假的会以为这些都是胡乱涂一气——"

店主敲响了我们的门："安静！其他的客人都在睡觉，现在是休息时间。"

窗外的星星变成了银色和金色。

赛姬尽量压低了声音，接着说："照理说，很难画，理智世界跟我们现在的这些世界太不一样了，可是我想，我居然也画得不错！"

我看着一张她的画，上边只有三个橘红的大圆点："不错？赛姬，这也叫画吗？！"

我马上知道自己说得过分了，她立刻把画卷起来，扔到一边，上了床，不再理我。

"赛姬……"

她不回答。

"赛姬……"困在这间屋里，看着窗外转动的星体，我想着对她说点什么。我轻轻地说："赛姬，我的家在雅典。"这话刚一出口，我立刻就觉得想家了。"我的家在雅典，那儿的雕塑、壁画、神庙，红色、蓝色、金色和白色，那里的一切，我不是想刺痛你，我只是习惯看见那些美丽的东西，你的画让我有点吃惊，我不是故意的——"

她没回身，只说："柏拉图，别理我！你跟他们一样都是笨蛋！我开始就应当知道你是这样的人。我早该知道那个愚蠢的地方，没人能懂得。"

"可是赛姬，你是不是夸大了——"

"你跟他们一样！"她接着说："一样蠢！我不相信你会成为什么哲学家，你绝不可能破除戒指的魔力，因为什么？因为你不会想象！你只看见眼皮底下这么点东西，你要是想象不出我们要去一个不一样的地方，怎么可能做以后的事情。我们要去的地方跟你愚蠢的世界完全不同？这些思想的形状、颜色你统统认不出来。你知道吗？你永远不会到那儿，因为你想象不出来。要是奇迹发生，你真到了那儿，你也待不下去。柏拉图，因为你没法面对你不熟悉的事物。"

现在轮到我无语了。她的话刺痛了我，我喉咙发紧。

她狠狠地说："别忘了，我不必待在这儿。我只是帮你。我随时都可以回到理智世界去，只要我愿意。实际上，他们也想让我回去。但是我选择了帮助你，知道这一切都没用，很好！"

当晨光照进窗户，我知道有些事情变化了——在我睡觉的时候。尽管我们发生了口角，我觉得受到了启发。她说我没有想象力，提醒了我眼前任务的重要，它的特别之处。去理智世界，帮助雅典和那些哲学家彻底摆脱戒指的魔力。

我把破旧水池里的水撩在脸上，还用了一些免费提供的香水，人一下精神起来。这种香水有一种浓重的草药味，跟雅典的百里香、薰衣草和薄荷水不一样。我吃着蜂蜜、面包和孔雀蛋，本地的香草做的拌菜，心情很好。赛姬好像也发现了这种变化，我们准备骑着河马去北边险峻的峡谷。

旅途越来越艰辛，我却感到一种奇怪的乐观精神。我想了解经过的所有地方，观察这儿的居民和政府机关，看看地方都有什么出产。

事实上，赛姬的画确实帮我们摆脱了一些用心险恶的人，他们想把我们哄到他们的家里去。木偶师关系协调法庭的老先生说得对：恶人知道我们要来，现在跟假哲学家联合了起来。

有个绘图师向我们夸耀戒指有多么强大，赛姬跟他说："你要为我们指路的话，我十分感谢。我用我画的画做交换可以吗？你看，我正在学画画。"

那个人扬起眉毛："亲爱的，就你？噢，不、不。你更像个哲学家，而非画家，我就不想做我不擅长的事。到我的书房里来，我要给你看一张地图，肯定对你有用……"然后，他离近了看赛姬的画，他的眼神有些闪烁，凭这个我们就知道，他是恶人的帮凶。

城里有个人被邪灵弄伤，这个年轻男子看穿着像是从雅典来的。他给我们指了路，把我们请到他的书房，他正在做一篇哲学论文。赛姬问他是否知道哪儿能买到她手上的那些画，说："我花了很多钱，我想再卖几幅。人家说这画家很出名，他就住在这一带。"这位回答说："小姐，你上当了，这些垃圾不可能是名家画的。你应当知道，在这里不能相信任何人。"

我们旅行了一个月，身上脏脏的，我们顶风冒雨，到旅店大吃一通，才能补充体力，如果这家旅店碰巧可以洗浴，我们就洗一洗。但是我们不久就不能在店里过夜了，因为情况越来越危险。

我们坐下开始吃面包和奶酪的时候，就会展开赛姬的画看上一看。在烛光或是在亮处，这些画会变得很奇怪。有时，那些形状好像活了一样，要从画面上跳出来，这种现象转瞬即逝。赛姬也解释不清，只说："你只有到了理智世界才能懂得。"虽然如此，她的话更坚定了我坚持到底，解除魔戒，去了解只有少数哲学家才知道的秘密。

又过了大约一周，早上的时候（我们起得早，想趁着天凉多赶些路），我们翻过一座褐色的小山，我的心猛跳起来：我们看见了大海！

峭壁上有两座小城堡，尼斯里亚尽头的两个小城。天空泛出柔和的粉色，空中还飞着蝙蝠，海面远到天边，颜色越来越深，布满了小岛和星体的裂缝。即便如此，我们毕竟到了！

我们满心欢喜地来到城里，把河马拴上，很多房子都歪斜着，被海风吹得变了形，我们曾经读到过，离恶人近的地方，风力更强。

住在这儿的人都不是自愿来的。这里有医生，有很了不起的研究者，还有隐居的哲学家。只是，我们一下就看出，坏人已经来了，我们要特别小心。谁要是不幸出生在此地，一定会冒险也要迁出去。

我们沿着窄小潮湿的街道走来走去，穿着防雨披风的人们好奇地看着我们。这里也有雕像，每隔两个就有一群翅膀收起的邪灵在那儿守候。"嘘！小孩子，哲学家！看这边，亲爱的！""你们这种天气还跑出来呀！""不知道今天不能出来吗？老奶奶没告诉你们待在家里？""恶人的诅咒又回来了，亲爱的！邪灵马上就要把你们吃掉！"

我们努力不去看这些，快快走过街市，雨水冲打着墙面，有很多家店铺在卖护身符和避邪的咒语，我们清楚地看见，恶人的神庙就在半山腰。

店里卖的吃的仍然是颜色奇怪的本地菜瓜，没什么味道。唯一有趣的东西是那些药房，用围栏圈起来，里边是医师自己种的芳香刺激的药草，还有一些衰败的树木，可要是在那儿多待上一阵也会发疯的 。

一个邪灵把爪子伸到赛姬的脖子上，低声说："呵——"赛姬吓得要哭，"有人吩咐我查看两个哲学家，两个有重要使命的哲学家，苏格拉底的使命。亲爱的，你们遇见这两个了吗？你为什么不看着我？"

赛姬低声对我说："谁也不要理。"我们加快了脚步，甚至连小孩都不理，直奔码头。

锯齿一样的港湾弯曲进去，有十几条船停在那儿。有些是去驿站的，航程一定非常艰险，船载满了旅客，他们对新生活充满希望，手里都拿着木杖。只有哲学家和探险家去帕里亚克岛，可是在这个季节，去那里的船很难找到。

我满怀希望地眺望着，大海显出蓝黑色，浪很大，散发出咸味和危险的气息。那些修船的店铺的招牌还不是希腊文，女人们走过来，想卖给我们小罐的海员饼干和山羊皮袋装的酒，我们匆匆走过，没有理会。

有个披着斗篷的人站在一堆绳索边，请我们上他的船，说："你们不能信其他人，海上很危险，恶人也派人到了海上，告诉我，你们想去哪儿，只要几个钱，我准把你们送到！"

我们没理他，走到忙碌的港口。一阵大浪打在石头上，一群水手正在酒馆里喝酒，他们打着嗝，身上很脏，要店家再端上些饼，一边唱着："恶人也许在这儿，可是我们把他喝得逃跑了，我们要在这儿喝一天！"

他们喝得醉醺醺的，骂一个过路的拄着拐杖的老头，一个水手把他推倒，另一个向他做鬼脸，其他人大笑起来，甚至酒馆的主人也在拍手笑："这个老傻瓜！"

我小声跟赛姬说："这里是我见过的最糟糕的地方，我们要快点离开。"

现在好像不能再假装卖画，看人们的反应了，虽然她还是把它们拿了出来，一边在想下一步怎么办。

还没等她把画全部展开，一个光头的老头儿走过来，看着周围摇头叹息。一个仆从给他看一块字板。看见我们他似乎很高兴。

“这儿的人越来越差劲，我看是没什么希望了。”他戴着雪白围巾，围出希腊字母 ε 的形状，袍子也非常白。

他小声温和地说：“你们好像在找什么东西，别待在这儿，我提醒你们，这个地方有坏人，有些人正要抓你们，也许你们应当——”说到这儿，他停住了，看到了赛姬的画。“理智！”他低声说。

他的绿眼睛盯着我们说：“你们就是他们追的人？苏格拉底找来帮他的人？噢，什么日子！这么快！如果真是这样，我就能逃出这个可怕的地方！”他长着厚嘴唇，我能感到他的呼吸。

我和赛姬对视着，不知道说什么了。这人看上去很温和，我们跟着他也不会吃什么大亏。

“快点，我们赶快离开这个邪恶的码头，你们完全来错了地方。我领你们去另一个港湾，在半岛的另一边。阿特路斯，把马车赶过来！”

还有其他的港湾？地图上可是没写着，只看见交错的陆地，我心跳加快，也许我们找对了人，这个人又看了几幅图，一边赞叹：“天呵，快点，希望你们早点来，不过，还有希望。”

仆从驾着马车飞离了地面，我们一下就越过了黯淡的街市，到了悬崖顶上，这里空气十分清新，我们降落在一座开着丁香花的园子里。他说：“住在这个地方真太可怕了，不过，我还有这样一所房子，这是我的避难所，请进来，先洗个澡，吃些东西，然后我们想想怎么去帕里亚克岛。”

仆从端上好多水果和面包，我们一边观赏花园的景色，一边贪婪地吃着，这家的奴隶们正在种菜，我们的下方是大海，因为那里在港湾之外，风吹得更猛。我们的主人拿着酒杯入座，他告诉我们他的身世。

他一开始在驿站里当差，年轻时由于记性不好，没有通过大学考试。他后来接触到了哲学，想帮助苏格拉底实行他的计划，但驿站的机关里没有什么他可以做的事，那儿有那么多资深的哲学家，他被派往这个边远的小城当差。如果他能完成这个壮举，帮我们渡海，他就会再度回到驿站。

赛姬同情地说：“他们这样对你真太可怕了！”仆人们帮我们一起收拾行李，海饼干、酒、木杖……前途莫测的海上凡是能用到的，似乎他们都给我们备好了。我们登上了一艘就要起航的小船，进了船舱。他的仆人负责划桨。

我们这位杂役说："一切都安排好了，只要我安排你们上了船，一切都会好的。我没有别的梦想，只盼望能帮苏格拉底完成计划，听说这计划进行得很成功，恶人从来没遇到过这样的计策，现在你又加入了，这个计划一定能成功。"

我望着大海，说："真会这样吗？ 但愿你平安，因为我听到不好的消息，恶人知道了，把邪灵派到这里来，形势很糟糕。"

他握紧舵轮说："我一点也不相信他们说的主。"然后，又松开手。

"人们说这计划很了不起，我知道他是头一个能解除魔戒的哲学家。他之所以选了帕里亚克岛是因为它很难到达，但具体的计划是什么呢？他会怎样做呢？"

"我不知道，他一直没有告诉过我们。我猜我们得到达那里才知道。"

老差役似乎有些生气。他的眼神显出一丝不快，但很快就过去了。他的口气又变得温和。"噢，年轻的哲学家，你们太谨慎了，连我也不告诉吗？告诉我吧，反正我会跟你们一起去帕里亚克岛的。"

赛姬和我惊慌地互相看了一眼：原来是这样！可是现在我们怎么办呢？

"他真的没告诉我们。"我平静地说，想先稳住他再说。

"你在骗我。"

赛姬站起来，差役的表情完全变了，也站起来盯着我们："你们在撒谎，无可救药的小坏蛋！你们一路上都在撒谎。现在我可把你们逮住了，我要把你们两个交给他！"

他一下把手举起来喊出："赞美永恒的恶人的仆从！"一阵旋风刮过，这人就从我们眼前消失了。他变成了一个长着翅膀的黑妖怪，举着爪子扑过来。

可是赛姬动作得更快，她举起了魔杖，一道绿光射出，只听那妖怪发出可怕的尖叫，被定在那里。赛姬喊道："柏拉图，快，快逃！"一阵大浪打来，船身歪过去。赛姬施出咒语："定！"她对我说："不知道管用多久，这家伙的法术很强。"

我们从船舱逃出，到了船头，她继续喊着："定！"可是这次绿光减弱

了，邪灵也许早就料到，很快就挣脱了。

我们无路可逃，大浪拍打着船身，水花溅在我们身上像暴雨一样。这里有很多礁石，离开港口不太远，风浪更加凶猛。天上亮起闪电，浪打在石头上，击得粉碎，其他的船都离开了，朝着各自的方向，有些船几乎被浪打翻，船员努力把稳方向，可是风浪太大了。

邪灵嘶叫着逼过来。

赛姬举起魔杖又叫："定！"这次的光更弱了，邪恶扑过来，几乎把我们遮盖在底下，船被一个又一个大浪打得摇摇晃晃。我喊："船要翻了！"赛姬叫着："定！"但她还是新手，只会这一种咒语，实际上对邪灵没有多大作用。相反的方向开来一条船跟我们撞上了。水手们往外舀船里的水，船正在下沉。对面船上的人在喊："我们会淹死在这里的，我知道我们不该来的，我们就要完蛋了！"正是岸上那群喝醉酒的水手，现在正在挣扎求生。

我对赛姬说："跳！"我想不出还有什么别的生路。我们没有选择，赛姬惊叫起来："可是我不行……定！定！定！……"慌张地跑过来。

她刚一转身，我们这条船上所有的水手都扔下桨，变成蝙蝠，飞到了天上。

天黑得看不见，赛姬举起了魔杖，抓住我，小声说出咒语。当初在雅典的花园，她用的就是这个咒语。我们并没有飞离海面，我感到黑暗的海水不时拍到我的脸，使我无法喘气，我开始游泳，不知道自己在哪里。

我使劲地划水，游呵游，终于感到身子下边有木头——是船头，海浪把我们送到一条船上，我抓住赛姬，把她拖过划船的水手，她在挣扎。另一条船上的那些水手并没有注意到我们，为了活命，他们在拼命划桨。"不！放开，柏拉图！停下，快停下！"

我看她是疯了，听她这么坚决地说，我很害怕，可仍然抓紧了她，把她拖进近处的储藏室，只听她说："柏拉图……我们迷路了，我们现在真的迷路了，我的魔法棒，我的画都被海水冲走了。"

第七章

失明的船长

天黑了，赛姬和我缩在水手的厨房里，听着他们说话。这里很冷，微弱的烛光下，我们看不清什么别的东西。

离岸边很远了，除了小片的礁石和岛屿，我们周围是无边的大海。远处海面上落日的余晖正在消失。

我们停靠在一个小岛上，这一片的风浪还算平静。周围浮着星体的碎片，尽管风停了，海浪仍然猛烈地拍击着船身，我们能感到暴风雨就要来到。我哆嗦了一下。

"你听见脚步声了吗？有人正在甲板上走来走去……"

"嘘！"她小声说，"我在听水手们聊天。"

她的声音听起来有点微弱。旅途实在危险。有好几次，我们就要被大海吞没。海水好像从四面八方涌来，你不知道如何躲避，赛姬和我躲在船舱里，听见水手们被命令着，吓得胆战心惊："笨蛋！照我说的做！笨蛋！我说从左到右！"

我们大着胆子探头查看，发现甲板上漂着她的画的碎片。已经完全湿了，没有什么用处。纸草已经泡烂了，我这时特别想家，我猜她也是一样，可是我们谁都不愿意说出来。我们什么计划也没有，这可是头一回。

外边的脚步声让我们紧张，我试着不去理会，只听着厨房杯盘的叮当声。

一个水手说："我下回再也不出海了。""为什么老得听那个老东西的？""对了，他这会儿上哪儿去了？""他应当正在到处走呢，他喜欢晚饭前散步。"

"自从戒指的事闹大了，海上就越来越危险，可是我有什么错呢？我有家有老婆，为什么要我们冒这么大风险？"

"再有这么一次，咱们都活不了！""我觉得我们已经死了！你听那个信使说了吗？他说雅典的哲学家离得很近，正在尽力保护大家。""所以，我们应当怎么样呢？""嗯，要是那些穿着傻乎乎的袍子和凉鞋的人来求我，我才不管呢！你听好了！"

"可是这条船呢？我们就这么一直忍下去吗？""我说，我们要把它夺过来！""我们要自己管这条船，不再听他的命令！""咱们试试吧！""咱们去别的地方，发财去！……"

"不！"我嚷着冲到他们面前。"你们真是去帕里亚克岛吗？你们一定要去！"

水手们放下杯子，惊奇地看着我们。他们的盘子都空了，这里酒气熏天。"你们到底是什么人？""怎么跑到了我们的船上？"

"你们不是邪灵吧？也不是恶人派的阴谋家？我们上个月就遇见一位！"

一个人连忙说："不对，我告诉你那是谁！"

"他长得像那个提出三分城邦的雅典哲学家！"

"对呀！看他的头发和鼻子！"

这些话引得众人使劲盯着我。他们离开了座位，都向我起来，表情很是凶狠。一个人故意问道："你们就是让我们受苦的那两个家伙？就因为你们，恶人才把大海搅动起来？"

"不，听我们解释！"

"解释什么？你们是雅典人还是什么地方的？"

一个粗野的男人扇了赛姬一个耳光，把她打哭了。

一个声音从我们身后响起："嗯？又撒野了？无法无天不可救药的笨蛋！来了什么人？"

他就是岸上的那个瞎老头，我不敢相信，难道这就是船长？水手的话得还真有些道理。

瞎老头又问："来了什么人？"他走近了，他摸着我的脸，那是双在海上饱经风霜的一双老手。他的头发很短，我注意到，他拐杖的样子，跟哲学家的是一个样式。

一个水手狡猾地说："他们是偷渡的，恶人的仆人，我们正在替您审问呢！"

听了这话，男人们大笑起来，互相碰着杯子，说："他要审问！我们看他怎么审！"

船长哑着嗓子喊道："安静！"他转向我们，问道："你们是邪灵？恶人的仆人？好吧，我们这就能看出来。如果你们是，愿灾祸降临给你们，因为我绝不姑息恶人，听见没有？"

赛姬哭喊着："不，我保证我们不是！"船长让两个人带到他的船舱。黑夜的甲板上刺骨的寒冷。那两个人把我们放下，阴险地笑着离开。

我恳求着："我保证我们不是阴谋家！是苏格拉底派我们来的。"

"苏格拉底派你们半路上我的船吗？如果你们是恶人派来的，我告诉你们，我一查就能查出来！"他好像很生气。"我要让你们去见你们笨蛋主人，说是阿斯特拉船长把你们送回去的！"

他突然举起拐杖，我们都来不及闪避，一道橘色的黄射来，离我就差一寸。他站在门口，我们无路可逃，他又扬起拐杖，这一次，举到一半就放下了。

"伟大的太阳神，"他低声说道，"伟大的太阳神，你的光照亮了整个世界……"

从他的表情来看，他脸上的皱纹变得柔和起来，好像他看见了什么。

我猜他奇迹般的又能看见了。可是当我向身后望去，桌子上摊开着赛姬的绘画，它们被照亮了，那道从拐杖射出来的光照在画上，一个形状从上面飘出来，变得比原来更大，颜色有说不出的美，随即又消失了。

他马上放下了拐杖，给我们道歉，说："噢，孩子们，你们做的事真是太困难了，我根本没想到是你们。"

第二天，船继续航行，我们在船上帮忙。阿斯特拉船长让我们用他的望远镜，它跟美丽城邦的哲学家用的一样，可以把远处的星星拉得很近。船长用这个望远镜通过观测星星来辨别航向。

他说："看见了吗？非常难，需要有很好的眼力，可是在大海上怎么航行？几乎不可能，有太多的困难，必须要从星像中看出来航道。"

日子一天天过去，我们学着看星象，整天帮助他把舵轮，航程还算顺利，水手们没有惹太多的麻烦。

晚上的时候，我们会停下船，船长会给我们讲他的故事和他所知道的苏格拉底的计划。他当了多年航海哲学家，冒着惊涛骇浪，为哲学家们寻找稀有草药。最近，这方面的需要少了，因为尼斯里亚的人们不再讲究这些。但是他仍然喜欢大海，经常去帕里亚克岛航行。

看上去，船长身材瘦小，对人非常严厉，总是严格按照预定日程办事，夜里要在甲板上检查一切，总是用望远镜来定方向，不论那个方向看起来有多么荒唐奇怪。

他对我们说："假如你们可以成功，帮助苏格拉底打败戒指，尼斯里亚就会变好。我认为还有两天我们就到帕里亚克岛了。"

他的船舱在船头，我们在这里跟他一起吃饭，他的晚餐很简单，三块海饼干和一些咸鱼。

离目标近了，我有些兴奋，问他："可是您还要去哪儿？我是说您和您的水手，把我们送到之后还要去哪儿？"

"别担心，我会管住他们的，他们是一群傻瓜，但是也能学会……"

就这样，我们穿过了暴风雨和暗礁，也被过往的坏人袭击，但是总的来说，航行还算顺利。

早上太阳射出万道金光，我们看见远方一个淡绿色的三角陆地。我的心兴奋地跳跃，知道它就是帕里亚克岛！我们到了！

我们还没见到船长，只听见他叫道："邪灵！邪灵来阻止我们了！"他们黑压压地布满了天空。我和赛姬跑向船头。"帕里亚克岛上来的，他们从那儿来！"我说。

船身歪斜了，滑过礁石，向正前方的帕里亚克岛开去。一种带翅膀的妖怪向我们飞来。

我的心狂跳起来，我看见了苏格拉底，阿德曼图，西蒙尼特斯和格劳孔，仙王，洁明娜！我的朋友们举着手杖，我看见阿德曼图挥舞木杖向妖怪射出绿光。

赛姬尖叫起来："小心！"一个邪灵正对着我俯冲下来，她举起木杖驱走了它，然后跟到船头竭力驱赶这些邪灵。水手们现在只能勉强保持航向，船长对着望远镜看，发出坚决的指令。

我们被冲出了海湾，船长努力把船靠近码头，可是船被海浪带到了岛的侧面，那里是深深的树林，有一群人正在那儿交战。

当我们走近时，只听见洁明娜在叫："藏起来，千万不能让人看见！"

藏什么？我纳闷，可是一时间飞出十多个邪灵，向着他们身后的东西冲去。

可是他们没有拿到它，洁明娜，仙王，阿德曼图，苏格拉底……都举起了木杖，一起发出一道光墙，邪灵的尖叫刺痛了我的耳朵。

他们在空中翻滚，更加气恼，我们的船靠了岸，邪灵又向哲学家扑去。

这里是一片森林。我和赛姬跳上岸，朋友们跑来掩护我们。阿斯特拉船长带着水手们离去，挥手告别："你会打败他们的！再见，祝好运！"

我向他喊："再见了船长！再见！谢谢你！"船慢慢远去了。

来不及多看一会儿了，森林里长着翅膀的妖怪向我们袭来，西蒙尼特斯被抓到了半空，他惊叫起来。苏格拉底和其他哲学家举起了木杖指向空中。苏格拉底喊："追到底！跟着我！"

我们蹲下，哲学家们冲进了森林，把敌人引开。他们走远了，厮杀声越来越远，山顶上只看得见一团黑雾。

我们站起身，这时才明白，哲学家施的咒语现在破解了。他们都去了深林里，他们要保护的东西留在了这里——我惊呆了："以奥林匹斯雪山宙斯的名义……"

第八章

最后一颗灵丹

原来这就是卓越学校丢的那个转台，演出之前丢的。现在怎么到了这里？来到了帕里亚克岛上？只有一块三角形木头露出来，其他的都藏在树丛里，树顶上飘着灰雾，雾浓得像一堵墙。

西蒙尼特斯高兴地说："不是苏格拉底跟我作对！这个舞台其实特别重要，他需要用它打败戒指！可是他不能自己做。不然人们会起疑心，雅典也有暗探和邪灵。因此他让我来做！"

其他人也都起身，看看周围是否安全。周围的天空渐渐变成深蓝，邪灵的叫声也远去了，只有在远处的山顶上还看得见一团黑雾，哲学家们还在和邪灵激烈地战斗。

"他们没事吧？"我着急地问。

阿德曼图放下了木杖，答道："不要紧，几乎天天都遇见这样的事，只是邪灵来得越来越多，想要袭击我们。只要他们不到这儿来，一切都没问题，我们要保护的只是舞台。"

"那是为什么？"

赛姬也走上前研究起转台。

别人在雅典都见过她，知道她是从理智世界来的。可是她看了半天似乎也没看懂这个转台到底会怎么样。她问："苏格拉底用这个怎么打败戒指呢？"

西蒙尼特斯说："用这个的人会遇见恶人。"

赛姬惊叫起来："遇见他？这太难了，对这个世界的哲学家来说，这件事太难完成。噢，我恨恶人，他这样对待你们，我真恨他！"

"嘘！他也许能听见……"西蒙尼特斯说，尽管我的朋友总爱瞎想，我还是不寒而栗。我望着树林和天空，毕竟，我不知道恶人在哪里。遇见他？直接面对他？

我赶忙问："武仙和玛娅怎么样了？我们在路上听说他们死了！死于探险，这是真的吗？！"

人们低下头："是的，是真的，柏拉图！""事情很可怕。"

我心中一阵疼痛。武仙？我记得在树林中第一次遇见他的情景，他和林中人帮了我们……我流下了眼泪。还有玛娅，我想起她的女儿，还在美丽城邦的哲学院里上学。我知道她的父亲在以前跟恶人交战时牺牲了，现在这孩子成了孤儿。

"我们本不想让你知道，可是哲学家们快失去希望了。"

阿德曼图说："消息已经传到了驿站，有人走漏消息。你知道我们到达之后，潘格罗斯通道就封闭了。按说不会泄露什么消息的。只有年老体弱的人通经过它出去打听一些外边的事情，然后再封闭起来。可是我们的措施似乎还有漏洞，他们是不是也知道了转台的事情？"

我说："我看大概是……"我想起驿站那里人们议论纷纷的样子，心情沉重起来，又问："武仙和玛娅是怎么遇害的，他们遭到攻击了吗？"

格劳孔说："他们就死在这个转台上，他们自愿站上去，认为自己能胜任。玛娅以前跟恶人交过手，武仙是资历最老的哲学家，可是他们没能成功。"

赛姬愤怒地喊道："这个卑鄙的家伙，说什么也要把他打败！"我从没见她这样生气过。

我追问："后来呢？我们后来做了些什么？"

"苏格拉底说我们应当等待，其他人先不要到转台上去。我们先要想法提高自己的能力。你知道，这个转台本身有很强的哲学力量，可是，苏格拉底说最强的哲学力量来自于我们自身，它需要你投入全部精神，只有少数人才能达到。甚至武仙和玛娅这样的人也没能成功，转台对他们来说太新奇了。

格劳孔说："在过去，哲学家与恶人只是简单的交战，他们有时得胜，有时失败，可是苏格拉底说，这个转台也会挑战你自己——因此很多人用它作战时感到困难。"

看着转台，我问："不明白它怎么用啊。"

西蒙尼特斯："就像在剧场那样，它变化场景，只是，不是外景的变换，是你内心的变换。"

"内心的变换，我不懂。"

赛姬好像懂了，慢慢地给我解释："它给你看见真相，现在你的内心只认识假相，可是，噢，这个方法非常危险，我不知道你们该不该用它。"

我着急地说："等一下，它怎么用，我还是不知道。"

阿德曼图说："你看见隐藏的那部分，在雾里的那截？"

"看见了……"

"到了那里，你就再也见不到周围这个世界了。你的灵魂就停止看见这些，见到的是一些真相。从那里你就会看到理智世界。"

"可这是怎么办到的呢？"

"转台会感到你的变化，带着你经历这些。苏格拉底用了好多天来对它施咒语，他在这片森林里跟哲学家一起工作了好久，完成的那天，累得脸色发白，出了好多汗，头发也好像被烧焦了。"

"他们做了什么呢？"

格劳孔说："他们不让我们靠近，我们要防止有船过来，或者邪灵来犯，他们把木杖借给了我们，不过我们只有进了哲学院才可以用。"他说着举起自己手里的木杖，"可是那时这里很危险，他们教了我们几招，以防万一受到袭击。"

格劳孔举起木杖，低声说了几句，一道蓝光就射了出来，围住了一只甲虫，这只虫子被困在光环里边，怎么也出不来，直到格劳孔不再盯住它，光环才消失，格劳孔做完这些，累得直出汗，说："我只会这个，但是，当然了，哲学家做出的光环比这个的魔力大十倍。"

我焦急地问："要是有人来袭击你怎么办？"

"每天都有两三个穿着黑斗篷的人来。我们猜他们是阴谋家。哲学家们紧张起来，但是后来发现，他们只是变成人形的邪灵。"

我发愁地说："它们到处都是，驿站里的人说，越往远处走，坏人和邪灵越多。"

在帕里亚克岛上的情况很糟糕，山顶上的天空黑得像炭，树尖上传来邪灵的嘶叫声，就像雅典树上的猫头鹰。风不是从某一方向吹来，而是来自四面八方，而且非常冷，好像故意让人惊慌。尽管有树做屏障，我们仍然感到危险在慢慢逼近。

我们离开转台，给武仙和玛娅的墓献上花环。

哲学家们把他们的骨灰放在陶罐里简单地安葬了，他们的墓地像雅典穷人的坟墓，墓碑上刻着的字，我们无法辨认，那是他们家乡的语言。通常的内容是："在与恶人勇敢的战斗中，我们的哲学家牺牲了生命。愿美好时代的到来。"

我们来到一块空地，其他的哲学家正坐在一起讨论。虽然在危机四伏而又荒凉的帕里亚克岛上，他们吃的都是美食：新鲜的葡萄、面包、山羊奶酪和橄榄。为了能吃到这些，他们用了一种哲学方法，据苏格拉底说在世俗的世界上是不合法的，而在这种情况下却是需要的。

"柏拉图，我要告诉你件事，我真是为你做的事感到骄傲，你想想我们开始得多么晚，这短短的几个月你知道了多少哲学的事情，这真是了不起！"

我由衷地说："老师，我很喜欢这些，我喜欢哲学！"

"可是这个计划确实很大胆，它也许能扭转局势，改变哲学家和世界。我们一边工作，一边不禁会想我们会成功。所以，我要做一个很难的决定，我们要把任务延期，柏拉图，我们一会儿就要离开帕里亚克岛。"

我吃了一惊："什么！现在离开！我才好不容易来的呀！？"

"不幸的人，很多人都认为恶人知道了我们要跟戒指开战，要想尽办法阻止我们。这里太危险了。我们努力过，但是武仙和玛娅都遇害了，我们等着

你们到来之后一起走。"

我忽然生气了："你们在等着我们吗？就等着我们一起回雅典吗？你的意思是说，我们这就放弃？"

苏格拉底说："柏拉图，请平静下来，听我说，我们不是要放弃，只是推迟计划，暂时把事情交给总部办。"

"可是，假如总部把戒指偷了，它的魔力还会被破除吗？"

"我看不会的。可是，这只是暂时的，就目前来说，我们的计划太危险，不得不把事情交给他们，等待时机。"

我和苏格拉底说话的时候，众人都吃完了东西，开始往马车上装行李，准备撤离。

里拉斯走过来说："打扰一下，我收到消息，说雅典人正往这儿来。邪灵一定帮他们渡海了，我们不知道他们几时到，绝不能让他们知道我们在这儿，必须马上离开。"

苏格拉底走开找人帮忙。人群立刻慌乱起来，行李装好了，哲学家们让我们上车，准备离开："快，快！""阿德曼图！""格劳孔！""不能让他们发现我们！"

我追上苏格拉底："老师——"

苏格拉底说："柏拉图，我不能让你冒险！武仙和玛娅的结局你也看见了——这实在太危险了，请上车吧。"

"不！"

"柏拉图，我尊重你的感情，这对任何人来说都太沉痛了。"

我嚷道："不！" 我知道，自己也许很不明智，我应当听他的话。要是他走了会怎么样？如果真的把我一个人留下，我一定要上转台吗？

洁明娜在喊我们："我看见敌人了，从望远镜里可以看见，他们有黑魔杖，快上车，不能让他们看见。我们打不过他们！"

其他人已经坐进了马车，我看见赛姬，她的脸都吓白了。我喊道："老师，我要留下！你不能让我离开。你不相信，我可以打败戒指，我能，我知道我能行！"

苏格拉底吓了我一跳，他的脸沉了下去，看了我好半天，一点表情也没有，我一时糊涂了。他在检查我什么？在想什么？然后，他没说话，走向马车，坐了上去。

他自己走了，把我留下！我又害怕，又兴奋，愣在那里。这会不会是一个大错误？我没法再改变主意，马车腾空而去，带起一阵尘烟。

"停下！"是阿德曼图在喊。他想跳下车，哲学家拉着他，可他还是跳了下来，马车离地只有半尺，哲学家们对他喊："阿德曼图！快上来，敌人的船已经进来了，阿德曼图快回来！"

他向我跑来，我惊呆了。他手上拿着他的护身符。

我说："快走！阿德曼图，不能因为我而让你冒险。我不能这么对待朋友。"

"阿德曼图！！！"马车上的人在使劲喊。

我的眼泪都流下来了，说："求你了，快离开，听我的话！求你了！"

"柏拉图，听我说！"

"快走！"

"不，你听着，"阿德曼图喘着气说，"赛姬等一下，我跟他说句话。这很重要。"看着赛姬走到树后，躲开了，他才转向我，棕色的脸上淌着汗水。

他说："柏拉图，还记得那个宝盒子吗？"

"什么宝盒子？"

"武仙的宝盒子，"他着急地说，"你还记得吗，里边有灵丹，古代哲学家的灵丹？"

我一时糊涂起来。

他说："我把它打开了，柏拉图，我只到现在才告诉你，因为我答应了要保守秘密。这颗药在古代被哲学家视为珍宝，那时他们比恶人强大。我把盒子打开就成为它的护卫，但是人们要把它保存在美丽城邦，当做城邦的珍宝，为再一次与恶人开战做准备。我把它交给你，柏拉图，拿着吧。"

"给我？你不是说哲学家们需要它吗？我们只有这一颗灵丹呵！"

"给谁由我来决定，"阿德曼图坚决地说，"因为我打开了盒子，就成为它的护卫，柏拉图，拿去吧。"他把自己的护身符也挂在我的脖子上。

我快要哭了。

"武仙和玛娅都拒绝使用这颗灵丹，他们宁可牺牲，说自己不用这么贵重的东西，但是你还年轻，柏拉图，你如果不用它，就不可能打败恶人，我命令你收下它，柏拉图。"

我接过护身符，赛姬也走出来。阿德曼图一起回到马车上，我看着马车升高，心中一阵恐惧。大家都在向我告别，但是我一点也听不见，我流着眼泪，头在晕眩。阿德曼图在喊："记住，柏拉图，它很珍贵，不能浪费，要留到最后再用！"

他们飞远了，远到再也看不见了。我们听见雅典的军队驶进了码头，上了岸，他们喊着穿过树林，赛姬却显得平静得出奇。她望着我说："柏拉图，我知道你能行。"她眼睛像蜜一样透亮，比往日显得更大、更温柔。她镇静地说："我知道，我能感觉到。"

我感到温暖和安慰，可那只是一瞬间。她马上就告别了我，扬起魔杖，说了些咒语，一阵金光裹住了她，照在我的脸上，然后她就消失了，一切都又落入黑暗。

树发出吃吃声，在呼啸，在嚎叫，以及各式各样的声响，我听见雅典人穿过树林，心里很害怕。面对他？我从来也没有真正面对过邪灵。我该怎么办？冷风吹得我直发抖，我尽管不去理会，慢慢走上转台。

我有什么准备吗？我应当怎样做？我的脑海一片空白，只觉得害怕。我想不起来应当做什么，我闭上了眼睛，硬着头皮站到了转台上。

第九章

转台上的战斗

忽然，转台转动起来！这一切来得太突然，我以为它会转得比较平稳，我还能看见眼前的景物，可是一下子，我什么也看不见了。我周围漆黑一片。我心慌起来，竭力站稳。这时，一个声音响起来。

"是你啊？"这声音不知从哪儿来，好像来自四面八方，甚至是从我身体里发出的。我一定来到了一个很空旷的地方，因为有很远的回声，像是狞笑，一阵一阵地传来。我几乎站不稳，可是我咬牙坚持住。

那声音又慢慢地说，带着冷酷的喜悦："你决定上来了？我早就知道你是个傻瓜，知道你会来。你想不到吧？我在盼着你来！"

我向四周望去，想看到些什么。

"你不认识我吧？好吧，让我告诉你，我为什么愿意看见你，为什么盼你来。"这人大笑起来。"我愿意对付你这个年纪的哲学家，年幼无知，总也长不大，不会大到让我难对付。"他又大笑起来……好像他就在一个深洞里。

他接着说："是的，戒指是我的，是我的宝贝……我有很多这样的办法，防止你这样的傻瓜人类乱来，很多很多。明白了吗？我喜欢谎言……我也不在乎让你知道，因为你会死掉，柏拉图。你真是太蠢太蠢了！你以为你能吗？两个哲学家都送了命，他们可是比你强好多倍呢！"

风也变黑了，我伸手去找头巾下的护身符袋，里边是那颗灵丹，可是我又赶快把手放下，不知道他会不会看见我。风越来越猛，推着转台转动，我不知道下面会是什么，却看到黑色的树、松树，呼啸的树林，怪异的邪灵。"就你这么个不大点的糊涂虫，别想活着回去。"

我什么也没说，我不敢。我也不想让他知道我害怕了。天完全黑了。

周围世界给我的最后印象很恐怖，只有一小会儿，帕里亚克岛上的黑色的树林就一闪而过，好像它是画在一块布上，如今这块布又被撕去。转台晃了晃，突然我掉了下去，不停地掉。一股强风把我吸入，吸往深不可测的地方，我离开了原来的世界。

我触到地面，站起来，这儿又冷又黑，只看见一点一点的微光。我在哪儿？仔细辨认，那些发出亮光的东西是扭曲的脸和蠕动的蛇。我觉得身上沾了粘液，一阵笑声传来，还是他的大笑，震耳欲聋。

"你没想到吧，"他叫着，那声音尖利得像把刀，显出这人的本来面目。"你还以为逃得出去，是不是？"

我真想尖叫，想哭，望着眼前的黑暗，我问："这是什么地方？"我不知道自己在飘浮还是在站立着，也不知道头在朝上还是朝下。

又是一阵大笑："你以为你变动了地方，傻瓜？你真是什么想的吧？你哪儿也没去，还在这儿，只是看不见你熟悉的愚蠢的周围了……那是一派谎言……可怜的小谎言。你只看见你站的这个地方，这个山洞，柏拉图，你就在洞里！你一直活在这儿！也要死在这儿！"

我说不出话，那声音又来了，吓得我魂飞魄散。我想把那颗灵丹吃下去。可能太早了？要是往后还会遇到更糟的事情呢？我不知道以后会怎么样，可是我还没想明白，就觉得冰冷的锁链锁住了我的脖子、胳膊和腿，使我寸步难移。

我听见身边有人叫我："柏拉图！""季莫！""伊西多！""文法老师！""孩子！"这些我熟悉的声音弄得我晕眩。不知道怎么回事，我觉得他们都在这儿。我在黑暗里集中精神，辨认出我熟悉的人变小了的人形。伊诺的脖子也被锁住了，母亲、文法老师都戴着锁链。一个挨着一个，身体挨着身体，他们排成队，长得望不到头。而他们说的话我一点也听不懂。格劳孔也在这队伍里，还有西蒙尼特斯！我叫起来："你对我朋友做了什么？把他们怎么了？"难道他们也被抓到了？我们都会死在这里。我一时绝望了，不再相信自己能赢。

笑声又想起来："噢，这让你难受了，对不对？现在你难受了？傻孩子，你本能长大成为哲学家，可是现在却没有指望了。上这儿来，把你的愚蠢转台转到这里，跟你的朋友一起死吧！"

我使劲去拿护身符袋，可是被锁着，我不能动弹。我甚至连自己的下巴都够不到。我为什么不早点拿到呢？

他接着大笑："你其实没有动地方，傻东西，又傻又坏的东西，你只是看到了你的朋友的真实面目，他们就是这个样子！这就是你要的真相，对不对？你可以看到真相，你和你的朋友们一直就是这副样子，你觉得你是在自己的家里在，其实我把你们都锁住了！"

我使劲挣扎，脖子被锁住，手铐把手腕扣得紧紧的，我能感到脉搏的跳动。护身符袋在就我的胸口，我想让格劳孔和西蒙尼特斯注意到我，可是他们被锁着只能向前望，我叫："格劳孔！西蒙尼特斯！"没有人回头。

山洞里很静，我只有聚精会神才能听到头上轻微的脚步声，还有布袍拖过地面的声音。这是什么地方呢，到底是什么地方？在一片漆黑里，潮湿的水滴落到我身上，我被锁得不能动弹。可是仔细听，我会听见轻微的声响。鞋跟踩在地面的声音，喝水声，又是大笑，不过笑声已经远去了。

"我就把你关在这儿，柏拉图，聪明的柏拉图，可怜的小柏拉图，以为自己比身边的人聪明，以为能摆脱这一切，以为他能跟我对抗！不可一世的我！这个雅典的蠢孩子！"他又大笑起来，我听见他走远了。

我一丝一毫也动弹不得，可是我使劲盯住了我的朋友看，我看清了一排人，倒吸了一口气。这排人望不到尽头，一张张脸没有表情，被锁得只能呆呆地望着前边。

好像他已经走了。再也听不见脚步声，我被卡在镣铐里。我叫道："格劳孔！""妈妈！"可是却没有声音。我急得直流眼泪，止也止不住。但是我不能放弃，我要想一些事情，我凝视着前方，渐渐明白了，大家都在呆呆地望着什么。

在前方的墙上是一群人影，跳着怪异的舞蹈。他们的黑影落在我身上，掠过我的眼睛，我哆嗦了一下。为什么每个人都那样看着那群黑影呢？我努力不去害怕，努力去看，这些影子其实什么也不是，一个单个的形状也辨别不出来，这让我害怕起来。为什么人们都看着它们，在昏黑之中，有些影子像是把椅子，半间房子，拉长的，扭曲的，摇摇晃晃。

映在墙上拉长的影子延长到我的脚趾，带着冰凉的呼吸。他们从哪儿来？我又累又绝望，让自己努力去想。好了，柏拉图，这些是什么东西的影子呢？一定不是凭空就有的影子。

我刚一这么想，又听见了脚步声。我不能扭过头去看，但是能觉得出，这给了我一些希望。他是什么人？是他在墙上弄出影子来吗？为什么？

那声音又响起来："你觉出来了吧？"这一回，声音大了一倍。他走动的声音在我的上方。"你看出来了？我已经控制了你的整个世界，所有你看见或想到的东西，都在我的控制下。你一直在这里被我囚禁着，柏拉图，我做的，一切都是谎言！"他得意地大笑。

"可是，你知道这个又有什么用呢，小聪明？我已经捆住了你，柏拉图，我一直在捆着你，你跑不了，因为你不会想。"

跑不了，因为不会想？我跟自己说，还是不懂他指什么。

"你跑不了，因为你不会想，小柏拉图，可怜虫，小聪明柏拉图，就要死在这里，像其他人那样，他们自以为会成为了不起的人物，城邦的哲学家，好吧，我把他们全抓来了，你猜怎么抓到的？"

他仍然在走来走，来来回回地在有回声的屋子里。

"因为我甚至能控制你的思想。要是周围的一切都是由我来操纵的，你怎么能自己想事情？"

我听见门响，他走了吗？我真的被永远困在这儿了，戴着镣铐枷锁？朋友们都不理我？尽管我忍着，可是仍然急得流出了眼泪。我做了什么？我为什么这么傻、这么蠢，以为自己能行？人人都劝我不要这样，苏格拉底也劝过我。我应当跟他们回雅典去，进学院。我们会想办法打败戒指的，驿站的卫兵会偷走它吗？为什么会这样，我为什么觉得自己能行？

在漆黑的洞穴里，这些想法比镣铐还重，压得我喘不过气来。我哭了，哭了好久，我越哭，感觉越糟，感觉越糟，哭得越厉害，越来越难过，镣铐似乎把我箍得越紧。可是苏格拉底好像觉得我能行？阿德曼图也觉得我行。不，我不能让恶人得逞，我不能就在这儿死掉。想到这些，我的心猛跳起来，我一定能做些什么，一定能！

他说："你什么也做不成，因为我控制着你的思想。你怎么能有别的想法，如果你看见的一切都是我设的陷阱？"我吸了一口气，喉咙发紧。他无意中提醒了我！如果我想了呢？我如果不受他控制自己思想呢？不去想他的谎言？可是我能做到吗？

雅典、房子、人……他说整个世界，每个想法都是从这个山洞里产生的……有了！我想，要是我只想着意念呢？我不知道意念到底是怎么回事，可是赛姬跟我讲过，那是最温暖、最快乐的感觉。我努力去想大海——这个想法让我感到安慰。

我听见门响，他，就是恶人，大笑着说："有趣呵，有趣，柏拉图，太有趣了，你觉得你很能干吗？"我恨他恨得咬牙切齿。但是他无处不在。我希望，我能把他扔出去，把他逼到墙根……可是他人在哪儿？他的脚步声好像就在我的喉咙这儿，我闭上眼，想留住那个意念。

"你高兴吗，小傻瓜？"

我使出全部精力，情感和理智，让这个意念充满了我，直到我流出眼泪。

他喊："你永远也别想出去！你永远都会留在这儿！"但是，我听得出来，他很恼怒，甚至害怕。我现在知道大海的形象把我吞没了，我再也觉不出铁链和镣铐，觉出我脚踩着结实的木头，转台的台面，要把我带走。

"柏拉图，你会死在洞里，柏拉图！你会像以前的那些人一样死去！"

我热血沸腾，心中燃起了希望。我真的能做到吗？这样行得通吗？我闭上眼，竭力集中精神……我再一次觉到脚下的木头台面，我觉出它转得很快，要把我从这儿带走。我要跟它离开，我要离开！我的脚挣扎着，我觉出脖子上套的锁链。

"怎么，你这个无礼的小杂种，想干什么！！？"他叫道，脖子上的枷锁还是紧锁着。

但是理智的形象充满了我的内心。我汗如雨下，虽然脖子被他锁住，我觉得那锁是热的，正在融化，退去。我在飞，跟着转台乘风飞去，锁链消失了！

一束光线照过来，刺得我睁不开眼睛。转台急转着，冷风扑面，我觉得自己飞起来，飞出了山洞。我的眼睛发疼，被风吹得有些晕，尽管什么也看不见，我觉得随时都可能从转台上掉下去。但是没有，我奇迹般的站在转台上，它在旋转，不停地旋转，终于我感到一阵灼热。

我赶紧去看，吓得尖叫起来，是一堆大火，一团红色的大火，像是岩浆一样的东西，向我慢慢流过来。我的头发几乎被烧着，火星掉在我头发上，我闻得见焦糊的气味，我的视线模糊了，什么也看不见，只觉得一股股热浪。这是他在搞鬼吗？他用火来困住我？尽管我出了山洞，我却不知道怎么应付眼前的大火。它就要把我吞噬掉！

"傻瓜！"是他在大笑。"傻瓜，笨蛋，蠢材！你还是不懂，你没看出来吗？看出来了吧，我的能力有多大？"

我什么也看不出来，热浪让我没有了视觉，我几乎要倒下，这堆大火是怎么回事？我怎么胜过它？他一直在跟着我吗？是他弄出的这些？这火是从哪儿来的？我希望能看到他在做什么，不只是这一团火，这团火把一切都变得模糊起来，就要把我席卷。我怎样才能活下来？它就要把转台和我一起吞掉。我把身体蜷缩起来，感到火苗在舔我的后背。我能活下去吗？有能看见他在做什么？——我突然明白了，那些影子，山洞里墙上的那些影子，就是这火弄出的。影子一定是一些物体，被光投在墙上，它们就是这样存在的。

这就是了，这团火原来是做这个用的吗？是他用来弄出影子的光？我一明白了这个就感到转台又继续转动了。我的脚又挨上了它，它带我离开了大火，突然之间一切都远去了，凉风吹来，我又能看见了。

那只是一块橘红色的石头，后面是绛紫色、诡谲的天空。我看见巨大的各种形状，就是投在洞里的那些东西的形状，只是它们要大得多，被结实的锁链串在一起，"木偶？这些就是木偶吧？" 我乘着转台一边想。

"你明白了？"他悻悻地说，我还是看不见他，但是却听见他尖利的声音响彻天空。"你明白了？跟愚蠢的武仙和玛娅一样，还有他们之前的不少哲学家，也明白了这个。他们都以为能打过我。可是他们不过如此，一切就要结束，你要死在这里！"

他的声音震得转台停下了，突然之间，我不在那上面了。我掉了下去，从紫色的天上掉下去，我尖叫起来。

"可笑吧，机灵鬼！"他的大笑充满了四周，"你知道为什么可笑？苏格拉底以为自己很聪明，想用转台把你从山洞里救出去，可是，他没想到结果会怎么样！小机灵柏拉图离开了山洞会怎么样？之后你要去哪儿呢？"

我继续从紫色的天空下落。

"你以为他会把你带到理智世界吗？不，不，不！小柏拉图，你亲爱的老师教导过你，把你变得相当聪明，他也许总是告诉你，你是哲学家，你很了不起，可是小柏拉图，只有你自己才能决定，你必须要自己做，事实是，你不能！"

我掉得太快，打起转来，我横着、竖着翻滚，失去了平衡，风抽在我身上，我怕得要命，身体倒了过来，直冲进虚无的空间。邪灵，树林里的那种邪灵又在尖叫着扑过来，拉扯我的头发，抓我，拉我。

"虚无，柏拉图，虚无！你会像以前的那两个哲学家一样，在这儿完蛋！你觉得自己聪明，能离开山洞。有什么用呢，柏拉图？不去想往后会怎么样？有什么用呢，柏拉图？你什么也不知道，即使离开了山洞又有什么用？你以前的一切都不存在了，你的母亲，你的朋友都不在这儿，一切都是谎言，柏拉图，没有一件是真的。我发明的这个游戏，柏拉图，如果你喜欢这个，那我倒想看看你往后怎么办。没了雅典，没了朋友，你原来的一切都没有了，你自己会怎么样。"

我从无边的天际翻滚下来，上下左右只有天空没有别的，我很害怕。我的心中有一种强烈的渴望，我在盼望着什么——盼望一个人！可这里只有我，只有我和无边无际的紫色天空。精灵在咬我，抓我。我深深地怀念自己的家，我的院子，我想见到伊诺、丽达甚至是文法老师。所有这些现在都消失不见了，恶人是对的，我还没想到过，将来会发生什么。如果赛姬没有这样的经历，她也帮不了我。她从来也没到过这里。

我独自一个，回到转台似乎不大可能了。我什么人也不认识，什么事也不知道，他是对的，我怎么开始呢？一个孤独的小孩，在这个广大的世界上什么也不知道，受着邪灵攻击。滚来滚去，我的思想模糊了，一片黑暗开始温柔地漫过来，占据了我。我放弃了，由着无助的心情蔓延，我不想再挣扎了，只想睡着。

黑暗袭来，一种压倒一切的孤独感涌上来，从我的脚到腿，再到胸口，黑色吞噬了我，我由着它去！现在这黑暗到了我的脖子……

护身符口袋……我又累又绝望，几乎不能思想。意识只是像火花一样，在黑暗里零星的闪亮又熄灭。我没有去想护身符袋，我不愿意想到，它是那么遥远、模糊，可是我内心有一种东西，在催促着我去想。只要…只要我能拿到……只要我能拿到护身符！

我的手不能动，黑暗没到我的脖子，就要把我吞没。我命令自己的手去拿，可是不知道它听不听使唤。我一边翻滚着，一边觉出护身符袋碰着了我的鼻子，只要…只要我能拿着它！我却没有了力气。

我翻滚着、翻滚着，眼前发黑，索性就把眼睛闭上。虽然什么也看不见，却觉得有什么东西在啄我、尖叫着，叫声像是很远。邪灵！一个邪灵正在啄我的手指，我就要失去知觉，但是觉出来它正在咬，撕我的手上的肉，啄去指甲。昏昏沉沉的，我睁开一只眼，疼痛加剧了，使我醒来。

它一定是想把我的手从护身符袋上啄走，我虽然看不清，凭着一点点知觉，我可以看见一只可怕的黄眼珠，我气急了，大声喊道："不！"我听见它的尖叫。我喊着："不！"

我挣扎着，手很疼，我越挣扎，就越觉得疼，邪灵的啃噬疼到我心里，好像把它的毒输入了我的血液。可是，我正需要这样的疼痛，我要。我气急了，握起拳头，不顾一切地准备跟它们拼，不管它们的尖叫，用爪子或者尖嘴啄出我的内脏！

我打开护身符的袋子，只听见一声金属的断裂声，邪灵的叫声突然更响了，它们扑过来。扯我的头发，我握紧那个小金属瓶，兴奋地翻了个跟头，我迎着风，把药瓶送到唇边。

一个邪灵过来乱撕我，我再一次听见了恶人的声音。那是一阵惨叫，让人毛骨悚然："不——！"

第十章
恶人的神庙

　　我飘在天上，听到一阵歌声，好像很古老，虽然什么也看不见，我觉得一群古人正聚焦在火堆旁边吃东西，他们离我很远，在为我唱歌，我知道我永远都遇不到他们，也不能跟他们交谈，可是他们却很爱我，支持我。过了好久，我就这么飘浮着，听着他们的歌唱。

　　我的心被这古老的声音温暖着，安慰着，第一次觉得不再孤单。我喜欢这样，喜欢一切又重新开始，这让人感觉新鲜和愉快。我的脚趾很灵活，我的血液流得很畅快，一切都十分新鲜，我好像第一次感觉到这些。

　　我觉得似乎我在水里洗过，我的每一部分都是新的。我的脚趾新鲜、调皮，我活动脚趾，扭动膝盖，跑起来，动起来，我的屁股很结实，我的肚子像一个热乎的小锅，我的血像是金色闪亮的液体，流到我的手指、胳膊、鼻子和脚趾，催促我行动。我在空中翻了几个跟头，觉得好高兴！

　　我想要走，想要站，想要试试！我挥了挥胳膊，扭扭屁股、脖子，我扭动着像是发现了奇迹，我能做所有的这一切。每动一次就像婴儿那么高兴和得意，像一个小孩看到带有杏仁和蜂蜜的第一块生日蛋糕！

　　这些感觉充满了我，忽然，我又看见了，我的眼睛像两盏灯一样亮起来！我的头脑清醒得像是广阔的天空。景物像一张张画面在我眼前闪过，每一张都不一样，都很神奇。

我能看见一个白色的楼梯，一直向上方伸展，可是我不觉得累，我想一直往上走，心里十分好奇。每一步都让我感到真正的喜悦，我好像在随着古代音乐的节奏在走，摆动着手臂，我觉得自己像个婴儿，不觉得自己在走，一点也不在乎。

我就这样走了好远，无数个白色的台阶，最后来到了大门前，一个穿着墨绿袍子的侍者在门边向我微笑，我开门。

这个地方无比宽大，下边是山谷和大海、湍急的河流，一片苍茫的绿色、紫色和金色。这些色块延伸下去，连接上其他陆地，远到你看不见为止。你知道，还有更多。

我其实并不需要走，尽管我的腿和胳膊做出走的动作来，可是整个人就像在飘浮，这地面的材料并不是真正的材料，至少我认不出这种材料。它是由光线织成的。光的微粒形成了各种形状和颜色——我想看全。

我走上一条通往大街的小道，七转八转，绕着山坡。我其实可以选另一条，通向山顶和大海的小道有上百条，交织着，我哪一条都想走一走。

人们的穿着五花八门，在大街上穿行。有些胡子雪白，有些卷曲的红发，有些黑发扎成髻。他们的眼睛或绿、或蓝、或黑、或褐。人人都显得十分忙碌，不少人走向一座小山顶上的神庙，一些人手拉着手在聊天，一些人只是随便到处走，或者翻几个跟头。我很容易混入了人流，跟他们一起上了路，好像我有什么急事要办。我仔细看做成各样东西的材料，想要弄明白它。金砖铺的街道，棕色的树干，绿色的树叶，建筑的外观、搭它们的石头、颜色，都像是用阳光压缩之后做成的。

我走进一家店，街上第一家，牌子上用希腊语写着："糖果""纸张"和"陶罐""服装"。

整个房屋是用光做成的，像别的东西一样。光被压缩成得木板墙、货架、木凳，可是这里却没有任何东西要卖！几个客人直瞪瞪地盯着空空如也的货架，我猜那儿应当是鞋架。

我用希腊语问店家："劳驾，不怕您笑话，可是东西在哪儿呢？"

"在哪儿?" 她吓了一跳, "自己去想好啦!"

"想?"

"对,这里是理念世界,你只需要想象一下你要买的东西,马上架子上就会出来的。"

我想弄出点像样的东西,就开始想一套好看的雅典短袍。马上,架子上就出现了。我喜出望外,拿起一件,换下我的哲学家装束,它已经又破又脏,还被烧焦了好几块。换上新衣服,我出了店门,继续往前走。

我看出来,人们似乎更关心自己要去的地方,他们的谈话听起来有点奇怪,比如:"是的,他上个月遇见了麻烦事,因为他正在埃及,却想象着有图书馆。很可笑,对不对?""你听说了吗,要建一座消灭邪灵的神庙?业务扩大了,很明显。""自从上个月假期开始之后,人们一直在往理念世界来,安全成了问题。"

我想试试奶酪店,文具店,我特别想买一个蜡字板,我想象着两页的和对开的,用光做成,有好闻的蜂蜡味,雅典的广场上见过的最好的蜡板。可是,还没等我进店,听见了一个熟悉的声音:"求你了,等一下,让我再试一次!我想的不是这种纸,我不是十分、十分的满意!"可是,小姐,你已经试了七次了,能不能快点?后边的人都等着呢!"

是赛姬!我冲过去,她也奔过来,叫着:"柏拉图!我就知道,我知道你会到这儿来!"她几乎要飞起来,马上又把我介绍给身边的朋友:"这位是柏拉图,我在雅典的朋友。你从这身奇怪的衣服就能看出来!那儿的人穿得就是这样。我最近不是去过吗?我得到了旅行许可!"

她介绍我认识各样的人,带着我参观各处,高兴得不得了。直到午饭的时候,我们才能坐下来,好好聊聊。

我们坐在一个露天饭馆里,这里长着人们想象出的植物,茂盛的红色灌木,高高的棕榈,上面结着大大的粉果子,桌子夹在树木之间。我看着空白的菜单发愣,问:"我是不是应当想象一下该点什么?"赛姬使劲点头,我模模糊糊地想着无花果布丁,这道点心的希腊文一下就在菜单上显出来。

她说她想带我去参观她上的学院,理念世界哲学院是世界上最好的哲学学院。她还要带我去光做的海里游泳。她说:"柏拉图,你可以想象水里有各式各样的鱼和海胆，我老是因为游泳上学迟到！"

我想，要是不打断她，我们永远谈不到正题上。侍者端上来我这辈子见过的最好的无花果布丁和赛姬要的金字塔形杏仁蛋糕，我说："赛姬，别忘了，我到这儿了，我要去解除戒指的魔力，我没时间到处玩。天知道卡西多纳这些日子都做了什么，我们走了好多天了。"

她放下了勺子，这时才变成了原来的她。"你想现在就去解除戒指？就现在？"

"为什么不？"

"那可是很危险，柏拉图，也很难，只有很棒的哲学家，理念世界里的，才可以做得到。一般来说，这种事是由我们的祭司来做的。我想你也许应当休息几天，跟他们请教一下该怎么做。"

我叫道："不行！"我很生气地说："我是说，我懂得你的意思，赛姬，可是不行！我现在就要去，那有什么难的？你不是说太阳的秘密就能解除戒指吗？苏格拉底不是已经做好了整个计划吗？……太阳不就是这里的太阳吗？我怎么才能发现它的秘密呢？"

赛姬看着我，好像我是个傻瓜："当然了，柏拉图，现在你还没明白吗，**整个世界都是太阳造出来的**！光造出各种颜色和形状，这桌子，你的蜡板，这些树……所有这一切都是太阳的光束，我们的整个世界就是太阳的世界。"

我忍不住说："那很了不起，可是那个大秘密又是什么呢？我只要找出这个秘密来吗？"

"柏拉图，那只是这其中的一部分，但是，你要用它来做一个解除的仪式，你要去神庙里进行这件事，那非常困难，实际上，我从来也没经历过这样的事，也不知道具体该怎么办。这种事只有资历最深的哲学老师才可以去做。"

我立刻说："现在带我去神庙吧！"

"柏拉图，可是——"

"赛姬，现在就请带我去。"

我们走过了大部分店铺和住家，经过一座大花园，看见里边有不少在看书的学生。

路很长，我开始担心自己改变主意。赛姬终于在一处山脚下停下，周围没有任何建筑，开始时，我什么也没看见，除了一个面向大海的峭壁。可是在这段峭壁后面，走出来一些男男女女，那儿一定是个隐蔽的入口。这二人经过我们回家去。他们穿着长长的灰袍，系着腰带，头上大多戴着光做成的五颜六色的花环，脸色有些憔悴。

赛姬小声说："他们就是这儿的祭司。"我们走到峭壁前的一个祭坛。

"他们在做什么？"

"他们毕生都在竭力消除恶人的能量。"

"这就是他们的神庙吗？"没等她回答，我感到一阵恐慌。祭坛的后边，是一个巨大的黑铁门，好像不是理念世界的光做成的，只是普通的铸铁。嵌在峭壁上的正是那种图案！

我惊慌起来："这不是恶人的神庙吗？我不明白！"

"这是为了摧毁戒指建的。可是还没有成功过。"

"我真的要进去吗？……真的必要吗？"我不敢相信，看见那个怪异的标志我就觉得恶心。那儿？人们都说万万不可进这样的地方。

赛姬说："噢，柏拉图，我说什么来着。可是只有这个办法，你真觉得能行吗？你不想过一阵再说？"

可是我知道，我不能。我知道如果再拖延，我就会失去勇气。我只是一边跟她往前走，一边接着问她。

我们周围的祭司看出来我要做什么，向我鞠躬，悄悄离开，给我让出地方。赛姬也要离开。她说："对不起，柏拉图。但愿我能再为你做点什么，可是我什么也帮不上了。我只知道这些。"她拿走了我的蜡板，告诉我在城外等我回去。

现在我独自一人，面对着神庙大门。那个铁门在阳光下闪亮，像是一条挪扭动着的蛇。这个东西建在理念的世界里有多么可怕！我不想进去，做什么都行：战斗、逃跑、把自己的东西都给人。

我望了大海最后一眼，深深地吸气，走过祭坛，来到门前。门上着锁，摸上去烫手。我想推门进去，可是没有推动，这时我听见一个声音。四周没有人，不知这声音是从哪儿来的。

"柏拉图，你终于来了，你这个野心勃勃的男孩。你从木偶师那里逃脱，乘着转台！你胆敢在星际旅行，不听从你的老师和朋友，你现在真想消除魔咒吗？你觉得准备好了吗？"

我喊道："准备好了！你在哪儿？你是谁？你会帮我吗？"

那声音笑起来："你要是能行，往后就会知道这些。可是我先要让你进来，我要警告你，这几乎不可能。你年纪还太轻，还没有人成功过。也许让尼斯里亚的那些办事员去把戒指偷走更为妥当。也许等你当上了哲学家的时候再做这个也不迟，那时会更有把握。"

我坚决地说："不，我现在要试试。"

那声音有些悲伤，叹息道："那好吧，如果你决心已定，我也拦不住。可是你必须一个人进行，里边也许有些武器你能用上，**只是你要把力量赋予它们**。我不能跟你进去。"

"里边有武器？什么意思？"我焦急地问。

那声音没理我的问题，只是接着说："把戒指交给我，柏拉图。"

我迟疑了。这怎么办得到？戒指怎么会在这儿？苏格拉底说过，哪怕是摸过或是看过它，它就会影响你——

这声音又响起来："把它交给我！"

我刚想问，怎么交——一下就想了起来。像我穿的袍子，像那个菜单！可是戒指也能这样吗？我能行吗？我从来也没有见过它，我怎么把理念的戒指交出来呢？我闭上眼，努力地想象。我想到伊诺的故事书上画的戒指，一想到它我就心惊。金色有些发黑，两个首尾相连的蛇圈成的圆环，

"还不够，柏拉图。"

我又想象对戒指的贪恋，我想要用它，想用它来作弊。出乎意料的，戒指出现了！它闪闪发光，浸满了活人的鲜血，完美的圆环在祭坛上闪亮。

"这是怎么回事？"我叫出来，"这就是那戒指？"

"这是意念的戒指，"那声音回答，"比实在的更真实，我觉得你现在已经知道了。"

我盯着它，可是那声音却让我做一件糟糕的事。

"戴上它，柏拉图."

"什么？" 我大声问。

可是，这次那声音没有回答。我几乎听得见海浪和山谷的微响，周围的一切是那么空寂。我觉得有些恶心，捡起戒指，这跟我学的一点也不相符，败坏了我的全部功课。这戒指沉甸甸的，非常神奇。

忽然，我特别想戴上它。我看着它，忘了周围的一切。它不大不小正合适，套在了我的手指上。一时神奇的力量充满了我，我隐形了！我伸伸手臂，看不见，想想看，想想我能办到的事情！我激动得胸口一起一伏，只戴上它几秒钟，它就让我体会到自己无所不能！我想看看我这是在哪里，可是我一旦隐形，再也不想小心，也不想静下心来看风景，我只想用它，飞，用它做各式各样的尝试！

好了，柏拉图，别这样，我小声对自己说，想把戒指脱去，可是它卡住了，拿不下来。我吓坏了，知道我越退，它就箍得越紧。我再也听不见那个声音了。我挣扎着恢复原来的自己，好了，柏拉图，我强迫自己走向门口，心中想着自己应当做什么，想起来在尼斯里亚见到的那幅可怕的景象，那些进了这种神庙的人。我用戴着戒指的手去碰大门，门开了。

里面很暗，不见天日，只是在墙上有几支火把，或明或暗的照见遍布的蛛网，还有吱吱的邪灵在叫。它们是不是看见我了？

我悄悄走到前边，注意到屋子的另一边有个水槽，水槽的旁边是一个锅。里边有油，就像雅典的神庙那样，只是锅上刻着古阿斯的祝福。在尼斯里亚，祭祀的人们用它给自己涂油。

我经过它穿过一扇门，又进了另一间屋，这里也是黑乎乎的，墙上也燃着几只火把。只是这间屋更大，一眼望不到头。身后一阵响动，我回转身尖叫起来:到处都是邪灵！没有时间害怕，转眼间就有一只邪灵伸着利爪向我冲来，它是怎么看见我的？我猜是它们有所察觉，不是看见。 我尖叫着逃跑。一定是跑到了尽头，因为那儿摆着张桌子，我就钻到了桌子底下。听见邪灵接近，我借着火光看清，上千只邪灵都在涌动，盘旋，鬼影绰绰，挡住了本来就暗的光亮。它们能感觉出我，至少手上的戒指能为我争取一点时间。我真有点感激它了。

武器在哪儿呢？那声音告诉过我，这里有武器。但是在哪儿？没时间了！我悄悄地去摸桌子上有什么，什么都没有，只有一张纸草，我把它拿起来，一只邪灵凑过来，可能闻见了我的味儿，借着火把的微光，我看见上边画着些东西，莫非像赛姬的画儿？！这有什么用呢？上边的形状无法辨认，邪灵逼近，我的心缩紧了，这时在微光下，我看见有样东西从画上跳了出来，是一把剑，一把理念的剑！可是我刚一去够，它就消失了。我听见邪灵的尖叫，看见它血红的眼睛，它好像认出了我。我用尖叫转移它的注意，拿起画纸跑掉了。

没有时间了，它们早晚会抓到我。我拿着画，使劲地琢磨，光线根本不够，这屋里会有稍微亮点的地方吗？那样，画上的东西就可以跳出来。

"里面的武器也许用得上，可是你必须要自己给他们力量。" 我回忆起那个声音说的话。可是怎样做才行呢？我知道需要一点光亮，绞尽脑汁想办法，只听见邪灵盘旋的声音。突然我差点叫出声来：**太阳的秘密**！赛姬说，那些画活起来是因为有太阳的秘密，这太阳跟我们世界里的太阳一样，给万物生命。在它们的里面，我想起理智世界中一切形状一切颜色，好像是什么材料，其实却只是光做成的。要是我知道了太阳的秘密！我知道，我知道要是那样，我的武器就会变成真的！

"那是什么呢？"我想。邪灵在尖叫，我可以觉得出它们的呼吸，虚假世界中事物的完美想法就成为理念。我想到自己的短袍，完美的刻字板，好吃的无花果，又记起了哲学家如何谈论正义和人的。

"啊，是善！"我叫出来，这一次我知道我懂得了，我是对的。"是善！理念世界的一切都与善相关，善就是完美、快乐、幸福……"我这么一想，一道光就从我身上发出，这么强，让我感到无比快乐！这道光照在纸上，一把剑就从上面跳了出来，它很美，闪着银光，我把它握在手里感受着重量。

即使邪灵发现了也没有关系，它们一下就畏缩了，剑光已经把它们吓退了。我跑向另一扇门，把它推开。

这一次，这里并不黑，这间屋空空荡荡，也有一个金属的大锅，邪灵在这儿盘旋，我挥起剑，纸草飞得到处都是。怎么回事？我需要换件武器吗？我正压在想着，忽然听到了脚步声，一个人影出现了，向我走来。我只看得见他的轮廓。"你是谁？"我大声问，引得一个巨大的怪物尖叫着扑来，我举剑，可是无济于事，这东西抓住了我的脖子，我尖叫起来。

"定！"一个金属似的，年轻的声音响起来，他的黑色手杖射出耀眼的绿光，他又说："定！不要害怕，亲爱的，不要害怕，把它交给我好了。"

这个年轻人向我微微一笑，有些怪。他长得非常英俊，黑皮肤，大眼睛，尖鼻子，垂肩的黑卷发。他穿着蓝白条纹的长袍，镶着金边。

他问："你不知道我是谁吗？"手上戴着另一个一模一样的戒指。

"你是……"我有些怀疑，但是不敢肯定。

"我给你个提示，你戴着隐身戒指，我为什么能看出你来？"

"因为……你是跟恶人一、一伙的——"我结结巴巴地说。

"我能看见你，因为我也戴着一样的戒指，你这傻瓜！"

"古阿斯!?"我嗫嚅着，"你就是古阿斯?!"

"就算是吧。"他微笑着说，"我是他的灵魂，他本人早就死了。但是那些信奉我的人得到我的力量，反过来又让我继续存在。我是有始以来最幸福快乐的人了。你知道我的事情吗？"

我气愤地说："你行骗，不诚实！你用戒指杀人！你窃取了王位！"

"可是我很快乐啊……"他辩解道，黑亮的眼睛显出堕落和诡诈。他靠近我说："不管你怎么想，我真是打心眼里感到幸福！"

"那不是幸福，"我说，感到自己的话很无力。我努力去想苏格拉底，美丽城邦，没有戒指的幸福城邦。我想让自己相信，大声说："那不是幸福！"

他笑着毫不在意地说："随你的便，你可以说那不是，可是看看你，你自己也戴着戒指。"

他后退一步，好像在欣赏着。"你知道什么可以让你离开这里?看见后边那两扇门吗？"他一挥手杖，射出一道光，指给我看尽头的一扇门，那里有成千上万的邪灵在涌动，我明白了，古阿斯可以随意指挥它们。

"你只有相信自己说的这些无聊的废话才能出去，如果你相信这些，你不会上这个戒指，可是那扇门就不会开。"他停了停，语调变得捉摸不定："不过……不过柏拉图，不要忘了，我在给你选择的机会。"

我还没有反应，他把剑伸向我，那光柱击中了我的剑，我忘了把它握紧一点，他把我的剑抢走了。

我喊着："我不要你的机会！你怎么能偷我的剑！"

古阿斯笑而不答，走近我："我不会伤害你，柏拉图,这个……如果你做出聪明的选择，我不会伤到你。因为你来到了理念的世界，你占有很大的优势。我可以把戒指给你，我可以把卡西多纳的偷来给你，想想吧！想想你都能用它做什么？！"他兴奋地小声说。

他又凑近了说："这样雅典人就不会被卡西多纳毁坏，你也可以拥有它。你不需要偷，当然，做任何那样的事，你只需要用它做需要的事。接受我的建议吧，柏拉图，你会安全地出去，没有人会知道这件事，你的朋友、老师，谁也不会知道这件事，可是如果你拒绝了，柏拉图，你知道会有什么结果吗？"

他微笑了。

"你会变成一个邪灵，成为它们中的一个，柏拉图。这是那些曾经戴过戒指的人变的。（你没注意到，你已经是个戴戒指的人了，柏拉图?)凡是戴过戒指，又没能出去的人就是这个下场。他们没能尽全力战胜戒指。你不想这样，是不是？"

我后退了一步，坚决地说："我不要这戒指。"

古阿斯笑了，"咱们走着瞧吧。"他忽然举起了手杖，向我射出一道光芒，打在我的肚子上，我疼得直叫。"停！"古阿斯对那些来帮他的邪灵说，你们不用动，让他自己在痛苦中死去。我可是等着哪，柏拉图。他和颜悦色地说，声音怪怪的："我可不能多等呵，你得明白！"

我退到了屋子的尽头，拿起一张草纸，上边的形状仍然难以辨认，我低声对自己说，太阳的秘密是善，努力体会着——一道光芒又从我身上发出。

眼前出现了一面铜镜，请教过哲学院学生那些字，这难道是真理之镜吗？真理之镜的理念？它会有什么作用呢？

"我等不及了，柏拉图！"古阿斯喊着，"你让我等得心烦……"他再次举起手杖，朝我投来，可是这光被我躲过，打在地上。我仔细看那镜子，里边是特拉斯马库斯，他诡谲地笑着，在雅典的花园里，奴隶们正在那里修整花园，他身边有个人像是他的老师，正在给他念书听。

现在我明白了这镜子有什么用了。哲学家曾说过，它会误导我，我要有勇气看到自己不愿看到的真相！我要战胜它。疼痛还没有过去，我举起了镜子，对它说：

"让我看到全部，全部的真相。"那镜像变了。我集中精力，它上边什么也没有了。

古阿斯的脚步声正在走近，我仍然说：**"给我看整个的真相，幸福的全部真相。"** 镜子又开始变得模糊起来，我坚持着，几乎能觉得出从我的脚趾开始，到胸口，到头顶……"显示出来！"我命令道，开始出汗。"亮出真相！"我一阵晕眩，可是镜子上的确现出来一个人形——

"不！"古阿斯叫起来，"我等不了啦！"

我吓得跳起来，他又要袭击我吗？突然，一道绿光一闪，可是，那光为什么那么微弱？古阿斯不见了……我慌了神，莫非他藏起来了？我这时看到一个人影，他到了远处吗？很远很远的地方？到底出了什么事？那些邪灵没有人管束，都过来，闻着味找我，在空中盘旋。我藏到更深的黑影里，我戴着戒指，它们看不见。

"不——！"我听见又一阵尖叫。可是这一回，声音好像是从很远发出的，好像来自神庙外。到底出了什么事？我望着镜子，里边的影像逐渐清晰起来，一个穿着白袍的牧羊人正坐在一座小山上，看着一只盒子。

古阿斯！古阿斯不就在镜子里吗？他是怎么进去的？我不明白。可是我一看见他，就想明白了。我说："给我看幸福的全部真相……"我聚精会神，直到我觉得自己不再困在这里，我离开了，来到了美丽城邦！到了雅典，我觉得全身温暖，被朋友围着，我大汗淋漓，可是那影像无比清晰！能看清清风吹着绿草，隐隐的叫声传来："不——" 然后就没有了。古阿斯进到镜子里了。

我不能相信，到底发生了什么？我仍然担心他还会回来，我跳起来就跑，手指上的戒指松了，一下就褪了出来。我看着它，还是那么大，好像还在动。好了，我现在不用它了，可它仍然有魔力，仍然会伤人。我知道我必须毁掉它。

我把古阿斯扔下的光剑举起来，对准了戒指……这时，我听见了邪灵的叫声！他们看见了我，叫声震天，朝我扑来。

我刚举起剑来，它们就涌了上来，咬住了我的手腕，扯我的头发，想把我拉走，我举剑劈下，又听见一声惨叫，血从金环里流出，渗进了石头，邪灵恼怒了，我被抓起又摔到地上，尖牙咬向我的咽喉，我趴在地上，最后一眼看见身边的邪灵，正在珍惜地舔食戒指流出的血……

第十一章

太阳的秘密

"柏拉图？你没事吧？"

我睁开眼：绿树丛、湛蓝的天，远处是大海。我跳起来，这才觉得身上很疼，我远远地离开了神庙，正在赛姬第一次带我去的花园里，可是，四周没有人，谁在跟我说话呢？

我一下觉得虚弱无力，我是怎么来到这儿的？赛姬在哪儿？那一切真的发生过吗？魔戒消除了？雅典怎么样了？卡西多纳再也不能用它了吗？古阿斯又是怎么进了镜子的？

一个声音笑着说："请不要问这么多问题，柏拉图，我知道我很聪明，但是不能一下子回答这么多问题！"

谁在跟我说话？我向四周望去，那声音很响，好像就在身边，可是其他人都离我很远，在树荫下，根本没有人往这边看，他们正在使劲地盯着桌上的空白菜单，在点菜。

那个声音又笑着说："我说了，不要一下问所有的问题，那真是一场交战！"听起来，他很为我感到骄傲。他接着说："老实说，我还担心永远见不到你了。我也不是百分之百的诚实，对你说我进不去恶人的神庙。我能进去，只要你能唤醒我。当你把力量赋予那武器的时候，我知道。”

我说："我给它力量之后感觉好多了！可是，你是谁呢？我不明白！你是太阳？是太阳在对我说话吗？"

"是的，柏拉图，是太阳在对你说话。"那声音答道。"不光如此，我是你身体里的太阳，要是你留心听，我一直都在你的内心。我无处不在，在山洞里，在恶人的神庙里，只是你往往没有注意到，这是我的世界，理念的世界，我知道你解开了它的秘密。"

"是善！"我骄傲地说，"你这个心中的太阳就是善。所有的理念都因此而完美。美食、字板、合适的袍子，一切。"

"确实如此。"他似乎也感到骄傲，"实际上，我不只是善，我是特别的善，世界因此而美好。"

我说："你说起自己的好处一点也不害羞，这真好。"

他回答："柏拉图，害羞做不成任何事。"

"可是，我想再问一个问题，古阿斯怎么会进到镜子里？"我问。

"他并没有进去，柏拉图。他永远是在镜子里的。只是最后你有足够的力量正确地使用了镜子，才看到这一点，没有让镜子误导你去有选择地看那些真相。你知道，毕竟铜镜是他的，它被偷走使他恼怒，所以他对你那样凶狠。"

"可是，他为什么一直在镜子里？"

"你想不出吗？"太阳似乎有些失望。

我自言自语："莫非他是不真实的？只是一个镜像？"

"大概是吧，柏拉图，"太阳说。"我看得出，你能会成为哲学家的。不过要做的事还有很多！古阿斯的幸福不真实，因此他被困在镜中。他做出的生活选择把他引到一条不真实的路上，远离开善，离开我，直到成为他现在这样，一个不真实的影像。"

"难怪！"我叫道，感叹着自己的发现。"戒指的恶带来的是虚假的幸福——所以你的秘密能打破魔戒！"

太阳笑了，说："柏拉图，既然你已经懂了，我要问你个问题。"

"什么问题？"

"为什么你觉得是他放的戒指?"

"谁?"

"天呵,柏拉图,恶人古阿斯呀。那个可怜的家伙,我以为你知道戒指是他的!为什么你会这样以为呢?"

我没有说话。

"为了迷惑人呗,傻孩子。他不想让人们找到我,感觉到善。他想让人贪图虚假的幸福——宫殿、偷窃、作弊——让他们认识不到这些其实是不幸!"

"难怪卡西多纳总是皱着眉头!"我说。"他不知道自己有多么不高兴。"

"正是,柏拉图,"太阳赞同道,"还有一件事,你必须知道,从根本上,恶人嫉恨我。"

"嫉恨?"我觉得出来,太阳可是一点也不自谦,但他这话确实有些过了。

"嫉恨我,"他肯定地说,"他知道我很了不起,创造了理念——真的、好的东西,我的世界是幸福的,当然,他只不过是个平凡的木偶师罢了。他知道,我的创造远远超过它的,所以他很害怕,柏拉图,他害怕人们找到我的创造,喜欢我的而不喜欢他的。所以他弄出戒指之类的小东西,来阻挡人,让人们相信,赞同他,依赖他。"

我靠着椅背,舒服的感觉着倦意袭遍全身。"对了,还有一件事,柏拉图,"太阳欢快地说。"是那些祭司在神庙里发现了你,把你带到这里,你晕过去了。你一定要吃些东西,告诉我,你要点些什么?"

阳光投在空白的菜单上,我的想象力用光了,暗自希望去一个简单点的地方。他愉快地问:"需要我帮忙吗?试一试我爱吃的东西?可是我要警告你,我要的东西可能你并不喜欢……"

"很好,没关系!"我实在想知道太阳的喜好,把菜单举给他。我顿时后悔把它举得离我太近。因为从空页上溅出一大阵水花,打湿了我的头发和衣服,在脚下弄出一个水洼。我全身是水,太阳呵呵笑了:"嘀,嘀,嘀,柏拉图,中计了吧?"

我在理念世界里住了两天,觉得身心焕然一新,一切都会变化,赛姬带我参观了她的学院，把我介绍给她的朋友们。她还带我逛了市场，我想象着草纸、凉鞋、蜂蜜、布丁和马车（不过，最好的字板还是我系在腰上的那一块）。

我们做完了这一切的时候，我才感到我仍然什么都不知道。我还没有懂得理念的世界。每种颜色的根源，理念的概念。

"我明白！"赛姬说，"我们刚到了城外，你并没有看见什么！"

她领着我，兴奋地走着，过了两道山谷，见到了两排高大的树林，长得像柏树，可是比柏树高多了，望不到树顶，这两排树夹在两座青翠的小山之间。

赛姬说："从这儿过去。"我跟着她在两排树的中间穿行，这条路很长，似乎是林荫道。走到头，我们上了一条小路。

一个男子坐在树下，冲我们喊："嗨，等一会！等一下，要想出你的身份，才能放你进去。"他的语调很欢快。

他对我说："给我想出一个证件来，先生。"他好像已经认识了赛姬。

"好吧，是这样，"他说，"当然了，你越往理念世界里走，见的就越多，有不少东西应当是保密的，你肯定能想到。但是，不要担心，我们只是最近才要求有证件，近来即使是理念世界也有坏人潜入。别这样看我，只是给你贴上一个小红条，表明我刚刚检查过，你是新来的哲学家，很好，可以进来，不过你要保证不要把这里的秘密泄露出去。

我说："我还是不明白，如果你给了我证件，是不是就意味着我要留下？"

那男人不解地看着我说："当然，不然你上哪儿去住？"

我觉得胸口发紧："只是……"

赛姬可能猜出了我在想什么，把我拉到一边担心地小声说："柏拉图，你要明白，如果你离开这里，你就没有别的选择了，只能回到山洞里。"

"我知道，赛姬，可是……他们呢……"

"可是，柏拉图，你明白了吗？你的家是不真实的，是一个镜像，都是他制造出来的？你会成为他的囚徒，他甚至会操纵你看到的一切！"

"可是赛姬，"我说，"即使那是一个谎言，我也不能把一切丢下不管，我要去帮他们！"

她哭了："柏拉图，每个哲学家都梦想能来这里。他们大多都来不成。看在老天的份上，你看见了驿站是什么样的，那儿的人多数都不相信有理念世界！"

"是的，可是赛姬……"我想解释清楚：我思念雅典、思念我的朋友们、我的家，即使那些都不真实，我不能抛下这些，住到这里来。我们又走了回来，这时，天已经黑了，我收拾了要带的东西，拿起我的理念字板，来到了大门口。回头望去，我觉得自己真是发傻，要离开这里。

我们走到小路的尽头，她说："我会非常想念你的，柏拉图。"

我停下，这是我最不想听到的！我觉得膝盖发软，我当然会想她的。可是我从来也没想到，她居然会想我！我惊奇地发现，她流下了眼泪，我望着前方，努力压下那排山倒海一样的感情，一切都乱了，怎么会是这样？

"你这个傻瓜……"她哽咽着说。我不知道这时应当怎么办，只是像个呆瓜一样愣了片刻，然后猛然拥抱她，在她又红又热的脸蛋上亲了好久，热切地说："假如……我还要做更多的哲学探险，肯定还会跟你一起，不是别人。"

我正要迈步离开，她说："我有一种感觉，听起来可笑，我觉得马上会有什么事情发生，这仅仅是开始。"

第十二章

潘格罗斯邮局的来信

　　我迈出了理念世界的大门，穿绿袍的侍者向我微笑："这可是我见过的最勇敢的决定。我肯定你会平安无事的，我在这儿看见有些人，但是还没见过有人离开。拿着，这是你的旅行券，也许有点慢，可是我们只用这个，不用别的。因为，也许听着可笑，它跟你的哲学思想是一致的……"

　　我把它拿在手里，它的样子有点像美丽城邦那些哲学学生给我们的旅行券（可是，那些有些简陋，可是这个毕竟出自理念世界）。它是一支金制的长棍。

　　他又给了我一罐水，说："回雅典的路很长，你要不断往里添水，保证这里面一直有蒸汽。"

　　我把行囊背上，里边除了那个理念的字板，还有几样东西。

　　侍者和蔼地说："现在你可能先要回到洞里，这一次不会那么糟，只要不断沾湿金棍，它就能帮你回到家里。"

　　我跟他道了再见，走下台阶，紧盯着地面，这时，我听见太阳又说话了：

　　"你做出了决定，柏拉图，我不知道是对还是错。那要看你将来的人生是什么样的了。可是，你要记住，我永远在你内心之中，听见或者看见我也许很困难，几乎不可能，但是你一定要相信，我绝不会离开你。"

我走到了台阶的末一级，又掉进了无边的紫色天空，虚无的世界，直到撞到山洞的洞壁，虽然我什么也看不见，但是觉得这一次身体变轻了，木偶师的笑声很弱，很远，影响不到我。

"我觉得你真是太傻了，柏拉图。多好呀，多美呵，你有机会逃走，可是你看看你，真够傻的！你又回到了我这儿！原谅我这么大笑，这实在太可笑了！你究竟在想什么哪？想要帮助在我的洞里的朋友们？太有意思了，可是你想错了！你也一样是我的囚徒！"

我不去理他，不想让他听到我的回答而得意。而且，我肯定知道自己在做什么，我昂起头，镇定地摸到锁链，给自己套上。

"又一个！"

"真够乱的！"

"一天的麻烦还不够吗？这孩子在这儿干什么哪？谁让他进来的？今天哪儿都是人，哪儿都乱哄哄的。"

"你看他是不是有点奇怪，他老是抓自己的脖子，好像要把自己勒死。"

我用上了旅行券，这种券的感觉比美丽城邦的那种更轻快，更有弹力，尽管我看到风景一一闪过，大海、山峦，我不知道我要去哪儿，也不知道来到了什么地方。三个穿着深色袍子的人在笑我。他们带着彩色的腰带。是哲学家还是尼西里亚人？

我说："对不起，请问——"

"嘘！"一个男人连忙止住了我，说："安静，你闯进了议会，在这里要安静！"

他们站到两边，我才看出来，我进了一个长长的大厅，地板闪亮，好几百人坐在椅子上，宽大的讲台上有个老头儿。老头儿的头发又白又长，颤声说："肃静！哲学家们，肃静！今天一天里乱糟糟的，我们需要尽快决定这件事！"

原来，我来到了驿站，透过大窗户，我能看见街市，菱形广场在它的一侧，这里一定是尼斯里亚司法部。

我正要再次沾湿我的旅行券，就看见一个熟悉的人影。"卡西多纳？"他就坐在法官对面，另一边有个女人，我也看着眼熟，是阴谋者吗？后排的十来个人是信使、调查员、雕像，都在匆忙地做着笔录。

法官接着说："现在，不同寻常，我们把雅典人召到尼斯里亚来商量这个案件，对造成的不便我深表歉意，我们希望尽早结束，但是请各位尽量阐述清楚。先生，你要否认这个女人的陈述吗？"

卡西多纳圆滑地说："她在胡说，可能因为我们的城邦形势很糟，她有些沮丧，法官大人，你知道，雅典正在战争期间，妇人不像男人，会失去理智。也许她有些错乱。"

法官无力地说："我能理解，这很正常，我读到你的城邦的消息，相信她有些失常，我从来没有机会去那里，当然，但是消息是这样说的。所以，这女人的证言不足信，对吗？"

"我从没有听说过这件事，我也不知道你说的这个戒指。如果您不介意，我们下午议会还有会。"

"等一下，再等一下，"法官说着，转向那妇人。

"现在，埃尔芬夫人，抱歉打扰了您一下午，我能理解您受到的惊扰，早上还在自己的院子里做针线，这会儿却到了尼斯里亚，不过，你还是觉得最近家里有些事情很奇怪，对吗？是些什么事呢？"

埃尔芬夫人说："我不太清楚，只是我对突然之间走运感到不舒服。"

法官说："是的，是的……我恐怕这并不是什么坏事……""运气犹如月亮的盈亏。我只想问，您丈夫还在否认，但是您仍然坚持说，家中被窃？初春的时候？"

"是的。"

"来了一个人，偷了你的珠宝？"

"是的，我认为是这样，"她答道，几乎要哭了。

"放戒指的人……"周围的尼斯里亚人都在暗中交头接耳。

"他什么样？"

埃尔芬哭了。

她丈夫说:"看,她是不是有点神经,不要相信她。"

"是的,是的,将军,要可是至少让她说下去。"法官止住卡西多纳。

"现在,埃尔芬,你说说,那个人是谁?"

"是苏格拉底。"

苏格拉底?! 这引起了一阵嘈杂。几个律师跳起来抗议,可是法官说:"我决定了,证据不足以说明,我们尼斯里亚的法律是建立在宽容的基础上的,我们假设每个人都是清白的,除非有确凿的证据证明他有罪。苏格拉底的声誉——"

四下又是喊喊喳喳的说话声。

"苏格拉底的声誉非常好,我不用再多听了。这案子结了。"

人们开始交谈,屋子里一片嗡嗡声,有人喊:"尼斯里亚今后会怎样?""尼斯里亚会怎么办?"有些人退席表示抗议。一些人排着队去要跟法官说话。我有点想留下,可是,还有更重要的事。我溜出来,轻轻沾湿了金棒,就上路了。

我经过了行星,经过了海洋,我想差不多走了一小时吧,影像一下模糊起来,我看到一种庙宇的白、黄、蓝的混合的颜色,感觉到了离雅典不远了。是不是离得太远以至于看不清呢,我觉得速度在加快,所有的景象都叠加到了一起。我还没想清楚,咣当一声就掉了下来。

我的街道! 理念世界的侍者真是太准了,眼前走来的正是卡里克丽亚老太太,在对一个身体结实的中年女奴训话。

"你以为这样把衣服晾给众人看合适吗? 就晾在屋子前面? 晾在院子里不行吗?"

还有乌龟,骑着驴的男子,提着罐子去河里打水的人们。这是雅典平常的一天,可是我突然对之无比热爱。我急着要开始熟悉的生活,我急着要成为这个城市的哲学家! 一切都不一样了,我把行囊往肩上一抢,心想这就到家了——

一个邻居看见了,打着招呼:"柏拉图!听说你跟西蒙尼特斯去他叔叔家了? 回来啦? 夏天过得还好吧?"

另一个邻居也说:"我想,他因为家里有事才赶回来的。"

"有事？什么事？"我问。

一个女子到阳台上抖落台布。她应道："没听说吧，快回家吧，你们可是出大事了！"

"你怎么也想不到……"

卡里克丽亚老太太说："你这袍子可真不赖，柏拉图。你终于穿得挺体面，我真高兴。"她可是从来没夸过我。

我来到了院门前，站了一小会儿，墙仍然是那么雪白，鸽子落在红瓦顶上，一切都在太阳下闪亮。发生了什么，陶罐看着仍然跟以前一样。厨房传来的声响也没什么特别，我猜伊诺正在做红酒肉汤，只有在特殊场合她才会做这个。实际上，等我走近，闻到的那里飘出带有大蒜、蜂蜜、甜酒、面包各种香气。这些东西的味儿混在一起，实在太好闻了。

"伊诺，我回来了！"她笑着迎接我，把我领进屋，到处是锅碗瓢盆，中央还有一瓶鲜花。我猜她会问我都经历过什么事，或者会告诉我哲学家的消息。可是她的笑容里藏着些秘密，似乎我离开的这一阵子，家里也发生了很多事情。

"我想你已经听说了，我只是猜……"她灵活地从炉台走到水池边，与其说是在走不如说在跳舞。她头发的样式也改了，都挽了上去。

"好了，伊诺，到底出了什么事？是苏格拉底？"

"也没有什么大事。"

"到底有什么事？是雅典？"

"不是……"伊诺又去尝汤汁。

"是柜子？"

"也不是。柏拉图，你知道柜子不见了。卡里克丽亚实在受不了那个味儿，再说，你知道卡西多纳那天晚上来过之后，苏格拉底就把柜子弄没了……"

"看在老天的份上，到底怎么了？"

"你为什么不去院子里自己看一看？"

我听见低沉的男人嗓音。格劳孔？哲学家们？可是不像是他们……

院子里的木桌旁，坐着两个青年，桌上摆着酒罐，一篮绿葡萄。一个人是金发，一个人是深褐色的头发，把丽达抱在腿上。这两人我太熟悉了，他们从大老远回来，我叫着："吉尔吉奥斯，克里斯托斯！"把口袋扔下，上去拥抱他们。

我的两个哥哥，他们从伯罗奔尼撒回来了！

我坐下，他们才笑着说："出了件非常幸运的事，柏拉图，真是十分幸运，我们获得了假期，一个月的假期！战争不久也就要结束了。你知道，对雅典来说这是一件好事，即使我们打败了，也是好事，这没什么，至少又有了和平了。"

"可是，不谈这些了，我们听说你在西蒙尼特斯的叔叔家里，玩得还好吗？"

我尴尬地点点头。

"那你的老师苏格拉底呢？"吉尔吉奥斯问。"你们相处得怎么样？"

我又点头。我连这么简单的问题，都没法回答！

克里斯托斯说："你真是安静得出奇呵，怎么了？是不是路太远了？"

"实在太远，你说对了！"

"好了。好好休息！"他舒展手臂，说："为什么不进屋去睡一小会儿，再过几个小时雅典人人都要开始午睡了。你会恢复的。可是，我们要去拜访亲戚，下午就回来。我们想跟妈妈她们到海边过上几个星期，你觉得怎么样？"

我还没回答，吉尔吉奥斯又说："我们可以接着聊，去年我们离家时，答应过你的。你那时正在发愁，不知道自己将来要做什么。好的，要是你愿意，我们给你出出主意。你可以去学习当地主，我们还可以给你请别的老师，噢……有什么不对吗？"

我有点紧张，说："没有什么……"我现在多想去上哲学院啊。可是我的毕业成绩……

克里斯托斯笑了："别太担心！我们又不是逼你一定做这些。看，你累了，现在就上楼去，我们下午再聊！伊诺！"他们叫着，"我们先走出去一会儿，让柏拉图睡个午觉！晚上我们一起吃饭！"

他们上街走远了，我跑到自己的房里，突然，我满心猜疑，埃尔芬在说什么？苏格拉底放的戒指？那是我在尼斯里亚听到的最可怕的谣言。我还有很多事不明白。需要请教他。可是怎么样才能见到他呢？他们都去了哪里？怎么样了？

实际上，我这么想有点蠢，我不应当先回家，我应当先去看大家。我刚想下楼，猛然看见桌上有一块陶片，上面写着字。我差点跳起来，潘格罗斯邮政！

是苏格拉底的字迹。

亲爱的柏拉图，也许你已经听说，你可能会有些吃惊。是的，是我干的。我把古阿斯的戒指放在了卡西多纳的房里(不要担心，他永远也不会说出——不然，他就要承认使用了这只戒指。)

我感到心抽紧了，继续读下去：

驿站的谣言和埃尔芬的怀疑是对的——不过，只对了一部分。情况总是这样，他们不知道真相的全部。击败戒指是个非常困难的任务，柏拉图，你本人更知道这一点。你知道，只有先去接受它的魔力，才能最后抵挡得住。我们的城邦雅典也只有先被魔力包围，才能反击。这件事很冒险，柏拉图，驿站的人大多反对这样做。看到你的成功，我不只为你高兴，还因为更重要的事情：我从心里相信，没有戒指的生活会更加幸福，即使有人给你戒指，你也不会接受。不然，你就不可能打败它。只有极少的哲学家才能做到这一点。当然，这也回答了几个月前，我们初见面时我问的哲学问题。

　　——苏格拉底

另外，好像你的校长承认给你算错了分数，再过几天，你的成绩单就会送到，可是由于潘格罗斯比较快，我想先告诉你，你得了九十六分。

我把陶块搁下，不敢相信。这一切发生得太快，戒指解除了，雅典、生活，一切都不一样了！从秋季开始，还有三个星期，我就可以进学院了！跟朋友们一起学习。

我跑下楼，听着自己咚咚的脚步声，很是高兴。温暖的太阳正照在院子里，无花果树散发着香气。西蒙尼特斯！格劳孔！阿德曼图！我默默地想着他们，把成绩告诉了伊诺，并没有多加解释，她高兴地叫起来。我跑到了街上。

我这么慌里慌张，难免碰上了驴子，撞着了去广场的路人。他们又开始说了："唉哟哟，你看看，一放假这些孩子变得没有一点规矩。""你哥哥回来了没错，可是你也不能这样疯跑！""你怎么回事！""这家伙没办法，我早就认识他，他没有家教。""年轻人，走路看着点！"

可是我一点也没往心里去。一点也没有。我平生第一次这么镇定，我知道自己要去哪儿。我要去找我那三个好朋友去！